D. C. ODESZA

KEIN LIEBESROMAN
SEHNSÜCHTIG
Verloren

BE
Belle Époque Verlag

D. C. Odesza

Kontakt: d.c.odesza@gmail.com
Facebook: D. C. Odesza

Hinweis der Autorin:

In meinen erotischen Romanen verzichte ich, bis auf wenige Passagen, auf die Darstellung von Verhütungsmitteln (Kondomen) – was jedoch nicht heißen soll, dass sie im realen Leben nicht wichtig sind!

Copyright © 2016 D. C. Odesza

Alle Rechte vorbehalten. Nachdruck, auch auszugsweise, nur mit schriftlicher Genehmigung der Autorin.

Korrektorat: SW Korrekturen e. U. – swkorrekturen.eu
Umschlaggestaltung: My Bookcovers unter der Verwendung von Motiven von © fotolia.com – conrado / Dragana Gerasimoski

Personen und Handlungen dieser Geschichte sind frei erfunden. Ähnlichkeiten sind rein zufällig.

Lizenzausgabe des Belle Époque Verlags, Tübingen, mit freundlicher Genehmigung der Autorin.

Herstellung: Sowa Sp. z o.o., Piaseczno, Polen

ISBN: 978-3-945796-55-9

Gute Menschen reizen die Geduld,

böse Menschen reizen die Phantasie.

- OSCAR WILD -

1. Kapitel

»Ich hoffe, du hast es dir anders überlegt und verbringst die Nacht doch bei mir?«, fragt mich Gideon und krault meinen Rücken, als ich auf dem Bauch, mein Kinn auf den Armen gebettet, zum Meer blicke.

Innerlich muss ich lachen, weil ich fast jedes Mal, nachdem ich mit den Männern geschlafen habe, bei Gideon im Bett schlafe. Aber Gideon fragt mich erstaunlich oft. Hat mir Lawrence nicht gesagt, dass er Frauen selten bei sich schlafen lässt?

»Kann ich das Angebot denn nach dem wunderbaren Abschluss dieses Abends ausschlagen?«, frage ich und drehe mich nackt zu ihm. Er liegt, den Kopf aufgestützt, neben mir und grinst schief.

»Nein, kannst du nicht. Ich hätte dich heute Nacht ohnehin nicht allein schlafen gelassen, sosehr du auch protestiert hättest.« In seinen Augen spiegeln sich die Lichter der Windlampen wider, sodass sie umso mehr strahlen.

Lächelnd seufze ich, dann ziehe ich ihn zu mir und küsse ihn, weil ich das die gesamte Zeit tun wollte.

»Vergiss nicht, morgen früh an mich zu denken, Kätzchen. Der Termin steht weiterhin«, höre ich Lawrence hinter mir, der seine Kleidungsstücke schnappt und sich dann zum Anwesen umdreht.

»Aber bitte nicht vor elf«, antworte ich, nachdem ich mich von Gideons Lippen lösen kann.

»Lass dich überraschen.« *Das tue ich bestimmt nicht.*

»Kannst du deine Tür heute Nacht abschließen?«, frage ich Gideon leise, der anfängt zu lachen, nachdem Lawrence sich wenige Schritte von uns entfernt hat.

»Klar und die Balkontür auch.«

»Glaubt mir, wenn Lawrence zu Maron will, wird ihn nichts daran hindern – auch keine Glasscheibe«, mischt sich Dorian ein. Er zieht mich an der Schulter zu sich, beugt sich zu mir herab und küsst mich sinnlich. Seine Hände wandern kurz zu den Klemmen, sodass ich fauche.

»Herrlich«, raunt er mir zu. »Für mich könntest du sie morgen den gesamten Tag tragen.«

»Wenn du auf deinen Schwanz verzichten möchtest, gerne«, antworte ich, als ich mein Knie schnell zwischen seine Beine ziehe und er scharf die Luft einzieht.

»Vielleicht überlege ich es mir noch einmal.« Ich lockere mein Knie, während Gideon hinter mir lacht.

»Wäre besser für deine Gesundheit. Bonne nuit, Dorian.«

»Freu dich nicht zu früh.« In seiner Stimme schwingt eine unausgesprochene Drohung mit, während ich wieder sehen kann, wie sein zuvor freundlicher Blick in ein spöttisches Grinsen umschwingt. »Gute Nacht, Maron.«

Er wirft einen Blick zu Gideon, dann zu mir. Seine Augenbrauen ziehen sich wenige Millimeter zusammen, dann folgt er Lawrence über den Strand, der auf ihn wartet.

»Wir sollten auch gehen.« Gideon erhebt sich neben mir, und ich fahre mir durch mein offenes Haar, das einem Besen gleichen muss.

»Am liebsten würde ich die Nacht hier draußen verbringen«, spreche ich meinen Gedanken laut aus. Gideon verkneift sich ein Lachen. Aber warum?

»In dir versteckt sich doch eine romantische Ader?«

»Nein«, antworte ich kühl und mustere weiter die rauschenden Meereswellen.

»Anscheinend schon.«

»Ich habe ja nicht gesagt, dass ich die Nacht hier draußen zusammen mit dir verbringen möchte.«

»Mach dich nicht lächerlich, Maron. Hier draußen würdest du dich fürchten«, zieht er mich auf. Langsam schiebe ich mich von der Matratze und stehe mit den Füßen auf dem kühlen Sand.

»Wovor sollte ich mich fürchten? Die einzige Gefahr, die in meiner Umgebung lauert, seid ihr.« Aus den Augenwinkeln sehe ich, wie er ebenfalls aufsteht, während ich zum Meer laufe.

»Tatsächlich? Ich habe heute Abend aber etwas ganz anderes gesehen.« Will er wieder auf Robert zu sprechen kommen? Er ist keine Gefahr, er hat mir nur gedroht.

Ich ignoriere Gideons Andeutung und laufe in die kühlen Wellen. Das Wasser umspült herrlich angenehm meine Füße, aber baden möchte ich nicht, dafür ist es zu kalt. Langsam spüre ich, wie mich die Müdigkeit übermannt. Es muss mittlerweile schon halb vier sein ...

»Komm, du brauchst Schlaf.« Gideon steht neben mir und greift nach meiner Hand. »Leg dir das um.« Er reicht mir ein Handtuch, das er mir um den Körper legt. Manchmal ist er wirklich fürsorglich. Wie sehr werde ich das alles in meinem Appartement vermissen.

Im Anwesen brauche ich nicht lange und schlafe erschöpft neben ihm ein, dabei spüre ich als Letztes, dass er über meine Schulter streichelt, während ich unter meiner Wange, die auf seiner Brust ruht, seine gleichmäßigen Atemzüge zähle.

Etwas poltert laut gegen die Tür, sodass ich stöhne und mich umdrehe. Langsam sinke ich wieder tiefer in den Schlaf, als es aufhört, bis etwas wenige Minuten später klirrt.

»Verfluchter Mist!«, höre ich Gideon knurren, der mein Bein über sich vorsichtig wegschiebt und aus dem Bett springt.

Himmel, was ist hier los? Ich blinzle, als ich Gideon zur Balkontür laufen sehe, hinter der Lawrence in Trainingskleidung und einem geöffneten dunklen Hemd angelehnt steht, ein verärgertes Gesicht macht und etwas Glänzendes hochhält.

»Schon mal auf die Uhr gesehen?«, knurrt Gideon Lawrence entgegen, als er die Balkontür aufschiebt.

»Allerdings, mein Freund. Es ist elf, Marons Handy klingelt seit zwei Stunden jede Viertelstunde und Vater will dich sprechen.« Ich öffne meine Augen. *Mein Handy?*

Keine zwei Sekunden später und ich sehe es in Lawrence' Hand liegen. »Ich störe das Turtelpaar nur ungern, aber die Arbeit ruft. Hase, komm her.«

»Ich bin nicht dein Hase!«, fauche ich Lawrence entgegen, der sich an Gideon vorbeischiebt. »Ich warne dich, Lawrence. Ich bin am Morgen, wenn du mir keine zehn Minuten Zeit gibst, um wach zu werden, unausstehlich.«

»Das mag ich am liebsten. Hier!« Er wirft mir im Gehen mein Handy zu, das ich wegen meiner nicht vorhandenen Reaktionsfähigkeit nicht zu fassen bekomme. Es rutscht mir aus den Fingern und fällt klappernd neben dem Bett auf den Boden, woraufhin ich genervt stöhne.

»Du bist schlimmer als meine Mutter früher«, beklage ich mich und beuge mich über die Bettkante, um mein Smartphone aufzuheben.

»Glaub mir, Kätzchen, ich bin noch schlimmer. In fünfzehn Minuten stehst du geduscht und in Sportbekleidung am Pool.«

»Was soll der Mist, Law!«, regt sich Gideon auf und bleibt neben seinem Bruder stehen, der seine Hemdärmel mit einem Grinsen hochkrempelt, sodass ich seine schwarze Bemalung sehen kann.

»Mir meine Belohnung holen, was sonst? Davor kann sie sich ruhig bewegen und schwitzen.« Ich verstehe gar nichts. Gideon anscheinend auch nicht. »Während du ins Büro musst.«

»Muss ich nicht«, antwortet Gideon genervt und fährt sich durch sein dunkelbraunes Haar. »Sag mir nicht, was ich zu tun habe.«

»Ich nicht, aber Vater. Also beweg deinen Arsch.« Das Knurren von Gideon ist kaum zu überhören, während das Grinsen von Lawrence noch breiter wird.

»Zwölf Minuten, Hase.« Lawrence blickt in meine Richtung und hebt beide Augenbrauen. Er kann wirklich gut Menschen mit seiner dominanten Seite tyrannisieren.

»Verflucht, könnte ich erst einmal nachsehen, wer mich angerufen hat?«, fahre ich ihn grimmig an.

Was für ein mieser Morgen! – fluche ich innerlich und Gideon scheint es nicht anders zu gehen. Dorian und Jane lässt Lawrence sicher ausschlafen, während er bei uns den Tyrannen abgeben muss. Den werde ich dafür das nächste Mal ans Bett fesseln und nackt warten lassen, bis er schwarz wird.

Schnell schalte ich mein Handy an. Leon hat mich zehnmal angerufen, aber keine Nachricht hinterlassen, was er manchmal tut, wenn etwas nicht eilt. Was er mir zu sagen hat, muss wirklich wichtig sein.

»Neun Minuten«, liest Lawrence von seiner Corum am Handgelenk ab, sodass ich die Hände zu Fäusten balle und ihm mein Smartphone am liebsten gegen den Schädel werfen würde. Ich könnte auf seine Anweisung pfeifen und sie einfach ignorieren.

»Ich mache ja schon«, meckere ich, erhebe mich und laufe nackt, nur mit meinem Handy in der Hand, in mein Badezimmer.

So oder so werde ich zu spät kommen und seine Bestrafung wird aufgrund dessen härter ausfallen. Aber dafür rechnet er vielleicht mit keinen versteckten Waffen von mir. Ich schmunzle, als ich mich nach der Dusche umziehe.

Wie er von mir erwartet hat, stehe ich sieben Minuten verspätet mit noch nassem Haar, das zu einem Zopf zusammengebunden ist, und in meiner knappen Sportbekleidung am Pool. Doch nirgends ist Lawrence zu sehen. *Soll das ein schlechter Scherz sein?*

Mir läuft die Zeit weg, weil mich Leon vermutlich weitere Male versucht hat anzurufen, während sich Lawrence irgendwelche Spielchen erlaubt.

»Sehr gut, Noir.« Ich erkenne Lawrence' Stimme in einem betont strengen Ton hinter mir. »Acht Minuten zu spät.«

»Sieben«, korrigiere ich ihn, als ich mich zu ihm umdrehe und mir mein giftiges Lächeln nicht verkneifen kann. Doch das verblasst abrupt, als ich ihn ebenfalls in einer knielangen Trainingshose und einem enganliegenden Muskelshirt barfuß vor mir stehen sehe. Mit seiner Größe überragt er mich mehr als einen Kopf, als er dicht vor mir steht. Aber ich weiche keinen Schritt zurück, sondern blicke zu ihm auf.

»Mach ruhig weiter so, und dein Training wird härter ausfallen.«

»Davon gehe ich die ganze Zeit aus, Trainer Lawrence.« Ich salutiere vor ihm und muss lachen, aber er verzieht keine Miene. *Verdammt, was ist mit ihm los?* Sonst lässt er sich doch keinen Spaß entgehen. In seinen grauen Augen erkenne ich, dass er es mit dem Training todernst meint, als würde es um sein oder mein Leben gehen.

»So, du findest es witzig, hier zu stehen?« Ich zucke unschuldig mit den Schultern, um ihn weiter zu reizen, dabei spüre ich in meinem BH die Lederriemen mit jeder Bewegung auf meiner Haut reiben.

»Witzig nicht, ansonsten hätte ich heute Morgen gelacht, als du uns geweckt hast.«

»Ich habe dich um elf geweckt, wie du es wolltest, keine Minute früher. Los, wärm dich mit ein paar Dehnübungen auf!« Er nickt mit seinem Kinn hinter mir zum Rasen neben dem Pool, der herrlich in der Morgensonne glitzert.

»Verrätst du mir, auf was für ein Training du es speziell abgesehen hast?«

»Nein! Mach schon und beweg dich endlich!«, fährt er mich in einem schroffen Ton an, sodass ich scharf die Luft einziehe, aber seiner Anweisung folge. Mürrisch drehe ich mich um, setze mich auf den Rasen und beginne meine ausgestreckten Beine zu dehnen. Lawrence behält mich streng im Blick, gibt aber keine anzüglichen Bemerkungen von sich. Anscheinend meint er es bitterernst oder er ist erstaunlich gut darin, seine Trainerrolle zu spielen. Als ich mich erhebe und einen Fuß zu meinem Po hochziehe, grinst er kurz, und ich atme auf, weil ich ihn mit meinen weiblichen Reizen doch aus der Reserve locken kann.

»Das müsste reichen. Du darfst jetzt zwanzig Liegestütze machen.« *Ich darf?* Was soll der Quatsch? Ich dachte, ich soll laufen? Am Strand entlangjoggen.

»Und etwas schneller, wenn es geht!« Genervt blicke ich auf den Rasen und beginne mit den Liegestützen.

»Ich warne dich, Lawrence, ich bin erstaunlich schlecht im Kraftsport.«

»Werden wir sehen, fang an und quatsch nicht.« Vor mir geht er in die Knie. Ich seufze, aber beginne. Im Ausdauersport bin ich besser als im Kraftsport. Und wie ich es ihm gesagt habe, nach wackeligen sechzehn Liegestützen beginnen meine Arme zu streiken und ich beiße die Zähne zusammen. Ich bin sowas von aus der Übung, dass mich Kean auslachen würde, wenn er das hier sähe. Aber ich gebe zu, etwas versuche ich das kraftlose Mädchen heraushängen zu lassen, vielleicht hat Lawrence dann Mitleid mit mir und beendet das Training vorzeitig, weil ich so gern joggen gehen möchte.

»Weiter!«, fordert er und legt eine Hand auf meine Schulter. Die Sonne brennt schon nach kurzer Zeit auf meinen Nacken, aber ich feuere mich innerlich an, die letzten vier Liegestütze auch noch zu schaffen. Wenn auch nicht gerade schnell, schaffe ich sie und keuche wie ein Rentner, der gerade eilig über einen Zebrastreifen laufen muss, weil Autos neben ihm hupen.

»Grottenschlecht.«

»Spinnst du?«, fahre ich ihn an und will mich erheben, als mich seine Hand weiter auf den Rasen gedrückt hält.

»Weitere fünf für dein loses Mundwerk«, befiehlt er mit einem teuflischen Grinsen, als würde es ihm pures Vergnügen bereiten, mich mit dem Blödsinn zu quälen.

Was für ein verhängnisvoller Morgen. Und das, nachdem ich ihnen gestern einen Poledance vorgeführt habe, mit ihnen die halbe Nacht ohne Schlaf verbracht habe und Lawrence sogar zweimal auf seine Kosten kam.

Ich schließe meine Augen, um tief Luft zu holen, dann mache ich weiter. Auch wenn ich Kraft beim Poledance brauche, hasse ich Liegestütze. Das ist was für Männer wie Lawrence, der das mit nur einem Arm machen kann, nichts für mich.

Irgendwie überwinde ich die fünf Liegestütze, aber lasse mir anmerken, wie sehr es mir missfällt und wie fertig ich davon bin – obwohl ich weitere machen könnte. Was ich mir sicher nicht anmerken lasse.

»Oh, Noir, du wirst mich gleich noch mehr hassen«, verspricht er mir, als er meinen verärgerten Blick trifft. »Erheb dich, dann darfst du fünfzig Sit-ups machen.« *Hat der eine Meise?*

»Dürfte ich erfahren, warum ich bestraft werde, wenn ich gestern ...«

»Habe ich dir erlaubt zu sprechen?« Seine Gesichtszüge verhärten sich, und irgendwie gefällt er mir, wenn er so herrisch wirkt. *Wo ist der Schokoladentorten essende Liebhaber?*

»Nein, aber du weißt, dass ich mich ungern ...«

»Jetzt fang an, oder es werden siebzig!« Mir stockt kurz der Atem, also bewege ich mich und setze mich auf meinen leicht schmerzenden Hintern. Die Arme hinter dem Kopf verschränkt lege ich mich hin, während er meine Knöchel umfasst.

»Du darfst beginnen.« Ich starre ihn finster an und schlucke meinen Kommentar herunter, bevor ich beginne. Wenn er das als ein antörnendes Vorspiel empfindet, dann liegt er sehr weit daneben. Gleichmäßig atme ich ein und wieder aus, während ich die ersten dreißig Sit-ups fast mühelos überwinde. Er hält meinen Blick fest und achtet auf meine Bewegungen. Hinter Lawrence sehe ich Dorian und Gideon an der Brüstung des Balkons im Anzug stehen. Neben Dorian erscheint Jane, der der Mund offen steht und die Dorian etwas fragt, zumindest verrät es mir ihr Gesichtsausdruck. *Wie großartig, jetzt werde ich vor allen vorgeführt.*

Gideon verzieht kurz sein Gesicht, während Dorian schäbig lacht, dann zum Abschied seine Hand hebt und ins Haus geht.

»Noch zehn«, sagt Lawrence und scheint die anderen nicht bemerkt zu haben. Mit einem lauten Keuchen schaffe ich die fünfzig Sit-ups und lasse mich danach auf den Rasen fallen, um tief Luft zu holen.

»Steh auf.«

Ich kämpfe mich vom Gras hoch, als er nach meinem Handgelenk greift.

»Warum machen wir das Training?«, will ich wissen.

»Damit du lernst, dich besser zu verteidigen.«

»Was?«, frage ich perplex. »Vor wem? Vor euch?« Neben ihm beginne ich zu lachen. »Nimm es mir nicht übel, aber ich weiß, wie ich einen Mann zurückweisen kann. Das dürftest du bereits an deinem Bruder gesehen haben.«

Ich erinnere mich sehr genau an den Abend, als ich Gideon an der Wand fixiert habe und ihn mit einem Griff in seine Weichteile von mir zurückhalten konnte.

»Mag sein, aber gestern im Club sah es nicht danach aus. Und nebenbei erwähnt, schadet dir das Training nicht, du bist schließlich nicht mehr die Jüngste.« Kurz zwinkert er mir zu, bis seine Gesichtszüge wieder ernst werden und ich schockiert stehenbleibe.

»Nicht mehr die Jüngste? Ich bin sieben Jahre jünger als du!« Mit dem Zeigefinger auf der Brust stoße ich ihn zurück, obwohl er keinen Schritt zurückweicht, sondern seine Lippen sich zu einem belustigten Grinsen verziehen.

»Tja, dafür habe ich keine Dellen auf dem Arsch.« *Der wird wirklich frech!*

»Dellen? Du bekommst gleich welche von mir verpasst! Ich habe keine Cellulite, du Scheißkerl!«, rege ich mich auf und stoße ihn zur Seite. Warum muss ich wie andere Frauen auf das Thema sensibel reagieren? *Beruhige dich.*

»Wenn du möchtest, dass ich mich wie andere Frauen beim Sex frage, ob ich Cellulite habe, einen Pickel auf der Stirn oder Falten um die Augen, dann hast du dich geschnitten. Ich weiß, was ich für einen Body habe, und mit dem ...« Demonstrativ lasse ich meine Hände an mir herabwandern. »... bin ich äußerst zufrieden, weil ich Sport treibe.«

»Ach.« Er bleibt stehen und verschränkt die Arme protzig vor mir. »Und deswegen kannst du keine Liegestütze?«

»Das ist was für Männer; und außerdem bin ich aus der Übung«, werfe ich ein und winke gelassen mit der Hand ab.

»Ganz genau, aber es schadet dir nicht. Jetzt hab dich nicht so und halte dich an meine Anweisung, denn du wirst sehen, Männersport kann auch Spaß machen. Komm mit.«

Er zieht mich zu einem Baum, einer Zeder, in der sich Vögel tummeln und an dem ein großer Boxsack hängt. *Nicht sein Ernst. Was hat er vor? Mich zu einer Killermaschine zu machen?*

»Oh, wenn du mir demonstrieren willst, wie du ...«

»Sei endlich ruhig. Ja, du wirst mir genau zusehen, was ich dir vorführe, und es im Anschluss nachmachen. Schließlich solltest du auch eine Belohnung für deine amateurhaften Liegestütze bekommen.«

Lawrence kann wirklich fies sein, aber ich ignoriere seine Bemerkung, verschränke die Arme vor der Brust und warte gespannt, was er vorhat. Neben dem Boxsack erklärt er mir ziemlich simple Abläufe, wie ich meine Finger zu Fäusten krümmen soll, in welcher Höhe ich zuschlagen soll und wie wichtig es ist, die Rechte, weil ich Linkshänderin bin, ebenfalls zu trainieren.

Dann wickelt er sich nur Bandagen um, während er mir Boxhandschuhe gibt, damit ich mir nicht meine zarten Fingerknöchel breche. Er macht sich als Lehrer wirklich ausgesprochen gut, sodass ich immer neugieriger werde und tatsächlich meinen Mund halte, weil er versucht, mir etwas Hilfreiches beizubringen, was mir später sicher nützlich sein kann. Wie er sich bewegt, sieht verboten anziehend aus, sodass ich mich am liebsten auf ihn werfen würde. Unter der Sonne sehe ich seine leicht glänzende Haut, zwei widerspenstige dunkelblonde Strähnen, die ihm ins Gesicht fallen, als er in kurzen Intervallen einmal seine rechte, dann seine linke Faust auf den Boxsack niedersausen lässt.

Herrlich. Ich könnte mich im Schneidersitz auf den Rasen sinken lassen und ihm Stunden dabei zusehen, wie grandios er sich bewegt. Und diesen Mann habe ich noch für die nächsten Tage für mich.

»Mach die Übung nach. Du beginnst mit einem Doppelschlag, dann erhöhen wir.« Mit diesen Worten reißt er mich aus meiner Träumerei, sodass ich zwinkere. »Du darfst beginnen, Noir.«

»Nenn mich nicht so.« Ich blicke über meine Schulter zu ihm, als er hinter mir Position bezieht. In einem Ausfallschritt straffe ich meine Schultern und mache seine Übungen nach. Ich warte geradezu darauf, mir ein Lachen von ihm zu kassieren, aber Lawrence wirkt ernst und erinnert mich plötzlich an Kean, der ebenfalls ernst geblieben ist, auch wenn mir manchmal unschöne Stürze bei den Tanzübungen passiert sind.

Nach mehreren Minuten soll ich einen Dreifachschlag mit mehr Power ausprobieren, was auch relativ gut klappt. Mit jedem Schlag auf den schwarzen Sack gefällt mir das Training mehr.

»Du stellst dich gar nicht so dämlich an, als ich dachte.« Mürrisch ziehe ich die Augenbrauen zusammen, aber fahre mit meiner Übung fort.

»Verrätst du mir jetzt endlich, warum wir das üben?«, frage ich und keuche, als ich weiter gegen den Sack ankämpfe, der nur wenig vor mir hin und her schwingt. Der Schweiß läuft mir den Rücken herunter, und ich fahre kurz über meine Stirn, um Haarsträhnen, die auf meiner Haut kleben, wegzuwischen.

»Wir haben gestern darüber diskutiert, wie du dich am besten gegen Typen wie Dubois wehren kannst. Mit einem süßen Arschschwung und einem Augenzwinkern wirst du ihn dir nicht vom Leib halten können.«

Er steht nun neben mir und blickt auf mich herab, als ich in meiner Bewegung stoppe.

»Mach weiter«, befiehlt er, aber seine Stimme klingt nicht mehr streng, sondern etwas weicher.

»Aber ich kann nicht jedem Kunden, sobald mir etwas nicht passt, die Visage bearbeiten.« *Wie stellt er sich das vor?*

»Das sollst du auch nicht, denn glaub mir, du hättest noch lange keine reelle Chance gegen einen Mann.«

Während der Schläge fange ich an zu lachen. Wenn er sich da mal nicht täuscht. Ich weiß sein Training zu schätzen, weil er sich wie Gideon Sorgen um mich macht. Aber sie sollten den Vorfall von gestern Abend nicht überbewerten.

»Teste mich«, biete ich Lawrence an und drehe mich schnell zu ihm um. *Bin ich wahnsinnig?* – denke ich in dem Moment, als er seine Augenbrauen zusammenzieht und seine Lippen fest aufeinanderpresst. Meine Augen wandern über seine trainierten Oberarme, seine Brustmuskeln. Gegen seine Kraft hätte ich keine Chance, aber vielleicht mit meiner Schnelligkeit.

»Um mit mir zu kämpfen, müsstest du jeden Tag mehrere Stunden trainiert haben, und das über Wochen, Schatz«, antwortet er spöttisch, während ich mir den Schweiß von der Stirn wische. Er hat recht.

»Gut, dann trainieren wir jeden Tag«, lege ich fest. Gegen Fitness habe ich noch nie etwas einzuwenden gehabt. Selbst bei dem stürmischsten Regen oder im dichtesten Schneefall bin ich vor die Tür joggen gegangen. Und Lawrence hat recht, mir gefällt der Sport, weil er einen an die körperlichen Grenzen bringt.

»Bist du dir sicher, Maron? Ich hätte nichts einzuwenden, dir zu sagen, wo es lang geht.«

»Ja, ich bin mir sicher. Ich habe viel zu lange bis auf ein paar Runden im Park nicht mehr trainiert.«

»Was hast du denn früher trainiert?«, will er wissen und zieht mich am Handgelenk auf den Rasen. Ihn scheint es wirklich zu interessieren.

»Früher war ich drei Jahre im Turnverein, beim Bogenschießen und wurde später im Poledance unterrichtet, wie du gesehen hast. Aber habe vor mehreren Monaten damit aufgehört«, antworte ich und Lawrence löst den Klettverschluss um meine Handschuhe, die ich daraufhin von meinen Hände ziehe.

»Und warum?«

Kurz halte ich die Luft an, weil ich ihm nicht die Wahrheit sagen möchte. Vom Rasen schaue ich zu ihm auf und erkenne seinen weichen Blick.

»Weil mein Trainer umgezogen ist.« Mehr sage ich nicht.

»Er muss wirklich gut gewesen sein, wenn ich das nach gestern Nacht beurteilen kann.«

»War er auch.« Ich verziehe meinen Mund, weil Lawrence' Blicke meine Gesichtszüge mustern.

»Schön, was hältst du davon, auch den Poledance weiter zu trainieren?« Ich schüttle den Kopf.

»Und wo?«

»Eine Stange haben wir in einem Raum für private Zwecke. Du könntest jeden Tag üben, wie auch das Boxen. Und wer weiß, wenn du brav bist, bringe ich dir auch ein paar Kicks bei. Aber nur, nachdem ich deinen hübschen Arsch um die Stange schwingen gesehen habe.«

Leise muss ich lachen, aber das Angebot klingt akzeptabel. Ich möchte unbedingt mehr von ihm lernen. Und wenn er es mir anbietet, warum nicht?

»Einverstanden, Lawrence.« Auf allen vieren gehe ich auf ihn zu, lege meine Hand auf seine Brust und küsse ihn. »Dafür möchte ich dir auch beim Training zusehen.« Denn was gibt es Schöneres für eine Frau, als einem durchtrainierten Mann beim Schwitzen zuzusehen?

2. Kapitel

Noch vor meiner Dusche schnappe ich mir mein Handy, gehe in den Garten und rufe Leon an, während Lawrence in der Villa verschwindet.

»Wie schön, dass du dich meldest«, brummt Leon mir nicht gerade freundlich ins Ohr.

»Ich war eingespannt, um Kunden glücklich zu stimmen. Was gibt es?«

»Das höre ich gern, auch wenn ich dir eine schlechte Nachricht übermitteln muss.« Er räuspert sich kurz. »Monsieur Dubois hat sich bei mir heute Morgen gemeldet.« Das habe ich mir schon gedacht. Aber ich hatte Leon per E-Mail darauf vorbereitet, dass seine Lüge aufgeflogen ist.

»Und?«, frage ich in einem fast uninteressierten Tonfall und wische mir mit einem Handtuch, das mir Lawrence gegeben hat, den Nacken trocken.

»Er hat mir davon berichtet, dich in einem Club namens Oceane tanzen gesehen zu haben, Maron«, knurrt er mir entgegen.

»Falls du darauf hinauswillst, dass ich mich unauffällig in Dubai benehmen sollte, hättest du es vorher sagen müssen. Es ist kein Vergehen.«

»Das habe ich auch nicht behauptet, dennoch stehe ich vor dem Problem, dass er mir mit einem Anwalt droht und das an die Presse bringen will, um meinen Ruf zu schädigen.« *Wohl eher unseren Ruf.*

Verflucht, das klingt wirklich übel. Ich sehe die Schlagzeile schon vor mir: »*Escortdamen widmen sich statt ihren Kunden lieber der Tanzstange. Madame Noir beim Poledance in Dubai gesehen.*«

»Und was willst du dagegen unternehmen? Du wirst doch deinen Anwalt einschalten.«

»Ich werde nichts unternehmen, solange du dich nicht entschieden hast.«

»Wozwischen?«, hake ich nach und lasse das Handtuch sinken.

»Er hat mir vorgeschlagen, die Sache zu bereinigen, wenn du den versäumten Termin in seinem Hotel nachholst.« *Spinnt Dubois?* »Ansonsten wird er seine Androhung umsetzen. Wenn du meine Meinung hören möchtest ...« Ich höre ihn durchatmen. »Tue es, dann wären wir unser Problem los.« *Unser Problem!*

»Warte kurz. Also verlangst du von mir, zu ihm zu fahren, und mit einem Abend sei alles bereinigt?«

»Ja, das meine ich, aber ich verlange es nicht von dir. Es ist deine freie Entscheidung.«

»Würdest du mich ansonsten feuern?«, frage ich ihn leise, weil das meine größte Angst wäre. Eine neue so gute Agentur zu finden, wäre nicht leicht. Und auch wenn ich Leon gerne die Hölle heißmache, liebe ich ihn als Chef, weil er uns immer frei entscheiden lässt und uns zu nichts zwingt.

»Natürlich nicht! Wie kommst du darauf? Wie könnte ich meine beste Dame feuern? Aber«, er stöhnt, dann höre ich etwas über Holz schaben oder Finger trommeln auf einer Tischplatte, »es wäre für uns und die Agentur am besten, würden wir die Angelegenheit bereinigen. Ich zwinge dich zu nichts, das weißt du.«

Aber ich höre an seiner Stimme, dass ich es tun soll. Ich schließe die Augen und wäge in Gedanken ab, was die beste Lösung ist. Natürlich wäre es besser, den Vorfall hinter sich zu lassen, mit Robert den Abend zu verbringen und Leon den Kampf mit den Anwälten zu ersparen, aber würden mich die Chevalierbrüder gehen lassen? Nur für diesen Abend? Ich denke nicht.

Lawrence hat mir nicht umsonst beibringen wollen, wie ich mich verteidigen soll, und Gideon hat mich nicht ohne Hintergedanken über Robert ausgefragt, auch wenn ich nichts preisgegeben habe.

»Ich werde es mir überlegen und mich in wenigen Stunden bei dir melden.«

»D'accord. Machen wir es so. Du würdest uns viel Ärger ersparen, wenn du den Termin wahrnimmst«, sind seine letzten Worte, bevor er auflegt. Ich seufze, dann gehe ich ins Haus, um der Hitze zu entkommen, und nehme eine kühle Dusche.

Den gesamten Mittag denke ich über Leons Worte nach, ob es keine weitere Alternative gäbe. *Aber die gibt es nicht* – beende ich mein Grübeln.

Lawrence muss nach dem Mittag ebenfalls ins Büro und so sind Jane und ich uns den Tag über selbst überlassen, was eine Entspannung wäre, wenn mir meine Grübelei nicht zu schaffen machen würde.

Auf der Sonnenliege am Pool senke ich meine Mitschriften und schaue zu Jane, die wie ich im Bikini bekleidet auf dem Bauch liegt und mit den Fingerspitzen im Poolwasser spielt.

»Könntest du mir vielleicht einen Gefallen tun?«, frage ich sie.

»Welchen?« Mit der Sonnenbrille auf der Nase blickt sie neugierig in meine Richtung.

»Könntest du heute Abend die Jungs ablenken? Ich möchte mir gern Dubai allein ansehen, ohne von ihnen begleitet zu werden.« Sie lacht leise.

»Das kann ich verstehen. Wollen wir nicht zusammen gehen?«

»Nimm es mir nicht übel, aber ich brauche ein paar Stunden allein.« So freundlich wie möglich versuche ich sie abzuweisen und hoffe, sie wird es verstehen.

»Okay. Ich weiß nicht, ob es mir wie dir gelingen wird, die Brüder zu beschäftigen, aber ich kann es versuchen«, antwortet sie und lächelt mir mit ihrer Sonnenbrille auf der Nase entgegen. Erst jetzt mustere ich ihre leichten Sommersprossen, die sie vermutlich erst seit den wenigen Tagen in der Sonne bekommen hat – ihr freundliches Wesen aber unterstreichen.

»Merci«, antworte ich und schmunzle darüber, endlich meine Entscheidung getroffen zu haben. Ich weiß, dass die Brüder vor sechs Uhr nicht im Anwesen sein werden. Bis dahin wäre ich bereits verschwunden. Es ist zwar nicht ehrlich, was ich vorhabe, aber mich vor ihnen erklären, will ich auch nicht.

Das muss ich auch gar nicht – beruhige ich mich.

Ich werde in einer halben Stunde im Atlantis sein.
M.N.

Ich klicke auf »Senden« und die Nachricht ist verschickt. Nun kann sich Robert nicht mehr beklagen. In einem blau-weißen Kleid, einer Sonnenbrille auf der Nase und einer großen Handtasche über der Schulter warte ich auf mein Taxi. Von dem Chauffeur der Brüder will ich mich nicht fahren lassen. Erstens würde er mich vielleicht verraten und zweitens weiß ich nicht, ob er mich überhaupt fahren würde. Vielleicht muss er jeden Moment losfahren, um sie aus dem Büro abzuholen.

Mir reicht es schon, die neugierigen Blicke des Portiers auf mich gezogen zu haben, der mir Gott sei Dank keine Fragen gestellt hat. Aber was wäre auch einzuwenden, wenn ich ein paar Stunden allein in Dubai verbringen möchte? Keiner der Brüder hat mich darauf hingewiesen, die Villa nicht ohne ihre Begleitung verlassen zu dürfen. Schließlich bin ich nicht ihre Gefangene, sondern ihre Begleitung und Geliebte.

Auf der Einfahrt ist nichts von meinem bestellten Taxi zu sehen, also warte ich nervös auf meinen Pumps trippelnd, bis ein Taxi vor das große Eisentor vorfährt. Mit schnellen Schritten eile ich auf den

Wagen zu. Der Fahrer hilft mir einzusteigen, sagt etwas Freundliches in einem gebrochenen Französisch, dann fährt er los.

Mein Magen zieht sich mulmig zusammen, während mein Herz verräterisch laut schlägt, als würde ich die Brüder hintergehen.

Aber das tust du nicht. Beruhige dich. Es muss sein. Leons erleichterte Worte, als ich ihm meinen Entschluss mitgeteilt habe, haben mich in meiner Entscheidung bekräftigt, das Richtige zu tun.

Ich werfe einen letzten Blick auf das beleuchtete Anwesen aus sandfarbenem Gestein und dem roten Ziegeldach, dann rollt das Taxi an den anderen prachtvollen Villen und Vorgärten die Straße entlang.

Mein Handy vibriert. Ich angle es aus meiner Tasche hervor.

Wirklich sehr vernünftig. Ich kann es kaum erwarten, dich zu sehen, Maron Noir. Du triffst mich im Café des Hotels. Ich werde auf der Außenterrasse auf dich warten.

Robert Dubois

Mein Atem geht kurz stoßweise, dann bewahre ich die Fassung und setze eine kühle Miene versteckt hinter meiner Sonnenbrille auf.

Nicht lange und vor mir erhebt sich ein atemberaubend schönes architektonisches Meisterwerk. Das Atlantis Hotel, das von einem riesigen Durchgang durchbrochen ist und wie die Pforte zu einer anderen Welt auf mich wirkt. *Vielleicht in eine teuflische Welt* – spielt mir mein Gewissen Streiche.

Zu der arabischen Musik, die aus dem Radio des Taxis ertönt, macht das Hotel einen imposanten Eindruck. Am Haupteingang hält der Fahrer und dreht sich zu mir um. Ich reiche ihm schnell die Dirham und ein ordentliches Trinkgeld, dann steige ich ohne seine Hilfe aus, um nicht noch mehr Zeit in Anspruch zu nehmen.

Auf meiner Uhr lese ich ab, dass es bereits sieben ist. Pünktlich auf die Minute erreiche ich das besagte Café mit der ausladenden Terrasse, auf der mehrere Gäste in Gesprächen vertieft, in terrakottafarbenen Sesseln sitzen. Zwischen den Tischen stehen große orientalische Windlichter, die eine herrliche Atmosphäre schaffen, und Palmen, die meterhoch in den Himmel ragen, der sich allmählich verdunkelt, weil die Sonne untergegangen ist. Hauptsächlich sitzen Anzugträger oder einflussreiche Geschäftsleute in dem Café, weil die Unterkunft in dem Hotel sicher teuer sein muss.

Nicht lange und ich entdecke Robert an einem Tisch, an der eine Bedienung steht, die seine Bestellung aufnimmt. Tief hole ich Luft, dann drücke ich meine Wirbelsäule durch und laufe auf ihn zu. Wie gewohnt sitzt er in einem dunklen Poloshirt, seinem dunkelblonden Haar, das aus der Stirn gestrichen ist, und einer schwarzen Anzughose vor mir und erhebt sich, als er mich sieht. Jedes Mal, wenn ich ihn treffe, kommt mir der Gedanke, dass er etwas Aristokratisches an sich hat. Vielleicht liegt es an der Frisur oder den hohen Wangenknochen? Dafür sind seine Wangen glatt rasiert und sein Gesicht fast makellos – bis auf die kleine Narbe, die durch seine Augenbraue verläuft.

»Wie schön, dass du es dir einrichten konntest, Maron«, begrüßt er mich mit einem breiten einstudierten Lächeln, sodass seine Augen kurz schwarz aufblitzen. Mein Blick wandert flüchtig zu dem kleinen Veilchen knapp unter seinem linken Auge, das ihm Gideon verpasst hatte.

Ich lächele zart und schiebe meine Sonnenbrille auf mein hochgestecktes Haar zurück.

»Gerne.« Links und rechts meiner Wange haucht er mir einen Luftkuss entgegen und greift nach meiner Hand. »Es freut mich, wenn wir die Angelegenheit so unkompliziert lösen können.«

Er weist mit einer Geste auf einen weichen Sessel gegenüber von sich, dann nimmt er selber Platz.

»Das hätten wir um einiges früher lösen können. Dass ich dazu deinen Chef anrufen musste, war für mich nicht einfach, das kannst du mir glauben. Ich schätze deine professionelle Arbeit mehr als jeder andere Kunde«, säuselt er und greift nach meiner Hand, bevor die Kellnerin Champagner auf einem Tablett serviert. *Wenn du nur wüsstest ...*

Skeptisch blicke ich den Gläsern entgegen, als uns die Kellnerin einschenkt und die in Eis gekühlte Flasche mit der Schale auf dem Tisch abstellt. Flüchtig lasse ich meinen Blick zu den anderen Gästen schweifen, die ebenfalls teuren Wein, Scotch oder Champagner trinken.

»Könnte ich zusätzlich ein stilles Wasser haben?«, frage ich die Kellnerin in einem freundlichen Ton. Sie nickt und verlässt unseren Tisch.

»Ich weiß, kein Alkohol, Madame Noir, aber ich möchte dich nach dem Zwischenfall davon überzeugen, dir nicht schaden zu wollen«, erklärt er mir mit seiner samtigen Stimme, die mir schmeicheln soll. »Ich hoffe, du kannst mich verstehen.«

Kann ich etwas, aber das muss er nicht wissen. Nur die Drohung hätte er sich sparen können. Ich wüsste nicht, wie ich als Kunde reagiert hätte, wenn ich meine Dame im Urlaub an der Stange tanzend in einem Edelnachtclub angetroffen hätte, deren Termin geplatzt ist, weil sie angeblich krank ist.

»Lassen wir es darauf beruhen«, antworte ich leise und schenke ihm ein Lächeln, während er sein Glas erhebt und auf meines deutet. Ich nicke und greife zu dem Champagner.

»Was hast du dir für den Abend als Wiedergutmachung vorgestellt?«, frage ich ihn mit einem intensiven Augenaufschlag und einem berechnenden Lächeln, weil ich weiß, wie sehr er es liebt, wenn ich ihn so ansehe. Sofort verändert er seinen Blick und fährt sich kurz mit der Zunge über die Lippen.

»Lass es uns entspannt angehen. Du hast Urlaub, wie du selber gesagt hast, nicht wahr? Bis auf ein paar Verpflichtungen genieße ich ebenfalls die Tage hier. Cheers.«

Er hält mir sein Glas entgegen und ich stoße zögerlich an. Ich hasse es, nicht zu wissen, was mich die nächsten Stunden erwarten wird. Trotzdem stoße ich an und nippe an meinem Glas, damit er mir nicht zu schnell nachschenken kann und ich halbwegs bei Verstand bleibe.

»Was mich interessieren würde: Was waren das für Männer, die dich im Oceane begleitet haben und ihre Hände nicht bei sich lassen konnten?«, fragt er mich plötzlich und zieht seine dunkelblonden Augenbrauen in die Stirn. Sein Gesicht wirkt wissbegierig und arrogant zugleich.

»Meine Begleiter. Mehr brauchst du nicht zu wissen. Ich spreche nicht über Privates«, antworte ich mit einer festen Stimme, nehme noch einen Schluck und werde vom Leuchten meines Handys abgelenkt, das in meiner Tasche liegt. Die Vibration habe ich ausgeschaltet, trotzdem kann ich Gideons Namen lesen, der auf dem Display angezeigt wird. Ich schlucke, aber wende sofort meinen Blick ab, um mir nichts anmerken zu lassen.

»Das akzeptiere ich. Obwohl ich zu gern wissen will, wer mir gedroht hat, mir mein Genick zu brechen, sobald ich dich anfasse«, höre ich und sehe zu Robert auf. *Waren das Lawrence' Worte? Nun ja, das würde zu ihm passen.*

»Du wirkst angespannt«, bemerkt er plötzlich und seine Hand wandert unter dem Tisch auf mein Knie, dabei fesselt mich sein Blick. »Möchtest du woanders hingehen? An den Strand? Oder ...«

»Nein, nein, hier ist es wunderbar«, lenke ich ein, als wieder mein Display aufblinkt und ich dieses Mal Lawrence' Namen ablese. *Verflucht, Jane, du solltest sie ablenken!* Anscheinend ist es nicht geglückt.

Weiterhin gleitet seine Hand über mein Knie, bevor er mit der anderen über den Tisch nach meiner freien Hand greift und sein Daumen über meinen Handrücken streichelt.

»Entspann dich. Ich tue dir nichts.«

Ich lache etwas abfällig. »Das weiß ich, wenn, dann bin ich es, die dir etwas antut, Robert.« Mein Blick ändert sich, weil ich endlich wieder die Kontrolle übernehmen kann, als mein Display Ruhe gibt.

»Das höre ich gern. Denn glaub mir, ich kann es kaum erwarten, deinen heißen Körper auf mir zu spüren, während du mich wie eine Amazone reitest und mich nur die Fesseln zurückhalten, dich nicht von hinten zu nehmen«, raunt er mir über den Tisch entgegen, sodass ich mit einem Lächeln zur Seite blicke. Seine Worte lassen mich interessiert eine Augenbraue heben. Es erinnert mich an den vorletzten Abend mit ihm. Ich liebe es, wenn er wehrlos unter mir liegt und versucht, die Kontrolle zu übernehmen. Trotzdem bringen mich seine Worte, als ich sie höre, für einen Moment zum Schmunzeln, weil er anscheinend doch einen Plan für diesen Abend hat.

»Warum sollte ich das tun?«, frage ich fast herablassend und ohne den Ernst in meiner Stimme zu verlieren – obwohl es mir schwerfällt.

»Weil ich dich dafür bezahle, Noir, und weil du es gern tust, das sehe ich immer an deinem verdorbenen Blick.« Kurz löst er seine Hand von meiner und greift in seine Anzugtasche, um nach etwas zu suchen. »Falls du dich überzeugen willst, hier wäre deine Anzahlung, damit alles rechtens ist.«

Ich spüre die Geldnoten unter meiner Hand, die er mir geschickt zuschiebt. Kurz kneife ich die Augen zusammen und blicke mich um. Aber niemand scheint uns zu beobachten.

»Wie aufmerksam! Dann sollten wir nicht warten.« *Und ich wäre schneller im Anwesen der Chevaliers zurück.* Denn ich habe nicht vor, die gesamte Nacht mit ihm zu verbringen, aber das weiß er bereits.

Mein Blick ist fordernd und wandert über sein leicht offen stehendes Shirt, dann über sein Gesicht, dessen Züge sehr männlich ausgeprägt sind. *Kann ich es wirklich: so schnell umschalten?* – frage ich mich in dem Moment. Wenn ich mit diesem Mann schlafe, würde ich dann die Brüder hintergehen? Aber an dem Abend, an dem ich Gideon kennen gelernt habe, hatte ich mich zuvor mit Jerôme getroffen, und er wusste davon. Ich bin nun mal käuflich, auch wenn ich es ungern zugebe ...

Unauffällig senke ich meinen Blick, als ich das Glas leere und den Champagner in mir aufsauge, als würde er mich beschützen. *Ich werde ihm keine Schläge verpassen* – lege ich für mich fest, weil das Glas bereits ein Glas zu viel war.

»Sehr gern. Ich kann es kaum erwarten«, höre ich Robert, als er wieder nach meiner Hand greift und mit den Fingern weiter über meinen Unterarm streichelt. Langsam beugt er sich mir entgegen, um mich zu küssen, als ich aus den Augenwinkeln eine Person bemerke, die von der Statur her Gideon ähneln könnte. *Das kann unmöglich sein ...* Doch sie steht mit dem Rücken zu mir gewandt, sodass ich die Person nicht erkennen kann, nur sein dunkelbraunes

Haar und die Uhr an seinem Handgelenk. Ich schiebe schnell die Sonnenbrille auf meine Nase und ziehe mich von Robert zurück, der seinen Versuch, mich zu küssen, stoppt.

»Dann sollten wir uns beeilen.«

Mit einem breiten Lächeln raunt er mir: »Ich mochte schon immer deine Entschlussfreudigkeit«, zu, dann bekommt er mich im Nacken zu fassen und will ein weiteres Mal versuchen, mich zu küssen. Ich kann mich nicht aus seinem Griff wenden, ohne Aufsehen zu erregen, also lasse ich es zu, dass sich seine Lippen auf meine legen, ich sein schweres Aftershave rieche und er mich forsch küsst.

Gänsehaut wandert über meine Arme, als ich sehe, wie Gideon sich uns wirklich nähert, aber mich nicht erkennt – noch nicht. Dann sehe ich Lawrence und beide nehmen ein Stück von uns entfernt an einem Tisch Platz. Schließlich erscheint Dorian hinter einer Menschentraube neben dem Café und geht auf sie zu. Als ich mich von Robert zurückziehe, spüre ich, wie die Brüder zu mir schauen. *Nein, verflucht! Sie haben mich erkannt!*

»Los, schnapp dir deine Sachen«, höre ich Robert wie in Trance, als ich zittrig Luft hole, mir aber nichts anmerken lasse. *Wie haben sie mich so schnell gefunden? Etwa über den Portier? Den Taxifahrer? Haben sie mein Handy gehackt?*

Doch viel schlimmer ist für mich die Ungewissheit, wie sie reagieren werden. Lawrence sehe ich etwas zu Gideon sagen, dann seine Hand zu einer Faust ballen.

Was soll ich tun? Sie halten mich absichtlich im Blick, aber mischen sich nicht ein. Robert winkt die Kellnerin zu uns, während ich nicht denken kann. Dann sehe ich, wie Gideon im nächsten Moment sein Handy ans Ohr hält und meines wieder in der Tasche aufleuchtet. Dorian macht eine Handbewegung, die mir zeigt, sofort abzunehmen. Ich schließe kurz meine Augen, bevor ich ans Telefon gehe.

»Entschuldigst du mich kurz? Es ist wichtig«, erkläre ich Robert, der mit den Schultern zuckt, als ich auf mein Smartphone in der Hand deute, und sich der Kellnerin zuwendet. Er reicht ihr seine Karte, als ich abnehme und nichts sagen kann.

»Ich mache es dir sehr einfach, Maron«, höre ich Gideons tiefe Stimme, die rau und gefährlich klingt, und sehe ihn am Tisch seine Lippen bewegen. »Entweder du gehst mit dem Typen auf sein Zimmer, lässt dich von ihm vögeln und du kannst noch heute Nacht zurückfliegen ...« Ein eiskalter Schauder jagt über meinen Rücken, als seine abweisenden und gefühlskalten Worte, wie ich sie noch nie von ihm gehört habe, in mein Ohr dringen. Oh Gott, am liebsten würde ich aufspringen und zu ihm gehen, ihm alles erklären – aber ich kann nicht. Robert wirft mir seltsame Blicke zu, weil ich nicht spreche. »Oder du weist ihn zurück und kommst ohne Aufsehen zu uns. Die Limousine wartet am Haupteingang.«

Ich öffne meinen Mund, um zu sprechen, aber ich kann nicht reden, als hätte es mir die Sprache verschlagen. Lawrence starrt mit einem mörderischen Blick in meine Richtung, während Dorian abfällig lächelt, was mir nicht gefällt. Selbst von der Entfernung kann ich sehen, wie sich Gideons Augenbrauen zusammenziehen, als ich nicht antworte.

»Alles in Ordnung?«, will Robert wissen und ich schüttele nur etwas den Kopf.

»Alles bestens, mach dir keine Sorgen.«

»Ich will eine Antwort, Maron!«, knurrt Gideon wütend und ich weiß, wie meine Antwort lautet, aber ich lasse mich nicht erpressen. Stattdessen lege ich auf und schiebe mein Handy in die Tasche zurück, bevor ich nach Roberts Hand greife.

»Robert, ich muss ehrlich zu dir sein«, beginne ich und ziehe seine Aufmerksamkeit auf mich. »Ich kann dich heute Abend nicht länger begleiten.«

»Wie bitte! Du hast dem Termin zugesagt. Willst du jetzt jeden Termin absagen oder ihn vorzeitig abbrechen?« Ich schüttele den Kopf, schaue flüchtig zu den Chevalierbrüdern, die mich genau im Auge behalten – die Robert aber nicht sehen kann. *Sehr clever* – denke ich, weil sie mich so noch mehr unter Druck setzen.

»Lass uns das in Marseille klären. Es geht nicht. Ich habe Verpflichtungen.«

Rasch erhebt er sich mit einem todbringenden Blick und reißt sich von meiner Hand los. »Wegen dieser Typen – nicht wahr? Was läuft hier eigentlich?«

»Das kann ich dir nicht sagen.«

Er lacht herablassend, dann beugt er sich vor, um keine Show zu machen. »Du lässt mir keine Wahl, Noir. Noch einmal werde ich dir keine Gelegenheit geben, dich zu entscheiden«, droht er mir, dann werden seine Augen gefährlich schmal. »Au revoir, Madame.«

Perplex bleibe ich sitzen und schließe meine Augen für einen Moment, während Robert wütend die Terrasse verlässt, dabei entgeht mir nicht, wie er kurz in Gideons Richtung blickt. *Himmel, hat er sie gesehen und wiedererkannt?*

Die Angst sitzt mir im Nacken, weil ich weiß, einen Fehler gemacht zu haben.

»Komm mit!« Plötzlich steht Lawrence vor mir und greift nach meinem Handgelenk. Die anderen Gäste des Cafés starren in unsere Richtung. »Was glotzt ihr so!«, fährt er sie wütend an, während ich den Kopf schüttele. Aber um keine Szene zu machen, erhebe ich mich und lasse mich von den dreien zur Limousine bringen.

Keiner spricht ein Wort zu mir und ich kann es ihnen nicht einmal verübeln.

3. Kapitel

»Du hast nichts begriffen, Maron, rein gar nichts!«, fährt mich Gideon an, als Dorian die Tür der Limo zugezogen hat.

»Doch, ich denke schon«, antworte ich leise.

»Dann hättest du nicht, ohne dich abzumelden, das Anwesen verlassen«, mischt sich Dorian ein und trifft meinen Blick. Ich sehe auf seinem Gesicht, wie er versucht mich zu verstehen, es aber nicht kann.

»Ich bin nicht verpflichtet, euch mitteilen zu müssen, wohin ich gehe!« Auch wenn ich versuche mich zu verteidigen, weiß ich, einen Fehler gemacht zu haben. Hätten sie mich nicht gefunden, wäre Leon glimpflich davongekommen, und das Einzige, was mich geplagt hätte, wäre mein schlechtes Gewissen gewesen. Aber so ... Ich habe es vermasselt. Robert wird die Agentur verklagen und die Chevalierbrüder werden mich bestrafen.

»Weißt du, ich habe nicht schlecht Lust, dich für deine freche Antwort sofort in einen Flieger zu verfrachten!«, geht mich Lawrence an und seine silbergrauen Augen werden hart wie Stahl, an dem ich abpralle.

»Ich habe ihn zurückgewiesen. Mehr könnt ihr von mir nicht erwarten.«

»Ach nein?«, fragt Gideon zynisch und beugt sich mir mit einem abfälligen Grinsen entgegen. Er greift fest nach meinem Kinn und zieht mich zu sich. »Was geht hier vor! Was will der Typ von dir, dass du dich heimlich aus dem Anwesen schleichst?«

Ich schlage seine Hand weg, als Lawrence neben mir mein Handgelenk zu fassen bekommt und mich zu sich zieht, damit ich in seine Augen sehen muss. »Er hat dich etwas gefragt, also antworte!«

Scharf ziehe ich die Luft ein und senke meinen Blick.

»Krieg die Zähne endlich auseinander, Maron«, höre ich Dorian. *Wie sie zu dritt auf mich einreden, ist nicht fair* – denke ich, aber ich war ihnen gegenüber auch nicht fair.

Hinter Lawrence sehe ich die leuchtenden Laternen an der fahrenden Limousine vorbeiziehen, dann die teuren Anwesen vor dem Meer. Jeden Moment müssen wir in der Villa sein.

»Er hat mir im Club gedroht, meine Agentur zu verklagen und meinen Ruf in der Presse zu ruinieren. Ich habe heute mit meinem Chef gesprochen, um eine Lösung zu finden, wie wir dem Problem aus dem Weg gehen können – unkompliziert natürlich. Und die einzige Möglichkeit, die uns Dubois gelassen hat, war ein Treffen im Atlantis. Hätte ich heute Abend den Termin wahrgenommen, hätte er es auf sich beruhen lassen. Das ist die Wahrheit«, beende ich den letzten Satz meiner Erklärung und halte weiterhin meinen Blick gesenkt, als würde ich mich schämen. Aber ich kann ihnen nicht in die Augen blicken, wie ich es sonst schaffe, wenn ich mich ihnen widersetze.

Keiner sagt etwas, sodass ich aufblicke und von einem verärgerten Gesicht zum nächsten sehe. Kurz darauf erreicht die Limousine das Anwesen und der Chauffeur öffnet die Tür.

»Christoph, warte kurz, wir müssen noch etwas klären, bevor du Feierabend machen kannst«, weist Dorian ihn an. Der ältere Mann versteht seine Anweisung und tritt von dem Wagen zurück.

»Ich werde freiwillig abreisen«, beschließe ich, weil ich alles ruiniert habe. Ein abfälliges Lachen ist von Lawrence zu hören.

»Das soll uns jetzt zeigen, dass du es bereust? Indem du abreist?«

»Ja, ich verzichte auf das Geld und fliege zurück. Die Nacht werde ich mir ein Hotel suchen«, beschließe ich, weil es die einfachste Lösung ist.

»Vergiss es. Wir lassen dich um die Uhrzeit nicht mehr durch Dubai ziehen, um nach einem Hotel zu suchen. Geh in dein Zimmer und komm uns vorerst nicht mehr unter die Augen, bevor du nicht verstanden hast, was du falsch gemacht hast«, antwortet mir Gideon. Als ich in sein Gesicht sehe, erkenne ich, dass ich ihn verletzt und enttäuscht habe.

»Aber ...«

»Du hast Gideon gehört. Geh!«, weist mich Lawrence barsch an. »Und zwar sofort!« In seiner Stimme schwingt ein gefährlicher Ton mit, dabei entgeht mir sein finsterer Blick nicht, als ich aufsehe, nach meiner Tasche greife und den Wagen verlasse. Auf der Einfahrt drehe ich mich zu ihnen um.

»Es ...« Aber ich schlucke die Worte herunter, fahre mir über die Stirn und werde vom Portier in das Anwesen gelassen, der bereits gesehen hat, dass die Limousine auf die Einfahrt gefahren ist. *Klasse! Was habe ich nur getan?*

Mit schnellen Schritten suche ich mein Zimmer auf und würde mich darin am liebsten einschließen. Aber ihre Worte waren eindeutig, sie wollen mich heute nicht mehr sehen. Und auch wenn ich es ungern zugebe, kann ich sie verstehen. Aufgelöst setze ich mich auf mein Bett und starre aus der Balkontür, vor der der Mond leuchtet.

Ich werde es wohl nie lernen, anderen Menschen gegenüber offen und ehrlich zu sein. Nur – hatte ich eine Wahl? Ja, die hatte ich, doch ich musste auch an meine Zukunft denken.

Als ich auf den Wecker blicke, ist es halb eins. Mit einem Seufzen und einem Brennen in den Augenwinkeln ziehe ich mich um und steige in mein Bett.

Es ist die erste Nacht seit Langem, in der ich allein schlafe ... Die Nacht, in der ich lange brauche, um einzuschlafen, weil mich meine eigenen Vorwürfe – einen Fehler gemacht und ihr Vertrauen zerstört zu haben – quälen.

Gideon

»Am liebsten würde ich sie auf einem Tisch festnageln und sie zur Strafe ficken, bis sie nicht mehr kann!«, knurrt Lawrence, als er den Salon in der ersten Etage durchläuft und auf die Bar zusteuert. Er nimmt sich ein Glas und schüttet sich einen Jack Daniels ein.

»Ich nehme auch einen«, sage ich und laufe auf ihn zu, während Dorian sich auf eine Couch fallen lässt und seinen Fußknöchel auf sein Knie hebt.

Immer noch tobt der Zorn in mir, nicht im Geringsten etwas in Maron bewegt zu haben. Sie hat nichts begriffen, sondern alles, was ich aufgebaut habe, mit Füßen getreten.

»Sie mit der Ungewissheit in ihr Zimmer geschickt zu haben, ist Strafe genug«, höre ich hinter uns Dorian. »Wenn ihr mich fragt, kann ich ihre Handlungsweise nachvollziehen. Der Kunde hat ihr keine Wahl gelassen.«

»Solch einen gequirlten Blödsinn habe ich schon lange nicht mehr gehört, Dorian. Sie hätte hierbleiben können. Mit uns reden sollen«, antwortet Lawrence und reicht mir einen Drink, von dem ich zwei große Schlucke nehme. Der Alkohol brennt meine Kehle entlang.

»Hätten wir sie nicht für die Reise gebucht, wäre sie nicht in die Situation gekommen«, erklärt Dorian und schaut zu uns auf. »Aber die Mühe, ihr zu erklären, dass wir ehrlich zueinander sein sollen – gebe ich zu –, war völlig umsonst.«

»Was wollt ihr jetzt tun? Sie fortschicken?«, werfe ich in die Runde, bevor ich mit Lawrence auf der Couch gegenüber von Dorian Platz nehme.

»Sie muss meine Freundin abgeben, Gideon. Sie in den Wind zu schießen, würde Vater nicht gefallen.«

»Weil er von ihr begeistert ist«, ergänzt Dorian mit einem breiten Grinsen, das schnell wieder verblasst. Ja, ihm gefällt Marons Wesen und ihre Ausstrahlung, das habe ich mehr als einmal von ihm gehört. Nein, ich würde Maron nicht gehen lassen, auch nicht nach dem Vertrauensbruch, weil ich gesehen habe, wie sie es innerlich zerrissen hat, gehen zu müssen. Auch der Ansatz einer Entschuldigung ist mir nicht entgangen. *Aber verflucht!* – sie kann nicht das Anwesen verlassen, um einen anderen Mann zu vögeln!

Meine Hand verkrampft sich um das Glas, sodass ich schnell noch einen Schluck nehme, bevor ich zu der Flasche auf dem Tisch greife. Die Vorstellung, wie sie stöhnend unter diesem Dubois liegt, brennt sich immer weiter in mein Gehirn. Ständig habe ich dieses Bild vor Augen.

»Stimmt, gehen lassen kann ich meine Freundin nicht, aber zurechtweisen. Am besten, wir schließen sie die nächsten Tage ein«, schlägt Lawrence mit einem breiten Grinsen vor. »Nur zur Gala lassen wir sie frei. Was haltet ihr davon?«

»Sicher, damit du sie gleich in jedem Moment flachlegen kannst, wann es dir passt.«

»Und, wäre das ein Vergehen?«, antwortet Law und trinkt einen Schluck, aber nicht ohne leise zu lachen.

»Nein, ich habe eine viel bessere Idee – ihr zu zeigen, wie es sich anfühlt, bloßgestellt zu werden«, äußere ich, weil mir gerade eine wundervolle Vorstellung im Kopf herumspukt. Ihr wird nicht gefallen, was ich vorhabe. Aber mein Vertrauen muss sie sich nach der Aktion erst wieder verdienen. *Und das – Kleines – wird dich viel Überwindung kosten.*

»Ach und welche? Dorian sollte eine Session mit ihr abhalten, wo ihr Arsch glüht und sie um Vergebung bettelt.«

Warum muss Lawrence immer an körperliche Grenzen gehen? Wenn psychische so viel effektiver bei ihr wirken können?

»Nein, denn würde ich anfangen, könnte ich mich nicht mehr zurückhalten«, fügt Dorian mit einem Kopfschütteln hinzu. »Ich würde gern Gideons Meinung hören, schließlich ist sein Verhältnis zu ihr tiefgründiger.«

Ich leere das Glas, grinse schief, bevor ich sie in meine Vorstellung einweihe.

Dorians Lächeln wird breiter, als er sich dunkle Haarsträhnen aus der Stirn streicht. »Die Vorstellung gefällt mir. Ich kann sie morgen gerne ins Anwesen bestellen. Das dürfte kein Problem sein. Was denkst du, Law?«

»Nicht übel. Aber ich wette, sie hält keine drei Stunden durch.« Ich sehe, dass ihm meine Vorstellung gefällt, aber ich denke, sie wird länger durchhalten, weil es ihr Stolz nicht zulässt, einen Rückzieher zu machen und kampflos aufzugeben.

»Nein, ich denke, sie wird bis zum Abend durchhalten«, werfe ich ein. »Was meinst du, Dorian?«

Er stöhnt und zieht eine Hand zu seinem Kinn, als wäge er ab, wie viel er ihr zumuten kann. »Ich sage bis zum Nachmittag, wenn ihr die Hitze bereits zu schaffen macht.«

»Also steht die Wette. Der Gewinner – würde ich vorschlagen – erhält sie als Belohnung. Sie wird sich freuen, das weiß ich bereits jetzt.« Ich kann mein Grinsen kaum zurückhalten, weil ich jetzt schon auf ihren Gesichtsausdruck gespannt bin. Ich tue es ungern, sie ihre Grenzen spüren zu lassen, aber nur so habe ich die Frau im Griff, die ansonsten versucht, uns zu bändigen – was ich nicht zulasse.

»Abgemacht.« Lawrence lehnt sich in der Couch zurück und schaut breit lächelnd zur Decke, dabei entgeht mir sein Funkeln in den Augen nicht.

Wenige Stunden später gehe ich auf mein Zimmer, ziehe mich um und beschließe im Anschluss einen Abstecher über den Balkon zu Marons Zimmer zu machen, um zu sehen, wie sie es aufgenommen hat. Schließlich möchte ich nicht, dass es ihr schlecht geht, auch wenn sie den Fehler begangen hat.

Es ist halb drei Uhr nachts, als ich vor ihrer Balkontür, die verschlossen ist, nur in Shorts bekleidet stehenbleibe. Sie schläft und liegt auf der Seite, das Gesicht zu mir gewandt. Am liebsten würde ich ihr die Strafe ersparen, denn ich kann ihre Handlung nachvollziehen. Obwohl ich Menschen, die für Geld alles machen, nie ganz verstehen werde. *Aber sie macht es nicht für sich, sondern für ihre Schwester – was ich bewundernswert finde.*

Vor der Tür gehe ich leicht in die Knie und halte sie fest im Blick. Sie muss sich nicht abgeschminkt haben, weil Spuren von Mascara über ihrer Wange verlaufen sind.

Hat sie geweint? Das passt nicht zu ihr ...

Ein ungutes Gefühl breitet sich in mir aus, weil ich ihren Anblick nicht ertragen kann und sie am liebsten in meine Arme ziehen würde. Stattdessen erhebe ich mich mit einem Stöhnen, werfe einen Blick zum Meer und gehe wieder in mein Zimmer.

Ich kann jetzt nicht nachgeben, ansonsten versteht sie es nie.

4. Kapitel

Am nächsten Morgen lasse ich mich von meinem Smartphone bereits um sieben wecken, weil ich nicht von den Brüdern geweckt werden will. Ich stehe auf, gehe unter die Dusche und bereite mich in schwarzen Röhrenjeans, einer lockeren dunklen Bluse und einem Pferdeschwanz darauf vor, zu packen.

Egal, was sie sagen werden, es ist besser, wenn ich gehe. Die Reise war von Anfang an zum Scheitern verurteilt und das Geld ... Verflucht, ich verzichte freiwillig auf das Geld und werde die restlichen Tage ausspannen, bevor ich die anderen Kundentermine in Marseille wahrnehme. Zuvor werde ich Leon alles berichten müssen, wenn er nicht bereits von Dubois von dem Abend erfahren hat.

Ich schiebe den breiten hellen Schrank auf, öffne die Kommoden und ziehe meinen silbernen Schalenkoffer heraus, um mit dem Packen zu beginnen. Je schneller ich von hier fort bin, desto besser, denke ich, weil ich nicht weiter darüber nachdenken will – auch nicht über die schönen Momente mit den Brüdern.

Zwischen meinen Händen hebe ich einen Stapel Oberteile in meinen Koffer, sammle meine Schuhe zusammen und öffne das geheime Fach, in dem meine Sexutensilien liegen. Zu gern hätte ich weitere an den Jungs ausprobiert, aber ich weiß, dass sie mich kaum gelassen hätten. Ein bitteres Lächeln huscht über meine Lippen, als ich sie

Stück für Stück verstaue, bis es an der Balkontür vor mir klopft und ich aufsehe.

Dorian schiebt die Tür auf und schaut mit einem verblüfften Gesichtsausdruck von meinem Koffer zu mir.

»Was soll das werden?«, fragt er in nur einer dunkelblauen Stoffhose und einem weißen kurzen Hemd bekleidet und deutet auf mein Bett. Er sieht in seinem Outfit aus, als würde er an den Strand gehen wollen.

»Wonach sieht es aus? Ich verlasse freiwillig das Anwesen. Nach dem Abend ist es das Beste.«

Er macht wenige Schritte auf mich zu. »Zeigst du etwa Reue?«, will er wissen und ich presse die Lippen fest aufeinander, bevor ich mich herabbeuge, um meine Kleider zusammenzulegen. Ich antworte ihm nicht, denn ja, mir tut es leid, weil ich sie hintergangen habe, aber ich werde mich ihnen sicher nicht schluchzend um ihre Hälse werfen und um Vergebung winseln.

»Jetzt hör mal, Maron. Keiner von uns will, dass du gehst, also reiß dich zusammen und bleib hier.«

»Nein.«

»Dann scheint dir nicht viel an der Zeit, die du mit uns verbracht hast, zu liegen«, reizt er mich und nimmt auf dem Bett Platz. Aus meinem Koffer angelt er sich eine meiner Gerten, grinst und dreht sie zwischen seinen Fingern. Schnell nehme ich sie aus seiner Hand und lege sie in meinen Koffer zu den anderen Sexspielzeugen zurück.

»Ganz im Gegenteil. Aber ich spüre, wenn ich unerwünscht bin.«

Dorian stöhnt, dann greift er nach meiner Hand und zieht mich mit einem Ruck zu sich. »Das bist du nicht, nur dein Verhalten.« Ich ziehe meine Augenbrauen zusammen. »Aber ich kann dir gerne zeigen, wie erwünscht du hier bist.« Spöttisch hebt er eine Augenbraue, zieht mich näher an sich und küsst mich, sodass ich auf ihn falle. In seinen Armen liegend, die er um mich schlingt, lässt er mich nicht entkommen. Seine Hände tasten zu meinem Hosenbund und Finger wandern in meine Hose. Ich will mich von ihm freikämpfen, aber er küsst mich leidenschaftlicher weiter, öffnet meine Hose und zieht mein Oberteil ein Stück nach oben.

Der innige Kuss mit ihm lässt mich wirklich glauben, noch erwünscht zu sein. Aber ich kann nicht. Ich versenke meinen Finger in seinen Oberarm und will mich erheben. Meinen Kopf drehe ich zur Seite, damit er mich nicht länger küssen kann.

»Ich glaube kaum, dass die anderen so wie du darüber denken.«

»Seit wann interessiert dich die Meinung der anderen?« Das ist eindeutig eine Fangfrage. »Steh auf und zieh dich aus. Auf dich wartet bereits eine Überraschung.«

»Überraschung?«, frage ich skeptisch und ziehe mich von ihm zurück.

»Richtig. Nur für dich haben wir uns heute den Tag frei genommen. Und du willst besser nicht, dass wir es bereuen.«

Mein selbstzufriedenes Lächeln tritt wieder auf meine Lippen. Sie wollen mich wirklich noch hier in Dubai behalten? Dann sollte ich sie wohl kein weiteres Mal enttäuschen.

»Werdet ihr nicht«, hauche ich ihm zu, senke meinen Kopf und knabbere an seinem Ohr. »Danke. Denn ich weiß es zu schätzen.«

»Bedank dich nicht zu früh bei mir, Liebes. Um unsere Anerkennung und unser Vertrauen zurückzugewinnen, wirst du dich anstrengen müssen. Und glaub mir, der Tag wird heute nicht leicht werden.«

Ich verziehe mein Gesicht. »Hast du nicht von einer Überraschung erzählt?«, hake ich nach und erhebe mich, meine Knie um seine schmalen Hüften. Wie er unter mir liegt, gefällt mir. Er greift schnell nach meinen Handgelenken und rollt mich auf den Rücken.

Mit einem gefährlichen Blick leckt er über meine Lippen, als sei ich seine Beute.

»Allerdings, du darfst mir heute Modell stehen.« *Was soll daran schwer sein?* – frage ich mich in dem Moment. »Und dafür brauche ich dich nackt, also ziehe dich aus.« Er gibt mich frei und steht auf. Auf einem Stuhl nimmt er Platz und wartet, bis ich mich ausziehe.

»Fein.« Was auch Schlimmes damit verbunden sein soll, ich werde mir Mühe geben, ihm Modell zu stehen. Wer kann schon behaupten, einem Künstler wie Dorian Chevalier Modell stehen zu dürfen. Vor Aufregung kribbelt es in meiner Magengegend, dann ziehe ich mich vor ihm langsam aus, während seine Blicke auf meiner nackten Haut ruhen.

Keine fünf Minuten später bereue ich meine Entscheidung. »Wäre ich bloß abgereist«, murmle ich wütend vor mich hin.

»Was hast du gesagt?«, fragt mich Dorian laut, als ich mit breiten Ledermanschetten um die Handgelenke, die mit einer etwa dreißig Zentimeter langen Kette verbunden sind, splitterfasernackt durch das Anwesen laufen muss. *Laufen? Wohl eher zerren lassen muss.* Wie seine Sklavin zieht mich Dorian an der Kette hinter sich durch die Gänge, während ich seinen athletischen Rücken betrachten darf und das dunkle Haar, in das ich am liebsten meine Fingerspitzen vergraben möchte.

»Ach nichts, Dorian«, antworte ich leise. *Einen Morgenmantel hätte er mir wenigstens geben können, statt mich nackt über die Gänge zu seinem Atelier zu führen* – denke ich. Aber wir werden hoffentlich bald in dem geschlossenen Raum sein.

»Na, wen haben wir denn da?«, höre ich Lawrence, als er protzig mit einem breiten Grinsen um die Ecke biegt, in seinem Traineroutfit, das an seinem verschwitzten Körper klebt.

»Sie war gerade dabei, ihre Koffer zu packen, als ich sie überraschen wollte.«

»Ehrlich? Das wäre dann Fehler Nummer zwei, den sie innerhalb von vierundzwanzig Stunden begangen hat. Abzureisen, ohne uns zu fragen, ist keine Kleinigkeit. Nicht brav, Schatz. Aber dein Anblick verbessert meine Laune.« Ich runzle meine Nase und werfe ihm einen giftigen Blick zu.

»Glaub mir, hätte mir Dorian keine falschen Versprechungen gemacht, säße ich bereits jetzt mit einem Lächeln auf den Lippen im Taxi Richtung Flughafen«, fahre ich ihn an. In wenigen Schritten ist Lawrence bei mir, greift in mein Haar und zieht meinen Kopf zurück, damit ich ihn besser betrachten kann.

»Dritter Fehler, Kätzchen! Dir sollte man mehr Respekt beibringen. Statt dafür dankbar zu sein, wie großzügig wir über dein Vergehen von letzter Nacht hinwegsehen, fährst du wieder die Krallen aus.«

Meine Miene bleibt weiterhin eiskalt, auch als eine Hand zwischen meine Beine wandert und mich Lawrence näher an sich zieht. »Pass auf, dass du dir deine hübschen Krallen nicht abbrichst«, warnt er mich und beißt nicht gerade sanft, aber auch nicht zu grob, in meine Lippe. Zwischen seinen Zähnen zieht er meine Unterlippe näher zu sich, während zwei Finger meine Schamlippen auseinanderdrängen und in mich eindringen.

»Es macht dich scharf, was Dorian mit dir macht – oder bin ich es?«, fragt er, nachdem er meine Lippe freigegeben hat und spürt, wie feucht ich bin.

»Dein Anblick genügt, Tiger«, raune ich ihm zu und würde am liebsten meine Hände auf seine Brust legen oder die Kette der Manschetten um seinen Hals schwingen.

»Das höre ich gern.« Die Finger verteilen die Feuchtigkeit über meinen Kitzler, sodass ich etwas die Brauen zusammenziehe.

»Gespielt wird später, Law. Komm, Maron. Ich hoffe, es ist alles vorbereitet?«

»Zu schade.« Lawrence' Finger ziehen sich aus mir zurück, und er wirft mir einen verächtlichen Blick zu, als sei er gelangweilt. »Es ist alles vorbereitet, wie du es dir gewünscht hast. Ich werde gleich zum Frühstück da sein.«

Oh, wollen wir gemeinsam frühstücken? »Sehr gut. Weiter!« Dorian zieht kurz an der Kette, und ich folge ihm, während Lawrence an mir vorbeigeht, aber nicht, ohne in meine linke Brustwarze zu zwicken – und das nicht gerade sanft, sodass ich keuche. *Verfluchter Arsch!*

Über die Galerie führt mich Dorian die Treppen herunter und ich stemme sofort die Fersen in den dunklen Teppich, der über die Stufen hinabführt.

»Nein, ich laufe nicht nackt an Eram und dem Pförtner vorbei«, protestiere ich. Dorian dreht sich zu mir um und hebt eine Augenbraue.

»Wirst du aber müssen, wenn wir in den Garten gehen. Einen anderen Weg gibt es nicht.« Ich atme tief durch. *Garten?* »Aber ich kann es dir erleichtern.« Er greift in seine Hosentasche, und als hätte er es geplant, zieht er eine Augenbinde hervor. Kopfschüttelnd trete ich einen Schritt zurück.

»Ach komm schon. Ich passe auf dich auf, Liebes. Ich würde nicht zulassen, dass dir etwas passiert – jamais«, will er mich beruhigen und sein Blick wird weicher. »Außerdem haben sie öfter nackte Frauen herumlaufen sehen. Das wäre nicht das erste Mal.«

Ich erinnere mich an Lawrence' Worte, der mir gesagt hat, dass Eram bereits viel in diesem Anwesen erlebt hat. *Will ich wirklich wissen, wie viel? In dem Moment: ja!*

»Fein. Bringen wir es hinter uns, ohne Binde«, beschließe ich in einem gefassten Ton.

»Du brauchst dir keinen Kopf wegen deines Körpers zu machen.« Warum nur ärgert er mich weiter?

»Das tue ich auch nicht!«

»Schön.« Er schiebt die Binde zurück in seine Hosentasche und führt mich die Treppen herunter. Bis auf den Pförtner, der keine Miene verzieht, aber kurz auf meine Brüste starrt, ist niemand zu sehen. Auch nicht Gideon.

Vor Nervosität, die ich mir nicht anmerken lasse, atme ich tief durch. Aber nackt durch das Anwesen zu laufen, während Dorian vornehm in einer Hose und Hemd bekleidet ist, hat seinen Anreiz. Er könnte jeden Moment über mich herfallen, wie auch Lawrence. Aber das haben sie nicht vor ... Trotzdem ist das Ziehen in meinem Becken kaum zu ignorieren und auch nicht meine prickelnden Brustwarzen, die sich verräterisch aufrichten. Himmel, warum muss mich mein Körper so im Stich lassen, obwohl sie etwas Übles geplant haben?

Als Dorian die Hintertür öffnet, zieht er mich näher an sich, umfasst meinen Rücken und küsst meinen Hals.

»Egal was kommt, Maron, versuche es durchzustehen. Das wäre deine angemessene Strafe für gestern Abend. Danach wird keiner von uns etwas zu dem heutigen Tag sagen. Und wer weiß, vielleicht gefällt es dir.«

»Möchtest du mich gerade beruhigen?«, hake ich nach. »Denn jetzt hast du mich noch neugieriger gemacht.«

»Ja, das möchte ich, weil ich dich als Frau schätze. Im Übrigen, es war Gideons Idee. Aber dich zu malen, wollte ich bereits seit vorgestern Nacht.« Seine Lippen streifen über meinen Kiefer, zeichnen ihn nach und treffen meine Lippen hauchzart. Ich rieche seinen frischen, fast sportlichen Duft und spüre seine nackten Arme auf meiner Haut. »Bereit?«, fragt er mit einem warmen Lächeln. Immer ändert sich seine Mimik, mal ist sie streng und eiskalt, dann mitfühlend und sensibel, als könnte er niemandem Schaden zufügen.

»Bereit, wenn du es bist.«

Er nickt, dann öffnet er die Hintertür komplett, und ich werde kurz von der Morgensonne geblendet, bevor ich den Garten, den Pool und … Mein Herz rast in dem Moment wie verrückt, als mir eine Crew bestehend aus über zehn Menschen gegenübersteht, die mit Kameras, Klemmbrettern und Stiften bewaffnet auf uns blicken.

Was für ein vermaledeiter Mist ist das!

»Sie tun dir nichts. Sie sind hier, um mit mir ein Interview zu führen und in einem Magazin über meine Arbeit und meine Einflüsse zu schreiben, und du bist heute meine hübsche Muse, die mich derzeit um den Verstand bringt«, erklärt er leise, schaut zu den Menschen und lächelt einstudiert, während ich wahrscheinlich ein Gesicht mache, als sei ich bei der versteckten Kamera.

Rechts neben mir sehe ich Gideon an einem reich gedeckten Frühstückstisch mit Romana auf der Terrasse sitzen, die sich amüsiert unterhalten. Im nächsten Moment geht Lawrence mit feuchten Haaren auf beide zu und nimmt ebenfalls Platz.

Ich weiß nicht, welche Tatsache mich am meisten aus dem Konzept bringt: die fremden Menschen vor mir, die jeden Zentimeter meiner nackten Haut studieren können, oder dass mir Gideon, Romana und Lawrence bei meiner Blamage zusehen, während sie gemütlich frühstücken.

»Boosté«, sage ich leise und trete einen Schritt zurück in die Villa. Dorian blickt schnell in meine Richtung. »Das könnt ihr nicht machen. Ich bin nicht euer Spielzeug.«

»Ah! Monsieur Chevalier!«, ruft ein kräftiger Mann mit einem Schnauzer, einer Sonnenbrille auf der Nase und kommt auf Dorian zu. »Wir haben bereits auf Sie gewartet. Oh, und schon in Begleitung Ihrer neuen Inspiration. Hübsch anzusehen. Eine Augenweide.«

»Wartet kurz«, weist Dorian ihn mit einer strengen Miene zurück und zieht mich wieder in das Haus, als er bemerkt, wie meine Knie weich werden.

Ich habe mit vielem gerechnet, aber nicht damit. Vielleicht liegt es daran, dass ich seit gestern Abend durcheinander bin und mir diese Späße nicht mehr gefallen.

»Hey.« Dorian fasst unter mein Kinn und hebt es an. »Willst du wirklich aussteigen? Dir wird niemand etwas tun, das verspreche ich.« Er umfasst mit beiden Händen mein Gesicht und zieht mich an sich, als sei ich den Tränen nah, was ich nicht bin, aber es stürzt alles auf mich ein, sodass ich es nicht sofort verarbeiten kann.

»Sieh es als neue Erfahrung an, Liebes. Du musst lernen, Vertrauen nicht mit Füßen zu treten – genau das wollen wir bei dir erreichen. Niemand will dir schaden. Aber wenn du nicht lernst, dich uns anzuvertrauen, wirst du, solange du hierbleibst, mit den Konsequenzen rechnen müssen.«

»Ich habe gestern nichts falsch gemacht, Dorian. Ich habe nur versucht, einen Fehler meines Chefs auszubügeln, mehr nicht.« Warum nur schwingt in meiner Stimme ein leichtes Flehen mit, als könnte ich für all das nichts?

»Sch, ich weiß. Wenn es nach mir ginge, würde deine Strafe nicht so ausfallen, aber du hast Gideons Vertrauen verletzt. Er will dich testen. Und Maron, ich weiß, dass du das schaffst. Meine Musen sind bildhübsche, selbstbewusste Frauen – wie du. Und sie genießen es, von anderen Menschen bewundert zu werden. Dir wird es ganz sicher gefallen.«

Es braucht eine Weile, bis seine Worte in meinen Kopf dringen und ich sie verarbeiten kann. Es ist niedlich, dass er mich als »selbstbewusst« und »bildhübsch« bezeichnet, aber das vor der Tür ist selbst für mich ungewohnt. Warum verlasse ich nicht einfach die Villa, statt mit den Manschetten den fremden Menschen vorgeführt zu werden?

Doch mit dieser Niederlage rechnet Gideon – wenn es seine Idee war. Ich kralle meine Finger in das weiche Leder und spüre die Schnallen der Fesseln. *Ich werde es durchstehen, weil ich nicht schwach bin und mich nicht von ihm einschüchtern lasse. Danach werde ich ihn mir vornehmen!*

Von Lawrence hätte ich diese Strafe erwartet, aber nicht von Gideon – das kränkt mich am meisten.

»Ich tu es!«, antworte ich ihm mit einer entschlossenen Miene, drücke meinen Rücken durch und blicke zu ihm auf.

»Etwas anderes habe ich auch nicht erwartet, Liebes. Du bist wundervoll.« Er macht einen Schritt auf mich zu, fährt mit den Fingerspitzen über meine Brüste, weiter zu meinen Brustwarzen und streift sie, bevor er mich so hingebungsvoll küsst wie noch nie zuvor. Ich erwidere seinen Kuss, bevor wir ins Sonnenlicht treten und die Menschen auf Dorian und mich einstürmen.

5. Kapitel

»Was macht dein Kreislauf?«, fragt mich Dorian nach drei Stunden, in der ich ein Silbertablett, auf dem Gläser kunstvoll angeordnet stehen, halten muss. Meine Arme zittern, und Gott, in meinem Leben hätte ich nicht erwartet, dass ein Tablett nach zehn Minuten bereits schwer wie eine Tonne sein kann.

»Bestens«, bringe ich zähneknirschend hervor, als mir eine Make-up-Tusse die Nase pudert, damit wieder Bilder gemacht werden. Innerlich verfluche ich Gideon, der auf der Terrasse sitzt und uns im Blick behält. Lawrence lehnt sich entspannt zurück und grinst, bevor er einen Schluck von seinem Kaffee nimmt. Mein Magen knurrt bedrohlich, trotzdem lächle ich, um mir nichts anmerken zu lassen.

»Das sieht anders aus«, erkennt Dorian und erscheint mit einem skeptischen Gesichtsausdruck, der seine blauen Augen mehr an Intensität verleiht, neben der Leinwand, hinter der er sich für die Bilder positionieren muss. Er bespricht etwas mit dem Schnurrbart-Porno-Typen, der mir schmalzige Komplimente macht, mich aber nicht anfasst, dann kommt er zu mir. »Komm mit, du solltest etwas trinken.«

Dorian nimmt mir das Tablett ab, sodass ich erleichtert aufatme, und führt mich dann in die Villa. Die Luft ist im Schatten erträglich, im Haus allerdings herrlich frisch.

In der Küche schließt er die zwei Türen, bevor er zum Kühlschrank geht und fragt: »Was willst du trinken?« *Essen wäre besser –* denke ich.

»Gib mir irgendeinen Saft und Wasser.« Er nickt, greift nach zwei Flaschen und serviert mir zuerst einen frisch zubereiteten Kiba.

»Danke«, antworte ich und trinke den Saft in einem Zug aus. Im nächsten Moment steht Dorian hinter mir und massiert meine Schultern, um mich aufzulockern.

»Du machst deine Sache wirklich hervorragend. So oft habe ich Roloff das Wort ›bezaubernd‹ lange nicht mehr sagen hören wie bei dir.«

»Das freut mich – Ahh«, stöhne ich, als er meinen verspannten Nacken mit seinen Fingern lockert, was sich großartig anfühlt. »Mit der Zeit ist es gar nicht mal so übel, bis auf das Stillhalten.«

»Das höre ich gern.« Seine Hand wandert meinen Rücken hinab und lockert weiter meine Muskeln, bis ich seine Beule auf meinem Po spüre und seine Hände meine Brüste umfassen. »Aber dein Anblick während der gesamten Zeit ist unerträglich.« Ich schmunzle und wende mich schnell zu ihm um.

»Ich wüsste, was uns beide in dieser Situation helfen würde.«

»Wirklich?«, fragt er und seine eisblauen Augen schimmern mir verführerisch entgegen. Noch bevor wir weitersprechen, falle ich über ihn her, weil ich es unbedingt will. Während der gesamten Zeit habe ich ihm vertraut und seine Worte waren ehrlich, keiner hat mich angefasst und er hat selbst diesen Roloff immer auf Abstand gehalten, der mehrmals in Versuchung gekommen war, mir die Schultern zu tätscheln oder einen Klaps auf den Po zu geben.

Ich ziehe mich an seinem Nacken an ihn und küsse ihn gierig, treibe ihn zurück und fahre mit meiner Hand unter sein Hemd. Die Kette um meine Handgelenke klirrt bei jeder Bewegung, die ich mache, was mich noch mehr anmacht. *Gott, ich will ihn einfach haben, egal warum.*

Die Hitze muss mir mein Gehirn vernebelt haben. Dorian streift sein Hemd aus, und ich öffne seine Hose, während er mich im Gehen dreht und mich zurückdrängt, sodass mein Po auf die Glasplatte des runden Tisches stößt. Er hebt mich hoch, leckt über meinen Hals, saugt sich an meiner Haut fest, während er seine Hose auszieht.

»Verzichten wir auf sadistische Spielchen, ich will dich einfach nur auf dem Tisch ficken, Maron.«

»Liebend gern, wenn das als Wiedergutmachung zählt«, hauche ich in sein Ohr und wandere mit den Fingern über seinen Bauch zu seinem bereits prallen Schwanz, der sich gut zwischen meinen Fingern anfühlt.

»Von mir aus gern. Leg dich zurück.« Langsam sinke ich auf den Ellenbogen aufgestützt auf dem kühlen Glas zurück und er schiebt meine Beine auseinander. Mit den Fingern zieht er meine angeschwollenen und empfindlichen Schamlippen auseinander, leckt in festen und intensiven Bewegungen mit seiner feuchten Zunge über meine Perle, sodass ich den Kopf zurückwerfe. Immer noch trage ich die Manschetten. Er greift nach der Kette, zieht mich mit dem Po weiter zu sich, bevor er sich erhebt und in einem kräftigen Stoß in mich eindringt, sodass ich meinen Rücken durchbiege.

»Gott!«, stöhne ich und er lächelt finster.

»Ich liebe es immer, wenn ich mit meinen Musen schlafen kann – ganz besonders mit dir.«

»Warum?« Er hebt meine Beine und legt sie um seine Hüften, bevor er wieder fest in mich eindringt und ich ihn tief in mir spüren kann. Zwei Finger hebt er zum Mund, befeuchtet sie und reibt dann meinen Kitzler. Alles um mich herum vernebelt sich. Mein rechtes Bein hebt er höher und lehnt es gegen seine Schulter, sodass er tiefer in mich eindringen und meine Klit verwöhnen kann.

»Weil du etwas Besonderes bist. Seit dem Tanz bekomme ich dich nicht mehr aus dem Kopf. Keine gebuchte Lady habe ich zuvor gemalt, nur welche …« Sein Schwanz dringt härter in mich ein, sodass ich keuche und ihn tief in mir spüre. Mit der Kette verhindert er, dass ich von seinen Stößen zurückrutsche. »… die ich auf der Straße, in Ausstellungen oder Clubs kennen gelernt habe, die unschuldig …« Wieder ein Stoß, während mein Kitzler heiß prickelt und ich mein Bein fester um ihn schlinge. »… rein und unverdorben sind. Im Gegensatz zu dir.« Er fickt mich immer härter, sodass ich glaube, vor Lust zu zergehen. »Du liebst es, zurechtgewiesen zu werden. Und mit der Zeit weiß ich, dass ich es liebe.« *Was?*

Mit einem tiefen Stoß zieht er sich aus mir zurück, bekommt mich an der Hüfte zu fassen und hebt mich vom Tisch. »Geh auf die

Knie.« Ich tue es, als er mir ein Kissen auf die Fliesen legt und er im nächsten Moment hinter mir kniet. »Am liebsten würde ich dir Schläge verpassen. Aber da die Anderen draußen auf uns warten und dein kostbarer Arsch verschont bleiben muss ...«

»Zöger nicht! Tu es einfach!«, fahre ich ihn an, höre ihn knurren und zwei kräftige Schläge erwischen meine Pobacken, bevor sein Schwanz in mich eindringt und mein Kitzler massiert wird, sodass ich schreie. Der beißende Schmerz wandelt sich in pures Verlangen um, sodass ich mich ihm weiter hingebe, seine Finger geschickt meinen Kitzler umspielen, während er mich erbarmungslos vögelt, bis ich nicht mehr kann und meine Lust laut hinausstöhne. Wenige Sekunden später kommt Dorian mit einem langen Stöhnen und küsst meinen Po, bevor er sich aus mir zurückzieht.

»Verdammt, den sollten wir kühlen. Auf den Bildern wird er sich nicht so gut machen.« Ich erhebe mich mit seiner Hilfe.

»Angst, man könnte deine sadistische Seite entdecken?«, reize ich ihn mit einem zufriedenen Schmunzeln. Der Sex mit ihm war auch ohne Vorspiel der Wahnsinn. So temperamentvoll habe ich ihn nie erlebt, sodass meine Knie immer noch zittern und ich einen Schluck von dem Wasser nehme, das er mir anbietet. Dorian geht zum Gefrierschrank und kommt mit zwei Kühlpads wieder.

»Dreh dich um.« Ich folge seiner Anweisung und quietsche kurz unter den eiskalten Pads auf.

»Sch, das wird helfen«, flüstert er hinter meinem Ohr. Auf meiner Schulter spüre ich seine Nasenspitze, als er mit seinen Lippen über meine Schulter fährt und meine Haut zart küsst. Die Abkühlung tut meinem Hintern wirklich gut, denn der Schmerz ebbt ab, während ich mich seinen sinnlichen Berührungen hingebe. Mit der anderen Hand zwirbelt er meine linke Brustwarze wie eine zerbrechliche Knospe. Ich schließe meine Augen und lehne mich ihm entgegen.

»Was treibt ihr hier?« Ich erkenne Lawrence' Stimme, der die Küche hinter uns betritt. »Kuscheln in der Küche, während die anderen auf dich warten?«

»Nein, lass uns allein, Law.« Oh, Dorian will seine Ruhe mit mir. Mal sehen, ob sich sein großer Bruder das gefallen lässt.

»Wozu? Wie ich sehe, hast du unseren eigentlichen Plan geändert. Ich helfe dir gerne dabei, während Gideon nichts ahnt.« Dorian lacht in meinen Nacken und wendet sich zu seinem Bruder um.

»Mir hat sein Plan von Anfang an nicht gefallen«, sagt er verschwörerisch. Ich drehe mich zu ihnen um.

»Was läuft hier eigentlich?«, frage ich und Lawrence zieht scharf die Luft ein, als seine Augen zu meinem brennenden Po wandern.

»Musst du nicht wissen, mein Schatz. Komm her.« Dorian übergibt meine Kette Lawrence, der nicht lange zögert und mich mit einem Ruck an sich zieht. »Wie heiß du aussiehst, wenn du in Ketten liegst. So wehrlos.«

Ich funkele finster zu ihm auf. »Wehrlos?« Mit einer Hand umfasse ich schnell sein Ohr und ziehe ihn zu mir herab. Knurrend versucht er sich freizukämpfen. »›Bissig‹ trifft es wohl besser«, höre ich Dorian sagen. »Ihr habt fünf Minuten, um die Angelegenheit zu klären. Wenn es geht, versuch die Kühlkissen auf deinen hübschen Pobacken zu lassen.«

»Witzig? Wie soll ich das tun, wenn ihn mir Lawrence gleich aufreißt?«

»Stimmt auch wieder.« Dorian nimmt die Kühlpads von meiner Haut und wirft sie nachlässig auf den Tisch, bevor er seine Hose anzieht und die Küche verlässt. Lässig fährt er sich durch sein glänzendes Haar, als wäre die Nummer gerade eben nicht passiert, und greift zur Türklinke.

»Jetzt sind wir ganz allein, mein Schatz«, raune ich Lawrence zu und gebe ihn frei, als Dorian die Tür hinter sich zugezogen hat.

»Du scheinst dich schnell erholt zu haben.«

»Allerdings.« Ich drehe mich zu ihm um, gehe vor ihm leicht in die Knie und reibe meinen heißen Arsch über seine Shorts, um ihn scharfzumachen, dabei fahre ich durch mein Haar und blicke lasziv über meine Schulter. »Und das willst du dir doch nicht entgehen lassen.«

Er knurrt, schon zieht er sein enganliegendes Shirt aus, sodass ich seine heißen Tattoos sehe und ihn genau dort habe, wohin ich ihn haben will. Er umgreift meine Hüfte und reibt meinen Po weiter über seine Beule, die immer fester wird. »Hm, dein Schwanz wird sich bestimmt gut in meiner feuchten Pussy anfühlen«, raune ich ihm die Codewörter zu, die sein Kopfkino anspringen lassen, und stütze mich mit den Händen auf dem Boden ab, damit er einen perfekten Einblick zwischen meine Beine hat.

»Du bist ein echtes Biest.«

»Ich weiß und du willst mich zähmen, nicht wahr?«, reize ich ihn weiter, schaue verdorben zu ihm hoch und muss innerlich lachen. Er zieht sich ganz von allein aus, ohne dass ich etwas machen muss, und leckt über meine Spalte, sodass ich genüsslich stöhne, als ein Finger in meinen Anus eindringt und einer in meine Pussy.

»Himmlisch, Schatz.« Zu gern würde ich Gideons Gesicht sehen, wenn er uns erwischt. Was er kann, kann ich schon lange. Lawrence ersetzt seinen Finger in meiner feuchten Pussy durch seinen großen Schwanz, sodass ich nach Luft schnappe, als er in mich eindringt und mein Becken in rhythmischen Stößen vor und zurück bewegt.

»Die ganze Zeit wollte ich das tun, während du nackt vor Dorian herumgesprungen bist.«

»Nicht so eilig, Darling«, wende ich ein und kann ihm schnell entkommen, als ich einen Schritt ausweiche und sein Schwanz aus mir rutscht. Ich drehe mich mit einem verdorbenen Blick zu ihm um. Er soll als Erstes bluten, weil er den Plan mitgespielt hat, während mich Dorian wenigstens verstehen konnte und mir geholfen hat, die ersten Minuten zu überstehen.

Ohne ihn vorzuwarnen, verpasse ich ihm eine Ohrfeige. *Klatsch!*

»Das war dafür, dass du bei dem Plan mitgemacht hast, Liebling.« Mit offenem Mund schaut er verstört in meine Richtung. »Niedlich, wie du schaust, den Blick sollte ich am besten fotografieren, wenn ich nicht splitternackt wäre und mein Handy dabeihätte.« Ich schlinge meine Kette um seinen Nacken und stoße ihn zur Wand neben der Küchentür zurück. Lawrence habe ich noch nie so sprachlos gesehen.

»Was soll das werden?«

»Wonach sieht es aus? Liebling, du hast mich noch nicht wirklich in Aktion erlebt, und glaub mir, dieses Mal wirst du meine Rache spüren.« Böse funkele ich ihm entgegen, als meine Finger über seine muskulöse Brust wandern und ich dabei über meine Lippen lecke. Mit meinen Fingernägeln verpasse ich ihm hübsche Kratzer quer über seine Brust, ehe er sich aus der Kette befreien kann und meine Handgelenke zu fassen bekommt.

»Nimm es mir nicht übel, aber nach der Aktion werde ich dich nicht schonen.«

Ich lache abfällig und hebe meine Hand vor den Mund, sodass die Kette herrlich klirrt. Dann blicke ich auf seinen steifen Schwanz, der nur darauf wartet, in mich einzutauchen nach der Demütigung. Er hebt mich hoch und trägt mich zu dem Tresen, dort platziert er mich und hält mich an der Hüfte fest, bevor er in mich eindringt, sodass ich vor ihm zapple.

»Verflucht! Kannst du mir nicht ein Mal meine Show lassen!«

»Vergiss es, Kätzchen. Nach der Ohrfeige und den Kratzern sicher nicht, jetzt wirst du deine Lektion erhalten.«

»Aber …« Schon senken sich seine Lippen auf meine und er küsst mich hungrig, dringt tiefer in mich ein, sodass ich mir gepfählt vorkomme, und penetriert mit seiner Zunge gleichzeitig meinen Mund. Ich stöhne in seinen Mund, als er mich anhebt und meinen Rücken gegen den Kühlschrank presst, während ich meine Beine um ihn schlinge. Seine Hände liegen auf meinem glühenden Arsch, als er mich hält und ich zwischen ihm und dem Kühlschrank gefangen bin.

»Himmel, Law!«, schreie ich, als ich meine Fingernägel in seinen Schultern vergrabe und mich der kräftige Mann vögelt wie nie zuvor, sich sein Mund keine Sekunde von meinen Lippen löst. Ich öffne mit meinen Fingern sein Haar und kralle mich darin fest.

Ich liebe es, durch sein offenes Haar zu fahren und seinen herben Duft einzuatmen. Weiter hebt er mich auf seiner Härte auf und ab, als wäre ich ein Leichtgewicht, und stöhnt, während sich die Hitze in mir sammelt.

»Ändere nicht die Position«, flehe ich ihn an.

»Schrei meinen Namen, wenn du kommst, Baby. Denn du gehörst mir.«

Ich nicke und schließe die Augen, als mein G-Punkt von seinem großen Phallus überreizt wird und ich laut seinen Namen schreie. Dabei ist es mir egal, wer uns hören könnte. Er knurrt zufrieden, schiebt mit einer Hand hinter sich auf dem Tresen irgendwelche Schalen und Gefäße zur Seite, die polternd auf dem Fliesenboden zersplittern, und legt mich in einer langsamen Bewegung darauf ab, um sich mit weiteren tiefen Stößen laut stöhnend in mir zu ergießen.

»Du bist der Hammer, Schatz.« Mein Kopf hängt leicht über dem Tresen, aber ich schmunzle mit geschlossenen Augen.

»Das weiß ich.«

Ein Räuspern ist zu hören und ich blinzle. Kopfüber kann ich Gideon mit einem totbringenden Blick vor uns in der Tür erkennen.

»Heilige Scheiße«, sagt Lawrence und lässt mich in dem Moment tatsächlich los.

»Nein!«, schreie ich panisch und er bekommt mich noch rechtzeitig an der Hüfte zu fassen, damit ich nicht mit dem Kopf voran herunterfalle.

»Was wird das hier?«, fragt Gideon in einem scharfen Ton und verschränkt die Arme vor der Brust.

»*War* wolltest du wohl sagen«, bringt Lawrence lachend hervor und ich muss in sein Lachen einstimmen. Langsam zieht er mich an sich, sein Schwanz ist nicht mehr in mir zu spüren. Er hält mich an der Taille fest, als ich von der Steinplatte rutsche, und küsst mein Haar. »Alles in Ordnung?«, erkundigt er sich, als stände Gideon nicht in der Küche.

Ich nicke schmunzelnd. »Ja.« Kurz stelle ich mich auf die Zehenspitzen und gebe ihm einen Kuss auf seine Wange, spüre seine Bartstoppeln. »Deine Freundin ist zufriedengestellt.«

»Dann sollten wir das Shooting fortsetzen, die fünf Minuten sind um.«

»Stimmt, Dorian wird schon warten.« Wir laufen Arm in Arm an Gideon, der die Augenbrauen zusammenzieht und wütend zu mir starrt, vorbei. Ich zwinkere ihm zu, dann verlassen wir die Küche.

Als ich mich ein letztes Mal umdrehe, erkenne ich, wie Gideon meine roten Pobacken deutet. *Seine Schuld, wenn er mir diesen*

Schwachsinn im Garten zumutet und Romana dabei zuschauen darf – denke ich.

Nachdem ich das Bad aufgesucht habe, um mich zu säubern und mit kaltem Wasser meine Pobacken gekühlt habe, gehe ich mit Lawrence, der so lange auf mich gewartet hat, wieder in den Garten. Gerade jetzt sind mir die Blicke der fremden Leute und auch die von Roloff auf meinen Arsch wirklich herzlich egal. Von Romana kassiere ich ein belustigtes Kopfschütteln und Dorian fährt sich mit einem Grinsen durch sein Haar.

Hoffentlich ist die Sache schnell wieder bereinigt, obwohl ich weiß, dass ich Gideons Bestrafung einen Strich durch die Rechnung gemacht habe. Aber wenn wir allein sind, werde ich mit ihm reden. *Mit ihm reden muss ich –* das weiß ich. Das hätte er längst mit mir tun sollen, statt sich diese dämliche Strafe – mich vorführen zu lassen – auszudenken.

Kurz kreuzen sich Gideons und mein Blick, als ich wieder vor der Kamera meine Haltung einnehmen soll. Sein Blick verspricht mir, eine Lektion von ihm zu erhalten, der ich nicht so einfach entkommen könnte.

Aber was, wenn ich sie nicht dulde? Er würde nie so weit gehen, um mir zu schaden – dafür kenne ich ihn zu gut.

Gideon

Romana greift nach meiner Hand und haucht mir einen Kuss auf die Wange. »Ich habe dich immer vor ihr gewarnt, Gideon. Sie wird bis zu einem gewissen Grad viel über sich ergehen lassen, bis sie zurückschlägt. Und sie versteht sich sehr gut darin, wo sie zuschlagen muss.« Belustigt fängt sie an zu kichern und ich balle meine andere Hand zur Faust.

»Das werden wir sehen«, knurre ich.

»Du hast bereits verloren. Deine Brüder konnten ihrem Anblick und ihrer stillen Aufforderung zum Sex nicht widerstehen, was ihr hübscher Arsch mehr als zu gut verrät.«

Sie hat recht, Dorian und Law sind – während ich geglaubt habe, sie würden Maron etwas zu trinken geben und ihr etwas zu essen anbieten – über sie hergefallen wie ungezähmte Tiere. Wie konnte ich so naiv sein, dass sich diese Frau vor dem Shooting fürchten würde? Zu Beginn sah es sehr danach aus, dass sie einen Rückzieher machen würde, doch jetzt ...

»Der Tag ist noch nicht zu Ende«, raune ich leise und schaue zu Maron, die von Dorian und einer Assistentin bemalt wird, weil als Nächstes der Body-Painting-Shoot folgt. So stolz, wie sie vor meinem Bruder steht und sich mit ihm unterhält, scheint es ihr nichts mehr auszumachen, nackt vor uns anderen im Garten zu stehen, sich an allen Körperstellen bemalen zu lassen und sich die neugierigen Blicke des Kameramanns und des Regisseurs einzufangen.

»Pass auf, dass du nicht der Nächste bist«, warnt mich Romana und greift nach zwei Weintrauben, die in einer Schale auf dem Tisch stehen. Sie dreht sie zwischen ihren Fingern wie kostbare Perlen, dann schiebt sie sich eine in den Mund.

»Werde ich nicht sein.«

»Oh, mein Lieber, du unterschätzt sie. Anscheinend hast du sie noch nicht erlebt, wenn sie ihr wahres Ich zeigt.«

»Was meinst du damit?« Romana blickt mir mit ihren großen Rehaugen lange entgegen, um in meinen Augen zu lesen, wie es Maron oft tut.

»Maron Noir weiß, wann sie zuschlagen muss«, sagt sie und schaut zu Maron. »Sie wird sich bis zu einem gewissen Grad viel gefallen lassen, doch um sich nicht zu verlieren, wird sie übernehmen und Schritt für Schritt euren Verstand vernebeln. Zuerst, glaubt ihr, habt ihr die Oberhand, das macht sie zu gern, doch mit jeder Minute – oder bei euch jeden Tag – wird sie es sein, die die Fäden in der Hand hält, und ihr glaubt, nicht mehr ohne sie auskommen zu können. Das habe ich bereits an dem Abend gesehen, als ihr ihren Poledance gesehen habt. Ihr seid ihr verfallen. Jeder von euch drei auf seine Art und Weise. Und wer könnte das nicht? Sie besitzt eine unglaubliche Ausstrahlung, mimt gern das willige Opfer, aber fährt ihre Krallen aus, wenn ihr nicht damit rechnet. Sie ist die perfekte Schülerin gewesen ...« Fast schon scheint Romana in Gedanken vertieft zu sein, als sie über Maron erzählt, als sei sie ihre große Schwester, oder nein: ihr Vorbild. »Ich gebe Maron nicht mal die Schuld an der Misere mit ihrem Kunden. Er will sie ebenfalls für sich und lässt mit Sicherheit nichts unversucht.«

»Schülerin?«, hake ich nach, weil ich Romana nie davon habe sprechen hören. Sofort erwacht sie aus ihrer Träumerei, pflückt sich zwei weitere Trauben ab und schiebt sie in ihren Mund. Ich sehe ihr beim Kauen zu, als sie ihren Blick senkt.

»Ja, sie wurde darin unterrichtet, Männer um den Verstand zu bringen.«

»Weiter?«, hake ich nach, weil ich unbedingt alles erfahren möchte.

»Wie ich wurde sie von Kean Gerand unterrichtet und was soll ich sagen? Wenn ich sie immer wieder beobachte, erkenne ich, wie sie seine Hinweise umsetzt, mit jedem flüchtigen Lächeln, verborgenem Augenaufschlag, mit jeder unbedachten und zugleich zärtlichen Handbewegung und wie sie ihr Gegenüber analysiert. Sie versteht es, in die Seele eines Menschen zu blicken. Sie weiß, was Männer wollen, was sie nicht wollen, aber lässt es sich nicht anmerken, was sie will. Zu keiner Zeit.«

Romanas Worte ergeben viel Sinn, weil ich Maron genau so einschätze: verschlossen und ihr Gegenüber stets im Auge behaltend. Vermutlich konnte ich ihr wahres Wesen, so wie sie sich den Kunden für gewöhnlich präsentiert, nicht erkennen, weil wir Maron meistens zu dritt davon abhalten. Aber was, wenn sie sich uns gerne hingibt und sie sich doch ändert, um uns in ihren Bann zu ziehen? *Hat sie das nicht bereits getan?* – fragt mich eine Stimme in meinem Kopf und ich hole tief Luft, bevor ich zu meinem Wasserglas greife und einen Schluck nehme.

»Erzähle mir von ihrem Lehrer, was ist er für ein Mensch?«, möchte ich von Romana wissen, weil mir Maron bestimmt nicht von ihm erzählen wird. Nicht, nachdem ich in ihrem Gesicht ablesen konnte, dass sie mir für alles die Schuld gibt. Aber warum? Sie brauchte eine Verwarnung.

»Kean ist ein Mensch, der es versteht, in dir die tiefsten Sehnsüchte wachzurufen. Er ist eine Art Mann, dem ich nie wieder in meinem Leben begegnet bin. Er hat Maron wie auch mir geholfen, in einer Zeit, als es uns schlecht ging, wieder aufzustehen. Er hat uns im Bondage, in BDSM und der Verführung eingewiesen, auch im Poledance – und ja, ich habe zu keiner Zeit meine Entscheidung, mit ihm meine Zeit verbracht zu haben, bereut.«

Ich verstehe ihre Worte nicht. »Was meinst du damit?«, hake ich nach und stütze gespannt mein Kinn auf den Handrücken auf, während ich sie im Blick behalte.

»Nach einer begrenzten Zeit musste ich gehen, obwohl ich ihm verfallen war. An Marons Blicken, als sie den Poledance getanzt hat, habe ich gesehen, wie vertieft sie in ihren Erinnerungen verwurzelt war. Sie war, so wird unter den Mädels erzählt, seine ehrgeizigste Schülerin, die er ungern gehen ließ. Was auch vorgefallen ist oder was nicht, weiß ich nicht, weil er nicht darüber gesprochen hat – zu keiner Zeit. Aber die Bilder im Spind der Sportarena, in der wir trainiert haben, haben etwas anderes gezeigt.«

Bilder?

»Von Maron?« Romana nickt zurückhaltend, während sie ihren Blick hebt.

»Ja. Soweit jeder weiß, ist er in einer offenen Beziehung gewesen, aber fängt keine Affären mit seinen Schülerinnen an. Der Sex, den er uns – wie soll ich sagen – beibringt, findet nur unter Beaufsichtigung statt. Aber mit ihr …« Romana nickt zu Maron. »… muss es anders gelaufen sein. Zumindest habe ich in ihren Augen genau dasselbe Blitzen gesehen, wenn ich Keans Namen erwähnt habe, als zu dem Zeitpunkt, als er auf ihre Bilder im Spind gesehen hat. Ich bin nicht dumm, Gideon, ich weiß ganz genau, dass zwischen den beiden mehr vorgefallen ist, und vielleicht ist an den Gerüchten, dass er sie öfter zu sich nach Hause eingeladen hat, auch etwas dran. Aber das werden wir wohl nie erfahren.«

Aber ich will es erfahren. Romana macht mich mit ihren Worten immer neugieriger. Und zeitgleich fällt mir Marons Abneigung, mir nicht in die Augen sehen zu können, während sie einen Orgasmus hat, auf. Hängt es etwa mit ihrem Lehrer zusammen? Ich schaue zu ihr und sehe sie lächeln, als Dorian ihre Brüste bemalt.

»Eine Sache würde mich interessieren, Romana.«

»Welche?«, fragt sie und schaut mir mit einem niedlichen Lächeln, das sich ein leichtes Grübchen in ihrer Wange abzeichnet, entgegen. Der Wind weht dunkle Strähnen aus ihrem hübschen Gesicht.

»Was ist *ihr* Schwachpunkt? Was ist euer Schwachpunkt?« Leise lacht sie neben mir.

»Es gibt nur einen Schwachpunkt, den Maron und ich gemeinsam haben.« Sie beugt sich mir verschwörerisch entgegen und flüstert mir den Namen ihres Trainers ins Ohr. »Kean Gerand.«

Verdammt, was ist an dem Mann so besonders, außer dass er ihr den Umgang mit BDSM beigebracht hat und sie wie jeder andere Mann gevögelt hat.

»Aber um sie zu beeindrucken, und das ist deine Absicht, wenn ich es sogar in deinem Gesicht ablesen kann, dann solltest du weiter das Vertrauen zu ihr aufbauen. Schenke ihr das, was Kean uns geschenkt hat: vollkommene Demut, Hingabe und unergründliches Vertrauen. Und das, was du mit ihr heute versucht hast, ihren Willen zu brechen, ist der falsche Weg, Gideon. Kean hat uns niemals Dinge tun lassen, die wir nicht wollten, aber uns aufgefordert, es zu probieren, um die Neugierde in uns zu wecken, damit wir es tun wollen. Wecke die Neugierde in ihr und sie wird sich nicht mehr von dir zurückhalten können.«

Mit einem verblüfften Stöhnen greife ich zu meinem Wasserglas und halte weiterhin Maron im Blick. Bin ich so leicht zu durchschauen, dass selbst Romana weiß, wie sehr ich an der Kleinen interessiert bin?

Romana habe ich vor knapp einem Jahr in Marseille in einem Nachtclub kennengelernt, als sie von einem Kunden kam und sich ablenken wollte. Sie suchte oft den Club auf, den auch ich besuche, und so kamen wir, als ich sie das dritte Mal angetroffen habe, ins Gespräch. Hin und wieder habe ich sie gebucht, aber auch die Zeit ohne Sex mit ihr genossen. Dass sie in Dubai ist, ist auch kein Zufall. Sie liebt Dorians Ausstellungen, außerdem weiß sie, dass wir uns gelegentlich in Arabien aufhalten. Ich habe ihr davon erzählt, und sie war begeistert von der Idee, ebenfalls Urlaub zu nehmen. Noch während des Gesprächs vor wenigen Wochen hat sie mir von Maron erzählt, um mir eine Abwechslung nach der letzten gescheiterten Beziehung zu verschaffen. Romana ist eine gute Zuhörerin und steckt mich oft mit ihrem Lächeln an. Anscheinend ist sie auch eine gute Beobachterin ...

Wie Maron Blicke mit Dorian austauscht und mit ihm spricht, muss es ihr wirklich gefallen, von ihm bemalt zu werden. Lawrence steht schräg hinter ihr an einem Baum angelehnt, während er sich mit einer Assistentin unterhält, aber seine Blicke immer wieder zu Maron huschen. Die beiden haben ihr bereits den gestrigen Abend verziehen, das sieht selbst ein Blinder.

»Danke für deine hilfreichen Tipps, Romana.« Ich greife nach ihrer schlanken Hand und ziehe sie näher zu mir. »Aber ich denke nicht, sie zu etwas gezwungen zu haben. Ich werde sehen, was der Abend bringt«, sage ich mit einem Grinsen auf den Lippen, weil ich mir schon etwas Besonderes überlegt habe.

Sie beugt sich mir entgegen und gibt mir einen flüchtigen Kuss auf die Lippen. »Bleib standhaft, Gideon«, flüstert sie mir zu, dann erhebt sie sich. »Wenn du nichts dagegen hast, werde ich euch verlassen. Schließlich brauche ich noch ein Kleid für morgen Abend.« Sie zwinkert mir entgegen.

»Du darfst mir gerne Bilder schicken, damit ich weiß, wie meine Begleiterin aussehen wird. Nicht, dass ich dich verfehle«, scherze ich. Dabei schüttelt sie den Kopf und stößt mit der Hand gegen meine Schulter. »Werd nicht unverschämt. Sonst wirst du morgen eine andere Begleitung brauchen.«

»Ich verlasse mich auf deinen Geschmack. Bisher hast du mich nicht enttäuscht«, äußere ich und sehe ihre Augen strahlen, begleitet von einem Lächeln.

»Klingt schon viel besser. Au revoir!« Sie hebt ihre Hand, dann verlässt sie den Garten. Kurz kreuzen sich Marons und mein Blick. Sie hat uns beobachtet – wie passend, dann ist wenigstens der Plan aufgegangen, weil ich ihr niedliches Runzeln auf der Nase bis zu mir erkennen kann.

Meine Gesichtszüge sind dennoch gelassen, als ich mich erhebe und ins Haus gehe. Sie soll nicht denken, dass ich mir weiter mit ansehe, wie sie Kontrolle über die Situation gewonnen hat.

6. Kapitel

»Wunderschön«, haucht Dorian in mein Ohr, als er meinen Arm nimmt und ihn so positioniert, wie er ihn gern zeichnen möchte. Mein gesamter Körper ist ähnlich wie indische Hennamalerei von zarten dunklen Linien bemalt worden, was gefühlte fünf Stunden gedauert hat. Wenn mich Lawrence nicht während der Prozedur gefüttert hätte, wäre ich vor Hunger umgefallen. Aber er war wirklich fürsorglich, während Dorian meinen Körper verschönert hat und der Regisseur alles mit seinen Kommentaren dokumentieren musste. Ständig höre ich das Knipsen der Kamera oder Dorian Fragen über seine Arbeit beantworten. Er scheint selber sehr ausgelaugt und erschöpft zu sein, was in der Wärme auch kein Wunder ist.

Ich schwitze bereits wieder, sodass mir Dorian den Schweiß von der Stirn tupft. »Du hast es gleich geschafft, es ist die letzte Position.«

An seinem Blick sehe ich, wie er mich küssen möchte, aber sich zurückhält, damit die Crew keine falschen Schlüsse daraus zieht.

»Das freut mich. Du hast ein wandelndes Kunstwerk aus mir gemacht. Es ist unglaublich. Machst du das öfter an lebenden Objekten?«, frage ich ihn, was mir bereits die letzte Zeit auf der Zunge lag.

»Du bist mein zweites Model. Ich habe es vor einem Jahr gemacht, danach hat es mich nicht mehr gereizt. Bleib so stehen.« Er entfernt seine Hände von mir, bedacht darauf, sein Kunstwerk nicht zu zerstören, dann beantwortet er wieder Fragen und die Kameras sind auf mich gerichtet. Allmählich könnte mir der Job gefallen, auch wenn sich meine Füße taub und meine Arme schwer anfühlen.

Neidisch blicke ich zum Pool. Was würde ich dafür geben, eine Runde darin zu schwimmen und meine Muskeln aufzulockern?

»Immer schön zu mir schauen«, fordert mich der Kameramann auf. Ich tue es, und es folgen Komplimente, die wie warmes Öl auf kalter Haut heruntertröpfeln.

Nach weiteren zehn Minuten dämmert es und die Crew packt ihre Sachen zusammen. Die Assistentin lächelt mir kurz entgegen, bevor sie sich von Dorian verabschiedet, während mir der Regisseur seine Nummer gibt.

»Falls Sie Interesse haben und für weitere Bilder zur Verfügung stehen, rufen Sie mich an.« Sein Schnauzer hebt sich, als er mir zugrinst, dann über meine Schulter streicht. »Wunderschönen Abend noch.« Lawrence ist sofort bei mir und räuspert sich, damit Roloff die Hand von mir nimmt.

»Den werden wir haben.«

Erschöpft lasse ich mich auf einen Klappstuhl sinken, dabei ist es mir gleich, ob die Linien auf meinem Po zerstört werden.

»Geh dich duschen und erhol dich. Du hast dich hervorragend geschlagen, Schatz. Danach kommst du zu mir. Sagen wir in einer

Stunde. Ich muss noch mit dir den morgigen Tag durchgehen.« Lawrence fängt meinen neugierigen Blick auf.

»Was ist morgen?«, frage ich und schaue zu ihm auf.

»Die Gala, schon vergessen? Wir bereden alles später, bis dahin kommt die Farbe von deinem Körper. Ich hab keine Lust, mein Bett mit dem Zeug zu versauen.«

Reden, ja? – liegt es mir auf der Zunge, aber ich sage nichts. Lawrence geht in das Anwesen, während Dorian die Stühle, die Staffelei und seine Malutensilien zusammenpackt.

»Lawrence hat recht, ruh dich etwas aus. Ich weiß, wie anstrengend der Job als Model ist.«

»Solange es sich gelohnt hat. Zeig mal.« Bisher konnte oder durfte ich kein einziges Mal einen Blick auf seine Entwürfe erhaschen.

»Nein.« Wie ein Wächter baut er sich vor der Leinwand auf und hält mich zurück.

»Jetzt sei nicht albern. Ich möchte zumindest das Resultat meiner Arbeit sehen.«

»Später, Liebes. Ich zeige meine Entwürfe niemandem, erst die fertigen Gemälde. So lange musst du dich gedulden«, antwortet er, kommt auf mich zu und umfasst mein Gesicht. »Du warst einfach bezaubernd. Danke.« Er öffnet die Manschetten und reibt meine Handgelenke, die nicht mal Spuren auf der Haut haben, weil die Manschetten nicht fest saßen.

Das zu hören, macht mich glücklich, obwohl ich zu gern gesehen hätte, wie er mich gemalt hat. Aber ich werde mich wohl gedulden müssen. Vielleicht würde ich die Bilder auch niemals sehen, weil er sie erst fertig gemalt hätte, wenn ich Dubai mit ihnen verlassen hätte.

»Wenn du nichts dagegen hast, würde ich eine Runde im Pool schwimmen.«

»Klar, mach, was du möchtest.« *So zahm?* Daran könnte ich mich gewöhnen. Er geht ebenfalls ins Haus, als ich auf den beleuchteten Pool zugehe. Langsam tauche ich die Finger in das kühle Wasser und atme tief durch. Sie haben mir hoffentlich verziehen und würden, wie es mir Dorian versprochen hat, wirklich alles nach diesem Tag auf sich beruhen lassen.

Doch bevor ich in den Pool schwimmen gehe, hole ich mir ein Handtuch aus meinem Zimmer, damit ich nicht friere. Auf meinem Handy sehe ich vierzehn verpasste Anrufe, alle von Leon und eine Nachricht von Luis, aber ich werde sie später beantworten.

Gerade als ich mein Zimmer verlassen möchte, versperrt mir Gideon im Türrahmen den Weg. Ihn habe ich seit mehr als zwei Stunden nicht mehr gesehen, seitdem Romana den Garten verlassen hat. Sein Blick fällt eiskalt auf mich herab, als würden sich scharfe Rasierklingen in meine Augen bohren.

»Ich denke, es ist an der Zeit, dass wir etwas klären, Maron.« Wenn er meinen Namen ausspricht und ich ihn nicht mehr »Kleines« sagen höre, weiß ich, dass er etwas Ernstes mit mir besprechen will. Aber ich wollte die gesamte Zeit mit ihm reden, also nicke ich.

»Das möchte ich bereits die gesamte Zeit«, antworte ich und mache einen Schritt auf ihn zu. Nur in einem Shirt und Jeans, die wie immer bedrohlich tief um seiner Hüfte sitzen, hebt er sein Kinn.

»Tatsächlich?« Spöttisch zieht er eine Augenbraue hoch, was ihn ungemein arrogant wirken lässt. In seinen Augen sehe ich, dass er immer noch verärgert ist.

Ich nicke und mache einen weiteren Schritt auf ihn zu, während er sich keinen Millimeter rührt.

»Ja. Ich weiß, dass ...« Er stößt sich von dem Türrahmen ab, noch ehe ich weitersprechen kann, dann unterbricht er mich.

»Ich möchte weder scheinheilige Entschuldigungen noch Ausflüchte hören. Lass es uns auf deine Art klären«, raunt er mir grimmig mit einem finsteren Blick entgegen, als hätte ich gerade ein schweres Vergehen getan. *Warum ist er so verändert?*

»Meine Art?«, hake ich nach, weil ich ihm nicht folgen kann. Sein Blick wandert von meinem nackten bemalten Körper zu dem halbgepackten Koffer, auf dem meine Bondagefesseln und Peitschen liegen. *Er will mir den Hintern versohlen? Heiß.* Mit dem *Klären* wäre ich zufrieden.

»Ganz genau. Behandle mich heute Abend so, wie du Dubois gestern Abend behandelt hättest, so wie du jeden Kunden, den du für dich gewinnen willst, behandelst.«

Kurz schlucke ich hart und ziehe die Augenbrauen zusammen, als ich seine Worte richtig verstehe. Er will, dass ich heute Abend die

Kontrolle habe? Das beeindruckt mich tatsächlich, sodass ich mir mein siegessicheres Lächeln kaum verbergen kann.

»Wie du wünschst.«

»Ich wusste, du würdest nicht *nein* sagen.«

»Nein, das Angebot schlage ich nicht aus. Ob du es bereuen wirst, bleibt allein deine Entscheidung.«

»Wir werden sehen, wer von uns beiden etwas bereuen wird, Kleines«, warnt er mich und senkt seinen Kopf. Ohne mich zu berühren, brennen sich seine Augen in meine. *Ja, das werden wir sehen, wenn ich mit dir fertig bin, mein Freund!* Er grinst überlegen, als hätte er meinen Gedanken verstanden, dann wendet er sich von mir ab.

»Nur eine Bedingung: Du behältst deine Bemalung.« *Ah, weil er sie genauso sexy findet wie ich?*

»Wie mein Galan wünscht«, antworte ich ihm mit einer schmeichelnden Stimme.

»In zehn Minuten im Garten.« Schon hat er mein Zimmer verlassen, und ich beginne mir einen perfiden Plan einfallen zu lassen, ihm die Sinne zu vernebeln. Wenn ich die Gelegenheit endlich dazu bekomme, ihm eine Lektion zu erteilen, dann werde ich sie nutzen. *Die Abrechnung, Gideon, wird bittersüß – das verspreche ich dir.*

Gideon

Entspannt und zugleich ungeduldig warte ich auf der Außenterrasse in einem weichgepolsterten Korbstuhl. Den Scotch drehe ich zwischen meinen Fingern, der wie flüssiges Gold im Glas schimmert, und nehme den letzten Schluck, bevor ich Maron in der Hintertür stehen sehe, die nach mir Ausschau hält. Es fällt mir schwer, ernst zu schauen, wenn sie meinem Blick mit einem Lächeln begegnet, auch wenn er voller Berechnung und purer Vorfreude ist. Bei sich hält sie ein Handtuch und eine Tasche, die sie locker in der Hand neben ihrem wunderschön bemalten Körper trägt.

Ich bleibe sitzen und warte, bis sich ihr schlanker Körper in einer geraden und wirklich grazilen Haltung auf mich zubewegt. Sie versteht sich darin, selbst mit einem leichten Hüftschwung mich tiefer durchatmen zu lassen.

»Du bist eine Minute zu spät«, entgegne ich ihr vorwurfsvoll und werfe einen flüchtigen Blick auf meine Uhr.

»Dafür wird sich das Warten lohnen, Gideon, das verspreche ich dir«, antwortet sie mir mit einem Funkeln in den Augen.

Um uns herum liegt bereits alles in der kompletten Finsternis, bis auf die Pool- und die Außenbeleuchtung, die ihrem Körper bei jeder Bewegung, die sie macht, schmeicheln.

»Das will ich doch hoffen.« Ich leere mein Glas und erwarte ihre erste Aufforderung, aber diese äußert sie nicht. Stattdessen lässt sie neben mir, als sie weitere Schritte auf mich zugeht, ihre Tasche auf dem Korbstuhl fallen und legt das Handtuch ab. Dann beugt sie sich mir über den Tisch entgegen, stützt eine Hand auf der Tischplatte ab und fasst mit der anderen nach meinem Kinn, streichelt es verführerisch. Kurz wandert mein Blick zu ihren bemalten Brüsten, deren Brustwarzen bereits leicht erregt sind, sodass mir der Anblick schon genügt, um meinen Schwanz in meiner Hose die Enge spüren zu lassen.

»Dann sollten wir nicht zu lang warten«, haucht sie mir sinnlich, begleitet von einem Lächeln, entgegen und küsst flüchtig meine Mundwinkel, weiter meine Lippen.

Am liebsten würde ich den Arm um ihre schmale Taille legen und sie auf meinen Schoß ziehen, aber ich versuche mich zu beherrschen.

Stattdessen hebe ich meine Hände und lege sie um ihren Nacken, als sie sich von meinen Lippen löst.

»Das Anfassen ist untersagt, es sei denn, ich fordere dich dazu auf. Verstanden!«, befiehlt sie mir und ich senke meine Hände. Es macht mich verrückt, ihren Körper nicht berühren zu dürfen, aber ich grinse nur selbstgefällig, um mir nichts anmerken zu lassen.

»Verstanden, Kleines.«

»Sehr gut. Ich erlaube dir als meinen liebsten Kunden, mich weiterhin *Kleines* zu nennen, aber es bleibt eine Ausnahme«, stellt sie klar und neigt ihren Kopf. *Liebsten Kunden? Ist das eine Floskel, Fassade oder die Wahrheit?*

Sie zieht sich vom Tisch zurück. Wie eine lauernde Raubkatze kommt sie zu mir und befiehlt mir aufzustehen, was ich tue. Dann führt sie mich einen festen Griff um mein Shirt und ihre Tasche in der anderen Hand neben den Pool auf den Rasen.

»Hinknien!« Ich ziehe die Augenbrauen zusammen, aber tue es, als sie im nächsten Moment mein Shirt auszieht und es lässig zur Seite wirft. Ihre Augen leuchten umso mehr, als sie meinen nackten Oberkörper sieht, doch dann spüre ich die Sohlen ihrer Stilettos auf meiner Schulter und einen festen Griff um mein Kinn, das sie nicht gerade zaghaft anhebt, damit ich ihrem Blick nicht ausweichen kann.

»Du machst dich wirklich hervorragend in der Rolle als gefügiger Kunde, Gideon. Denn glaub mir, nachdem ich erfahren habe, dass du hinter all dem steckst, habe ich mir etwas ganz Besonderes ausgedacht.«

Ich kann ihr kaum zuhören, weil mein Blick zu ihrer Pussy huscht, die ebenfalls von zarten dunklen Linien umgeben ist.

»Also genieße ich eine Sonderbehandlung?«, erkundige ich mich und weiß im nächsten Moment, mich ihrer ersten Anweisung widersetzt zu haben.

»Du sollst nicht reden, bevor ich es dir erlaube!«

Hinter ihrem Rücken zieht sie ihre Hand hervor, in der sie eine Peitsche hält, die ich sofort wiedererkenne. Sie gibt mein Kinn frei und legt die Lederriemen um meinen Nacken, um mich danach näher an ihre Pussy zu ziehen.

»Dein Vergehen darfst du gerne wiedergutmachen«, fährt sie in einer berauschend amüsierten Stimmlage fort. »Leck meine Pussy, weil nur du es so gut kannst. Ich sage dir, wann du aufhören darfst.« Das Wort »darfst« betont sie gedehnt, dabei drückt ihre Schuhsohle stärker auf meine Schulter.

Ich grinse, dann beuge ich mich vor und schiebe ihre Beine etwas weiter auseinander, bevor meine Fingerspitzen zart über ihre geschwollenen Schamlippen streichen und ich sie tief durchatmen höre. Die Lederriemen schneiden etwas in meinen Nacken, aber machen die Szene umso heißer, als ich bereits sehe, wie feucht sie ist. Ein leichter Schauder durchzuckt ihren Körper, was mir zeigt, wie begierig sie auf meine Berührungen ist.

Die Frau versteht sich darin, einen Mann spüren zu lassen, dass er etwas Besonderes ist, obwohl er sich in der erniedrigten Position befindet. Mit den Fingern schiebe ich ihre Schamlippen auseinander und beginne meine Zungenspitze zuerst sanft um ihren Kitzler zu kreisen, bevor ich in sie eintauche und ich den Geschmack ihrer Pussy verführerisch auf meiner Zunge schmecke, dass ich hart werde. Ich ficke sie kurz mit meiner Zunge, dann befeuchte ich weiter ihren Kitzler und lecke in einem immer schneller werdenden Rhythmus über ihre empfindliche Perle, sodass ihre Oberschenkel leicht zittern und ihr Schuh fester auf meine Schulter drückt, was mich noch mehr dazu auffordert, sie zu verwöhnen. Mit der freien Hand streichele ich über ihre Beininnenseiten, weiter über ihren runden Po, der sich heiß anfühlt, und sie durchzuckt eine Welle. Ich schaue nicht zu ihr auf, aber das laute Atmen bestätigt mir, wie sehr es ihr gefällt. Für sie würde ich es Stunden machen.

»Fester!«, befiehlt sie und ich lecke sie härter, lasse zwei Finger in ihre Pussy gleiten, die ich schnell in ihr auf und ab bewege. Kurz bevor sie droht zu kommen, unterbricht sie mich mit einem »Stopp!«, was ich nicht verstehe, lockert ihre Peitsche um meinen Nacken und nimmt den Fuß von meiner Schulter. »Aufstehen und zieh deine Hose aus.«

Ich tue, was sie sagt, während sie langsam um mich herumläuft und die Lederriemen der Peitsche über meine Schulter gleiten lässt, als wären sie keine Bedrohung, sondern würden mich streicheln. Hinter mir bleibt sie stehen, als ich mich aus meiner Hose befreit habe, umgreift meinen Oberkörper und zieht mich an sich, sodass ihre Brüste auf meinen Rücken drücken. »Alles, Hübscher«, raunt sie neben meinem Ohr, sodass ich ein Kribbeln im Nacken spüre, das sofort in meinen Schwanz wandert, und ich die Finger balle. Als ich die Shorts ausgezogen habe, umfasst sie von hinten meinen Schwanz und massiert ihn herrlich zwischen ihren Fingern.

»Gott, von allen Schwänzen liebe ich deinen am meisten, Darling.« Sie leckt über meinen Hals, vergräbt kurz ihre Zähne in meiner Haut, sodass der kribbelnde Schmerz in meine Lenden wandert.

Ihre festen und kurz lockeren Handbewegungen um meinen Schaft und meine Eichel sind wie eine Droge und lassen mich starr stehenbleiben, mich nicht bewegen, bis sie fest mit der anderen Hand gegen meinen Rücken drückt und mich zu einem Baumstamm führt.

»Keine Angst, Gideon, deine eigentliche Bestrafung beginnt erst jetzt«, höre ich sie hinter mir, dann lacht sie leise und ich weiß nicht, was sie vorhat. »Verschränke die Arme hinter deinem Kopf, drück den Rücken durch und versuch auszuatmen.« Ich will einen Blick zurückwerfen, als meinen Arsch Lederstriemen erwischen, sodass ich knurre und danach auf dem Kiefer mahle, bevor mich ein zweiter Hieb, der bedeutend fester ist, erwischt. *Verdammt! Noch nie habe ich zugelassen, von einer Frau geschlagen zu werden.*

»Herrlich. Dein Arsch sieht gleich viel appetitlicher aus. Behalte den Blick weiter zum Baum gerichtet. Und …« Etwas Feuchtes leckt über die brennenden Stellen auf meinem Arsch, was sich wie Balsam anfühlt. »Du kannst jederzeit das Codewort rufen.« Ihre Stimme ändert sich kurz, sie wird weicher und mitfühlender. »Es wäre auch keine Schande, wenn du es tust«, sagt sie einfühlsamer. Ihre Finger tasten über mein Becken über meinen Bauch, als sei ich ihr Besitz.

Warum sollte ich das tun? Ist ihr bisher ein Mann umgekippt? Oder hat nach wenigen Hieben geheult wie ein Baby? Mit Sicherheit werde ich es nicht tun, weil ich weiß, dass sie keine Grenzen überschreiten wird. Genauso, wie sie sich bei uns verlassen kann, dass wir ihr niemals schaden wollen. Der Schmerz wird von ihrer Zunge besänftigt, was mich noch geiler macht.

»Hast du mir zugehört?«, hakt sie nach und erscheint neben mir. Ihre großen blauen Augen schauen zu mir auf, als ich mit einem schwachen Lächeln nicke. Kurz ist ihr Blick milde, doch ändert sich blitzartig, als sie meine Antwort hört.

»Habe ich, Kleines, aber ich gedenke nicht, dich in deinem Vorhaben zu unterbrechen.«

»Das höre ich gern.« Sie hebt sich, obwohl sie auf High Heels steht, auf die Zehenspitzen, krallt sich an meiner Schulter fest und küsst mich. Ich erwidere den Kuss, der forscher und gieriger wird. *Verdammt, ich will sie einfach nur vögeln* – denke ich, als ihre steifen Nippel über meine Haut reiben und ich immer noch ihre Pussy auf meiner Zunge schmecke.

Sie verschwindet hinter mir, dann spüre ich ein Tuch über meinem Gesicht. Sie verbindet mir die Augen, dann folgen weitere Schläge, bei denen sie zeigt, was sie den ganzen Tag machen wollte, um mich zu bestrafen.

»Dein heißer Arsch bereitet mir wirklich Freude, weil ich es heute gefühlte tausend Mal mit dir machen wollte.« Brennende Feuerstriemen streichen über meine Oberschenkel, weitere über die Stelle unterhalb meiner Pobacken. Dann schmiegt sie sich wie eine Katze an mich, lässt ihre Finger um meinen Körper streichen und dann ... leckt etwas über meine Schwanzspitze, bevor Finger meinen Schaft massieren und sich der Schmerz auf meinem Arsch in Verlangen umwandelt, als sie meinen Penis lutscht. Ihr warmer Mund schmiegt sich um meine Härte, als sie ihre Lippen zusammenpresst und ihn mit ihrem Mund fickt. Zarte Fingerspitzen massieren meine Hoden, sodass es bis in meinen Nacken prickelt und ich flach ausatme. Das Gefühl ist blind intensiver, als ihr dabei zuzusehen, sodass ich mich ihr hingebe, auch als ihre Fingernägel über meinen Arsch kratzen und ich knurre. Vor Lust und Qual laut stöhne.

»Traumhaft, Darling«, sagt sie, als sie ihre Lippen von meinem Schwanz löst, sodass ich fast darum betteln würde, dass sie weitermacht. Doch sie macht weiter, womit ich nicht gerechnet hätte. Warme Hände schieben meine Beine weiter auseinander, streichen über mein Becken, über meinen Bauch, und das so schnell und intensiv, dass ich mich unter ihren Händen fallen lasse, bevor sie weiter mein Glied leckt, daran saugt und zwei Finger meinen Arsch herabgleiten und sich ihren Weg zu meinem Anus suchen. Sie geht so geschickt vor, dass ich kaum reagieren kann. Das Feuer auf meiner Haut, das feste Saugen meines Schwanzes und das Eindringen eines Fingers in meinen Anus lassen mich laut aufstöhnen, ohne dass ich es will. Aber die Berührungen sind wie eine Explosion, ein Feuer, das in mir wütet.

Ich stehe kurz vor der Versuchung, meine Hände sinken zu lassen und ihren Kopf zu umfassen, wie ich es meistens tue, wenn mir eine Lady einen bläst. Ich brauche den Halt, will den Rhythmus und die Führung übernehmen, aber mit Mühe halte ich mich zurück.

»Du darfst mir jetzt gerne erzählen, was du mit Romana am Tisch besprochen hast. Ansonsten werde ich von dir ablassen«, höre ich sie unter mir.

»Was?«, frage ich nach. »Warum ...«

»Rede! Und beantworte meine Frage. Ich bin nicht blind, Gideon. Sie hat dir etwas über mich erzählt, das habe ich an euren Blicken erkannt. Und es muss etwas sehr Persönliches gewesen sein, weil du äußerst überrascht gewirkt hast. Was erzählt sie hinter meinem Rücken?«

In ihrer Stimme schwingt nichts Sanftes oder Liebevolles mehr mit, sondern die pure Dominanz mit mir zu machen, was sie will, wenn ich nicht rede. Zähne versenken sich in meine Beininnenseite, während ihr Finger, gefolgt von einem zweiten, meinen Anus dehnt, sodass ich stöhne.

Soll ich ihr die Wahrheit sagen? Verdient hätte sie es nicht. Aber sie kann meine Lügen schnell ablesen. Auch wenn sie nicht in meine Augen blicken kann?

»Ich höre nichts!«

»Schon gut, Kleines. Wir haben darüber gesprochen, welches Kleid sie sich für morgen Abend kaufen wird.«

Fingernägel kratzen über meine brennende Haut, sodass ich scharf die Luft einziehe und meine Muskeln anspanne.

»Das wollte ich nicht hören!«

»Fein, sie hat über dich erzählt, woher sie dich kennt und wie ich dich behandeln soll ... was ich berücksichtigen soll.«

»Weiter ...« Ihre Lippen nehmen meinen Schwanz auf und lutschen ihn fest und nachdrücklich, sodass es mir schwerfällt, weiter darüber zu reden. Die zwei warmen Finger tasten über meine Prostata und ... *Scheiße – ist sie gut!*, um Längen besser als Jane. Sie kreisen in mir über eine empfindliche Stelle, massiert sie nachdrücklicher, während sie wie eine Göttin bläst.

»Romana hat mir erzählt ... wie eure Vorgehensweise ist, um einen ... Kunden ... Ah!« Ich stöhne gequält auf, um weiterreden zu können. »Schritt für Schritt ... um den Verstand zu bringen, ihn gefügig ... zu machen ...« Das Reden fällt mir unglaublich schwer, als sie kurz über meine Hoden leckt, sie in ihren Mund nimmt und sich dann wieder meinem Penis widmet, der empfindlich auf ihre immer schneller werdenden Lippen reagiert. Ich drohe jede Sekunde zu kommen, aber ich will es riskieren.

»Sie hat mir auch von ... Kean Gerand erzählt.« Mit zwei tiefen Stößen und ihrer Massage in mir komme ich unruhig keuchend und verzichte auf ihre Anweisung. Ich spüre meinen Schwanz pulsieren, meine Hoden sich zusammenziehen und meine Nervenstränge explodieren, als ich laut stöhne, weil die zahlreichen Reizeinflüsse zu viel für meinen Körper sind. Schnell lege ich meine Hände um ihren Kopf und schiebe ihr ein letztes Mal mein Becken entgegen, damit mein Schwanz tief in sie eintauchen kann. Mein Sperma ergießt sich in ihrem Mund. Zu gern würde ich sehen, wie es über ihre Lippen herabtropft und sie es ableckt. Doch nicht lange und ihre Finger ziehen sich vorsichtig aus mir zurück und ihr Mund löst sich um meinen Schaft.

Eine totbringende Ruhe kehrt ein, sodass ich nicht weiß, ob ich etwas sagen soll oder nicht. *Verdammt! Ich hätte es ihr nicht sagen sollen!* – fluche ich innerlich. Ich höre den Schraubverschluss einer Flasche, weil sie vermutlich etwas trinkt. Hände tasten über mein Gesicht, streicheln über meine Lippen, dann atme ich ihren süßen Duft ein.

»Das habe ich bereits geahnt«, höre ich sie sehr leise und etwas enttäuscht sprechen. Lippen treffen meine und ihre Zunge sucht meine, während ich die Hände um ihren zerbrechlichen Körper lege und sie an mich ziehe. Unser Kuss ist leidenschaftlich und tröstend zugleich. Und schmeckt nach einer fruchtigen Mangonote. Dann löst sie die Binde um meine Augen, und ich sehe den Schmerz hinter ihren Augen verborgen, als hätte ich sie zutiefst verletzt.

»Ich hoffe, es hat dir gefallen. Trink am besten etwas und ruhe dich aus, weil deine Muskeln noch angespannt sind. Lawrence erwartet mich in fünf Minuten.«

»Vergiss Law, bleib bei mir, Kleines.« Ich will ihre Meinung ändern, weil ich ihr anscheinend mit meinen Worten mehr Schaden zugefügt habe, als ich wollte. Sie senkt ihren Blick, aber ihr Lächeln bleibt verschollen. Sie lächelt immer, wenn sie ihren Blick senkt, was mir so sehr an ihr gefällt und mir zeigt, dass sie selbst in der demütigen Haltung nicht kampflos aufgibt.

»Nein, Gideon«, sagt sie leise. »Ich werde besser gehen.« Sie geht in die Knie, um ihre Peitsche aufzuheben, wirft einen kurzen Blick zum Pool, als wäre sie traurig darüber, nicht schwimmen zu gehen, dann geht sie an mir vorbei.

Nein, ich kann sie jetzt nicht gehen lassen, schließlich war es mein Fehler, sie nach ihrem Trainer, wie Romana mir gesagt hat, zu fragen. Wie unüberlegt musste ich gehandelt haben, sie nach ihm zu fragen, wenn mich Romana bereits darauf aufmerksam gemacht hat, dass mehr zwischen den beiden gelaufen war und er sie trotzdem entlassen musste? Hat er ihr das Herz gebrochen?

Verdammt, und ich bin so dämlich, sie, während ich zum Höhepunkt komme, darauf anzusprechen. Allein wegen ihrer Disziplin hat sie nicht abrupt aufgehört, mir einen Orgasmus zu verschaffen, der so intensiv war ... so tief und lang, wie ich ihn nicht verdient hätte.

Am Handgelenk bekomme ich sie zu fassen und ziehe sie an mich. Sie kommt kurz auf ihren mörderisch hohen Schuhen ins Straucheln und flucht leise, weil sie vermutlich nicht damit gerechnet hat, dass ich sie am Gehen hindern werde.

»Lass mich los!«, fährt sie mich an.

»Nein, jetzt rede mit mir.« Ein abfälliges Lachen ist zu hören.

»Das wollte ich ... bereits den gesamten Tag. Aber du hast nichts Besseres zu tun, als mit Romana über mich zu reden!«

Ihr Stolz ist zutiefst gekränkt, und ich kann sie verstehen. Ich würde mich nicht anders fühlen. Aber ich wollte sie verstehen, mehr über sie erfahren. Und ich bin zu weit gegangen ...

7. Kapitel

Ich mache seine Spielchen nicht mehr mit. So langsam zerstört er Stück für Stück meine Welt, die ich mir aufgebaut habe. So hart habe ich dafür gearbeitet, alles hinter mir zu lassen, die schlaflosen Nächte zu vergessen, endlich aufzuhören, Tränen zu vergießen – und Gideon tritt in mein Leben und macht alles zunichte. Warum?! Warum interessiert es ihn so sehr, alles über mich und meine Vergangenheit wissen zu wollen? Es geht niemanden etwas an!

Ich weiß, gestern einen Fehler gemacht zu haben. Aber dafür büßen zu müssen, indem alles, was ich hinter mir lassen wollte, wieder aufgewühlt wird, ist nicht fair.

»Lass uns jetzt reden«, versucht er es erneut. Merkt er nicht, bereits eine Grenze überschritten zu haben? Trotzdem das er Keans Namen erwähnt hat, habe ich weitergemacht und ihm seinen Orgasmus geschenkt, obwohl ich am liebsten auf der Stelle abgebrochen hätte.

Mit einer wirschen Bewegung reiße ich mich aus seinem Griff los, weil mir Tränen in den Augen brennen und ich sie vor ihm verbergen will, um nicht weiter in den Strudel der Vergangenheit mitgerissen zu werden. Er weiß bereits über mein Studium Bescheid, meine Eltern, Luis und nun Kean. Stück für Stück schleicht er sich mehr in meinen Verstand, was ich nicht mehr ertragen kann.

Ich laufe mit festen Schritten weiter auf das Anwesen zu, obwohl es sich in den High Heels über den Rasen sehr beschwerlich läuft, und ich drohe, mit jedem Schritt umzuknicken.

Plötzlich umfassen zwei Hände meine Mitte, heben mich hoch und tragen mich zum Pool. Ehe ich »NEIN!« schreien kann, lande ich mit Gideon im Pool. Ich schlucke Wasser und tauche schnell wieder auf. Die Kälte lässt meinen Körper durchzucken, sodass ich zu frieren beginne.

»Drehst du völlig durch?«, fahre ich ihn an. Er schüttelt den Kopf, umfasst mein Gesicht und legt seine Lippen auf meine. Kurz will ich mich seinem Kuss widersetzen, doch es gelingt mir nicht, weil er mich fest an sich presst. Allmählich gebe ich mich dem Kuss hin und schlinge meine Arme um seinen Nacken.

Ich weiß nicht, warum – aber der Kuss sagt mehr als tausend Worte. Ich spüre, dass es ihm leidtut, eine Grenze überschritten zu haben, und er nicht möchte, dass ich gehe – ohne ihn gehe.

Unsere Zungen umkreisen sich verlangend und doch voller Hingabe. Stunden könnte ich seine Nähe, seinen Duft und seine Arme um meinen Körper spüren.

»Bleibst du, Kleines?«, fragt er dicht vor meinen Lippen, sodass sich unser Atem vermischt. »Denn wir sollten es klären.«

»Du darfst gern anfangen.«

Er lächelt kurz, gibt mir einen Kuss und seine Hände wandern meinen Po hinab. »Ich bin zu weit gegangen. An Romanas Erzählung über euren Lehrer habe ich gehört, wie sehr ihr euch ... nahegestanden habt. Ich hätte dich nicht darauf ansprechen sollen.« Wie einsichtig er sein kann. »Aber versteh mich, meine Kleine, in der Zwischenzeit dachte ich, wir wären uns nähergekommen, du würdest mir vertrauen – und plötzlich hintergehst du uns, triffst dich mit deinem anderen Kunden und glaubst, wir würden nichts davon erfahren.« *Ja, das habe ich geglaubt ... Es war ein Fehler ...*

»Es war mein Fehler, gestern Dubois getroffen zu haben, aber was hatte ich für eine Wahl? Ich möchte das, was ich mir aufgebaut habe, nicht verlieren.«

»Ich weiß«, flüstert er mir entgegen.

Seine Hand streicht feuchte Haarsträhnen aus meiner Stirn, während ich immer mehr zittere, weil wir uns in dem kalten Wasser nicht bewegen. Aber für seinen Arsch muss es eine Wohltat sein.

»Ich bin heute zu weit gegangen. Ich verspreche dir, dich kein einziges Mal mehr auf deinen Lehrer anzusprechen, es sei denn, du möchtest es«, sagt er mit einer ernsten Stimme. Und wieder wirkt er mir so vertraut, als würden wir uns Ewigkeiten kennen.

Es ist anders als mit Luis, der alles über mich weiß, der alles von mir weiß. Es ist ein Gefühl, das sich warm in meiner Brust ausbreitet, obwohl ich mit ihm im kalten Wasser stehe. Ich nicke bloß, dann schmiege ich mich dankbar an ihn. Sein warmer Körper tut gut, sodass ich meine Wange an seine Schulter lehne und meine Augen für einen winzigen Moment schließe.

»Du verwirrst mich immer mehr, Gideon Chevalier«, flüstere ich leise, während seine eine Hand mich an sich drückt und die andere über meinen Rücken streichelt.

»Ich bin es ganz sicher nicht«, höre ich ihn unter mir. Seine Brust bewegt sich mit jedem Atemzug auf und ab. »Wir sollten aus dem Pool gehen, bevor du mir erfrierst.«

Mit mir auf seinem Arm steigt er aus dem Pool und trägt mich zu den Terrassenmöbeln. Dort liegt mein Handtuch, das er sich mit einer Hand greift und um uns beide schlingt.

»Ich sollte jetzt zu deinem Bruder gehen, bevor er mir den Kopf abreißt«, beschließe ich. »Außerdem brauche ich noch eine Dusche. Das ganze Kunstwerk ist zerstört.« Ich deute auf die zum Teil verlaufene dunkle Farbe auf meinem Körper.

»Du bleibst bei mir. Law soll *mir* den Kopf abreißen. Er hatte heute in der Küche bereits mit dir seinen Spaß.« Ich schmunzle an seiner Schulter, denn ich gebe ihm recht. »Außerdem siehst du ziemlich erschöpft aus. Er wird es verstehen.«

»Danke«, antworte ich leise, während er meinen Rücken trocken rubbelt und mir dadurch etwas wärmer wird.

In Gideons Bad angekommen, stellt er mich in die Dusche und kommt zu mir unter das warme Wasser. Kein weiteres Mal verlangt er mehr von mir, sondern wäscht mich mit einem Schwamm und einem gut riechenden Duschgel sauber, dass die restliche Farbe auf meinem Körper den Abfluss herunter gespült wird. Immer wieder küssen wir uns, sodass mein Herz schneller schlägt.

Mit warmer Kleidung, einem noch feuchten Zopf und kuscheligen Socken geht Gideon mit mir in Hemd und Jeans bekleidet in das Wohnzimmer, wo wir Lawrence vorfinden, der mir eine finstere Miene zuwirft.

»Schon mal auf die Uhr gesehen?«, sagt er, aber wendet sich wieder seinem Laptop und dem Bier auf dem Tisch zu.

»Wer wird denn beleidigt sein? Du hattest sie bereits heute Mittag und dabei die Küche demoliert«, antwortet Gideon für mich. »Was möchtest du essen? Wollen wir etwas bestellen?«

»Ach, habt ihr euch ausgetobt und mich deshalb warten lassen? Pech, würde ich sagen, dann kann sich Maron morgen überraschen lassen, welches Kleid sie tragen wird. Oder vielleicht schicke ich sie gleich in Dessous zur Gala.« Ohne mich zu beachten, grinst er dem Display seines PCs entgegen.

»Wie komisch, Lawrence. Du würdest deinen Schatz doch nicht bloßstellen.«

»Ach nein? Warte ab, was ich alles machen kann.«

»Sei ruhig, Law. Was willst du essen, Maron?«, fragt mich Gideon erneut und muss mir ansehen, dass ich halb am Verhungern bin.

»Ich habe vorhin Sushi bestellt, genügend, weil ich dachte, mein Schatz würde bei mir vorbeischauen«, höre ich Lawrence grimmig hinter mir murmeln.

»Sushi klingt gut«, füge ich hinzu und nicke Gideon entgegen, als Zeichen mich um Lawrence zu kümmern. Mit einem Lächeln angelt er zwei Gläser aus dem Schrank.

»Geh zu ihm«, flüstert er und ich laufe auf Lawrence zu. Hinter der Couch lege ich meine Arme um seinen Oberkörper und schmiege mich an ihn.

»Du bist wirklich immer um mich besorgt«, raune ich ihm zu. »Aber du möchtest mich doch nicht halbnackt auf eine Gala gehen lassen? Was, wenn mich andere entführen und ich nicht dazu komme ...« Meine Hand wandert geradewegs über sein Shirt in seinen Hosenbund und ich spüre den Ansatz seines Phallus. »... mich meinem Geliebten hinzugeben, für den ich nur Augen auf der Gala haben werde?«

Meine Worte müssen heruntergehen wie warme Butter, denn Lawrence lehnt sich entspannt zurück, umgreift meinen Nacken, um mich näher an sich zu ziehen, und streift mit seinem Bart über meine Wange, als er mir zuraunt: »Du bist wirklich tückisch, Kätzchen. Aber du hast recht, ansonsten werden die anderen Männer ihre Hände nicht bei sich behalten.«

Meine Fingerspitzen streichen über seinen Schwanz, der unter meiner Berührung immer steifer wird. »Setz dich zu mir.«

Er klopft neben sich auf das Sofa. Aus den Augenwinkeln sehe ich Gideon, der mir einen Cocktail gemacht hat und auf uns zukommt. Die Tür geht auf und Dorian kommt mit Jane an der Hand in den großen Salon.

»Wow, Gruppentreffen?«, stößt er perplex aus und sein Blick wandert zu meiner Hand, die sich in Lawrence' Hose befindet. Ich ziehe sie rasch zurück, gehe um die Couch und nehme neben Lawrence mit einem unschuldigen Lächeln auf den Lippen Platz. Gideon setzt sich auf meine andere Seite. »Hier!« Er reicht mir einen orangeroten Cocktail, dem ich skeptisch entgegenblicke. »Ohne Alkohol, nur Orangen- und Grenadinensaft mit Himbeersirup.«

»Den nehme ich gerne.«

»Wollt ihr nicht an unserer Orgie teilnehmen?«, fragt Lawrence und blickt zu Dorian und Jane auf. »Es könnte spaßig werden, weil es mich gerade an einen Rentnerverein erinnert.«

»Da spricht die Verbitterung«, sagt Gideon und lacht neben mir.

»Was? Es ist Freitagabend, wir sitzen hier im Wohnzimmer und haben nichts weiter zu tun, als alkoholfreie Cocktails zu trinken und zu kuscheln. Selbst Maron sieht nicht mehr so appetitlich aus wie vor wenigen Stunden«, beklagt sich Lawrence, sodass ich ihn kräftig anstoße.

»Stell du dich mehrere Stunden vor die Kamera, lass dich dreimal vögeln und dann in einen kalten Pool werfen. Ich würde gern sehen, wie du danach aussiehst.«

Law verdreht gelangweilt die Augen, aber zieht mich näher an sich. »War nicht so gemeint. Ruh dich ruhig aus.«

»Du bist süß.« Jane nimmt auf der Couch gegenüber Platz und zieht Dorian zu sich, der Blicke mit Gideon austauscht. Anscheinend um zu prüfen, ob alles geklärt worden ist.

Kurz darauf klingelt es, und das Sushi wird geliefert, das wir zusammen am Tisch essen, während Lawrence von der Gala erzählt, auf die ich mich schon heimlich seit Tagen freue, weil ich weiß, dass die Jungs danach etwas geplant haben. Janes und mein Blick treffen sich kurz, aber wir sagen nichts. Jeder von uns weiß, dass wir spätestens morgen den Raum aufsuchen müssen, um vorbereitet zu sein.

»… du wirst morgen mit meinem Vater und seiner Neuen und mir in die Mall gehen, Schatz.«

»Warum?«, frage ich und beuge mich vor, um mit Stäbchen eine Sushirolle zu nehmen, als mir Lawrence die Stäbchen aus der Hand nimmt und mich dann füttern will.

Er schiebt mir das Stück in den Mund und antwortet: »Weil es Vater so will. Vermutlich um dich mit Nadja, oder wie sie hieß, besser bekannt zu machen.«

»Nadine«, korrigiert ihn Dorian und schüttelt nur den Kopf.

»Als ob ich mir ihren Namen merken wolle? Sie kann ruhig wissen, dass sie unerwünscht ist«, grummelt Lawrence. »Zumindest begleiten wir sie. Du musst dich nicht mit ihr abgeben.« Werde ich auch nicht, weil ich sie ebenfalls nicht mag mit ihrem herablassenden Getue. »Außerdem bin ich bei dir.« Lawrence zwinkert mir zu. »Wir werden schon ein heißes Kleid für dich finden. Gideon kauft den Schmuck, den du tragen wirst«, erklärt er und ich drehe mich zu Gideon, der seine Augenbrauen in die Stirn hebt. Das verspricht, interessant zu werden. »Und Dorian kümmert sich um deine Unterwäsche – also nichts«, ergänzt er und schaut zu seinem jüngeren Bruder, der stöhnt.

»Das entscheide ich, Law, nicht du.« Dorian schaut mir entgegen, während sich Jane in seinen Arm schmiegt. »Ich werde etwas Hübsches für dich finden, Maron.«

»Aber Latex trägt sich schlecht unter einem Ballkleid«, weise ich ihn mit einem Lächeln darauf hin.

»Da bin ich mir noch nicht so sicher.« Also werde ich von jedem Bruder etwas tragen. Die Idee gefällt mir, aber noch viel mehr, als ich nach unserem Essen mit dem Kopf auf Lawrence' Schoß liege, er über mein Haar streicht und mir Gideon meine Füße massiert. Herrlich. So könnte ich den Rest meines Lebens verbringen.

8. Kapitel

Die Nacht sollte ich auf Wunsch bei Lawrence verbringen, weil er mich bereits früh am Morgen wieder mit seinem Training malträtieren wollte. Aber da ich nicht vorhatte, Gideon nach der Session allein schlafen zu lassen und Lawrence nicht darauf verzichten wollte, bei mir zu schlafen, wache ich den nächsten Morgen zwischen beiden Männern in Gideons Zimmer auf, noch bevor der Wecker klingelt. Ich schmunzle der Decke entgegen und schaue von Gideon, der mit dem Gesicht zu mir liegt, zu Lawrence, der mit geöffnetem Mund der Decke leise entgegenschnarcht. *Was für ein Wink des Schicksals, dass ich als Erste wach werde.*

Gideons Arm liegt über meinem Bauch, während Lawrence' Bein mich als Kissen benutzt. Ein Blick auf die Uhr verrät mir, dass in knapp zwanzig Minuten der Wecker klingeln wird.

Schachmatt, Jungs, das wird der Morgen eures Lebens! Langsam befreie ich mich aus meiner Lage und steige vorsichtig über Lawrence. Die Matratze wackelt zwar bedrohlich, trotzdem wacht keiner der beiden auf. Sie sehen so unschuldig aus, wenn sie schlafen. Lawrence fallen dunkelblonde Strähnen über die Wange und Gideons Haar steht sexy durcheinandergebracht in jede Richtung. Mein Blick bleibt kurz auf ihrer Brust hängen. Ich sollte ein Bild zur Erinnerung von den beiden machen. Schnell greife ich zu meinem Handy, das auf Gideons Nachttisch liegt, und mache ein Foto, wie beide nur bis zur Hüfte mit einem weißen Laken bedeckt sind. Nur mit einem Laken bekleidet, schleiche ich mich in mein Zimmer und hole eine lange weiche Feder und weiche Fesseln aus dem Fach, aus der Küche hole ich Eiswürfel und begegne Eram, die kurz zusammenfährt, als sie mich sieht.

Schnell geht ihr erschrockenes Gesicht in ein Lächeln über, als ich Eiswürfel hole und mit ihnen wieder in Gideons Zimmer schleiche.

Vorsichtig kette ich beide mit den Fesseln ans Bett, und es klappt erstaunlich gut, ohne dass sie wach werden. Doch als sich Lawrence drehen will, bleibt er am Bettpfosten hängen und zerrt an den Fesseln. Ich lache hinter vorgehaltener Hand, weil ich ihn so hilflos zu gern sehe. Es erinnert mich an die Szene im Flugzeug, denn genau das gleiche Gesicht macht er auch jetzt, als er die Augen öffnet und die Situation erfasst, in der er sich befindet.

»Ich bring dich um!«, knurrt er mir entgegen, zerrt an den Fesseln und wirft mir einen mörderischen Blick entgegen.

»Das würde ich gern sehen wollen, Lawrence. In deiner Position solltest du keine Morddrohungen aussprechen.« Gideon wird unter Lawrence' lautem Knurren wach und stöhnt genervt, als er zu seinen gefesselten Handgelenken aufsieht.

»Es war ein Fehler, dich bei uns im Bett schlafen zu lassen, Law. Was hast du wieder angestellt?«, grummelt er, weil er noch nicht richtig wach ist.

»Ich? Gar nichts ... Wenn es nach mir ginge, hätte ich die letzten zehn Minuten noch geschlafen, wenn Miss Dominanz uns nicht festgebunden hätte.«

»Na, na, na, wer wird sich denn beklagen?« Ich gehe auf Lawrence zu. »Vielleicht habe ich gar nicht vor euch zu quälen und möchte mich nur bei euch für den Abend bedanken.«

Meine linke Augenbraue ziehe ich in die Stirn, weil ich Gideons Blick erkenne. Er weiß, dass ich lüge, das lese ich an seinem Gesicht ab. Mit beiden Händen entferne ich die Laken über ihren Hüften – und Gott, welch ein Anblick. Schwer sich zu entscheiden.

»Was macht dein hübscher Po, Darling?«, frage ich Gideon, um sicherzustellen, dass es ihm gut geht.

»Ach, deswegen bist du gestern nervös auf der Couch hin und her gerutscht. Hat sie dir den Arsch versohlt?«, lacht Lawrence schadenfroh. *Er ist der Erste!* An Gideons Blick weiß ich, dass er meine Gedanken von meinem Gesicht abliest, obwohl ich mir ein Schmunzeln verkneifen muss.

»Alles bestens, Kleines.« Er zwinkert mir zu. »Zeit, sich um meinen Bruder zu kümmern.« Er nickt zu Lawrence, neben dem ich die Eisschale abstelle. Ich greife nach einem Eiswürfel und höre ein Zischen von Gideon, als ich einen langsam auf Lawrence' Bauch ablege und Linien auf seiner Haut male, so quälend langsam, dass er unter mir schnell atmet, was in ein Knurren übergeht.

»Herrlich, nicht wahr? Die Wassertropfen machen sich erstaunlich gut auf deinem heißen Körper.« Mit der Zunge lecke ich die kalte eisige Spur nach, klettere langsam auf ihn und spüre zwischen meinen Beinen, wie sein Schwanz pulsiert.

»Scheiße, ist das kalt«, höre ich ihn, als ich einen weiteren Eiswürfel nehme und ihn damit verwöhne, dann erhebe ich mich, lecke über den Eiswürfel in meiner Hand, aber behalte ihn im Auge. Das Eis schiebe ich in meinen Mund, bevor ich ihn küsse und meine Zunge gefrierend kalt wird. Mit meiner Pussy reibe ich über seinen Schwanz auf und ab und küsse ihn mit den Eiswürfeln im Mund. Beide Stücke lasse ich über meine Zunge in seinen Mund wandern, damit er ruhig ist. »So ist es brav, Schatz. Fein lutschen, bevor ich mit dir weitermache.«

Langsam stehe ich von ihm auf, lecke kurz mit meiner kühlen Zunge über seine Härte, sodass er keucht, und greife danach zu der Feder.

»Ich ahne, was mir droht«, sagt Gideon.

»Wirklich?«

»Allerdings.«

Er verzieht sein Gesicht zu einer Grimasse.

»Tja, Schwachpunkte bleiben bei mir kaum verborgen.« Mit der Federspitze gleite ich über seine durchtrainierte Brust, langsam seinen Bauch abwärts und sehe seine Lippen zu einem verbissenen Lachen verzogen. Er zieht sich zur Seite, aber kann mir kaum ausweichen. Zwischen beiden Männern stehe ich auf dem Bett und quäle sie auf meine Weise. Gideon beginnt so laut zu lachen, dass ich mit einstimmen muss. Es sieht wirklich niedlich aus, wie er lacht und sich unter mir windet, während Lawrence versucht, mich mit einem Bein zu Fall zu bringen.

Neben Gideons Kopf gehe ich in die Knie und lecke zärtlich über seine Lippen, fahre durch sein Haar und küsse ihn, bevor ich meine Beine spreize.

»Du darfst dich gerne nützlich machen, Schatz, dann wird der Ritt auf dir umso intensiver.«

»Wenn ich dich dann quälen darf, gerne.« Während ich Gideon weiter küsse, spüre ich Lawrence' Zunge zwischen meinen Beinen, wie er mich leckt, es ihm aber schwerfällt, näher an mich zu kommen. Seine Zunge ist von dem Eis immer noch so kalt, dass ich zusammenzucke, als er meine Klit fest reibt und ich in Gideons Mund stöhne, dessen Schwanz ich mit meiner Hand massiere.

»Ich hoffe, du hast gut geschlafen?«, frage ich ihn und blicke zu seinem Becken.

»Wie immer herrlich neben dir, mein Engel.« *Schöne Antwort.*

»Dann werde ich dich frei lassen.« Ich greife nach seinen Handgelenken und will die Fesseln öffnen, als Lawrence so fest an meiner Perle saugt, dass ich die Augen zusammenkneife.

»Bist du wahnsinnig?«, keuche ich aufgebracht.

»Nein, aber ich werde nicht aufhören, bevor du auf mir sitzt und mich vögelst. Lass Gideon dort hängen, er liebt es zuzusehen.« Gideon nickt kurz.

»Tu es, danach will ich dich auf mir.« Gideons Blick wird finster, während ich über meine Lippen lecke.

Vorsichtig erhebe ich mich und steige über Lawrence' durchtrainierten Bauch, der es kaum erwarten kann, dass ich ihn reite. Langsam senke ich mein Becken, nehme seinen Schwanz und führe ihn quälend langsam in mich ein, was ihm nicht gefällt, weil er kurz sein Gesicht verzieht.

»Beweg deinen hübschen Arsch.«

»Soll ich?«, frage ich Gideon.

»Etwas schneller könntest du schon werden«, spielt er das Spiel mit.

»Wie du befiehlst.« Meine Hände stütze ich auf Lawrence' Schulter ab, während ich meine Hüfte kurz kreise, um meine Pussy an Lawrence' großen Schwanz zu gewöhnen, weil ich nicht viel Zeit hatte, um erregt genug zu sein. In tiefen, aber langsamen Stößen hebe ich mein Becken und drücke meinen Rücken durch, damit ich eine noch bessere Figur für Gideon mache.

»Gleich viel besser«, sagt Lawrence und grinst schief. »Wenn auch zu langsam. Sonst sitzen wir noch eine halbe Stunde hier.«

»Du kannst dich ruhig etwas schneller bewegen, Kleines, zeig ihm, wie gut du ihn vögeln kannst, und küss ihn«, weist mich Gideon an, der jede meiner Bewegungen verfolgt. Ich nicke, dann werde ich in meiner Bewegung schneller, sein Schwanz dringt tiefer in mich ein und ich küsse Lawrence, der unter jedem Stoß stöhnt und sein Becken anspannt. Unsere Zungen umkreisen sich gierig und immer noch kalt, dann stoppe ich und steige von ihm herunter.

»Was wird das wieder für ein Mist?«

»Reite weiter auf ihm!«, befiehlt mir Gideon und ich besehe seine Anweisung mit einem Lächeln.

»Sehe ich so aus, als würde ich deinen Befehlen folgen? Nein, ich finde, ich sollte bei dir weitermachen.«

Die Show muss ihn so scharfgemacht haben, dass sein Glied bereits hart ist und ich ihn im nächsten Moment ficke, als ich auf ihm sitze. Ich beuge mich hoch, werfe den Kopf zurück, während ich die Führung übernehme. Dann werde ich vom Klingeln des Weckers unterbrochen. Ich greife über Lawrence, um ihn auszuschalten, dabei leckt er über meine Brüste und beißt nicht gerade sanft in meine Brustwarze.

Ich fauche und will ihn anfahren, als Lawrence es geschafft hat, ohne dass ich es bemerkt habe, Gideons rechte Hand aus den Fesseln zu lösen. Im nächsten Moment hat er sich befreit und hebt mich auf Lawrence.

»Nein«, protestiere ich, während er mein Becken umfasst, Lawrence' eine Hand ebenfalls befreit ist, und seinen Schwanz in mich einführt. Gideon hebt mein Becken auf und ab, sodass ein Prickeln zwischen meinen Beinen zu spüren ist, weil er den Rhythmus bestimmt.

»Du hast es so gewollt, Maron. Beug dich vor und mach weiter.« Seine Hand drückt mich zu Lawrence vor, der mein Genick zu fassen bekommt und mich an sein Gesicht zieht. Feuchte Finger dehnen meinen Anus. *Nein, nicht am frühen Morgen!* Verflucht, mein Plan ging mehr als daneben.

»Du bist so still, Kätzchen. Hast du wirklich geglaubt, zwei Männer gefangen halten zu können? Zu schade, was? Los!«

Gideon dringt langsam in meinen Anus und ich keuche Lawrence' Mund entgegen.

»Das ist ...«, setze ich an, bevor ich stocke, weil Gideons Phallus Stück für Stück in mir zu spüren ist, mich beide Schwänze dehnen, sodass ich seufze und sich zugleich ein wahnsinnig heißes Gefühl in meinem Becken ausbreitet.

»Geil, nicht wahr? So wird der Trip in der Mall gleich viel schöner. Entspann dich, Schatz.« Lawrence löst seine Hand von meinem Nacken, streichelt meinen Hals und knabbert an meinem Ohr, bevor Gideon komplett in mich eingedrungen ist und nun beide sich in mir bewegen, sodass ich keuche, mein Herz wie wild rast und das heiße Kribbeln in meinem Becken mich vollkommen kontrolliert, weil beide mich in ihrer Hand haben.

»Alles in Ordnung, Kleines?« Gideon stoppt kurz, bis ich nicke und er kräftiger in mich eindringt, während Lawrence mich mit Zärtlichkeiten verwöhnt. Meine Finger zittern, als würde ich frieren, während eiskalte und heiße Schauder meinen Körper durchzucken, meine Brustwarzen herrlich kribbeln. Als sich Lawrence Gideons Rhythmus anpasst und Finger meinen Kitzler massieren, halte ich nicht länger durch und stütze nach wenigen Stößen der beiden, die meinen Verstand ausschalten, laut stöhnend über die Klippe.

»Ihr seid ...«, will ich sagen. Etwas kneift in meine Pobacke, sodass ich schreie. »... wahnsinnig!«

»Das hören wir gern. Nicht wahr, Gideon?«

»Allerdings. Komm, lauter, Kleines, zeig uns dein wahres Ich, so wie du es mir gestern gezeigt hast, und gib dich uns hin mit Körper und Seele hin.« Wieder ein Schmerz auf meinem Arsch, dann Zähne in meiner Schulter. Der zweite Orgasmus ist so tief, so lang, dass ich zusammen mit Lawrence komme, der neben meinem Hals stöhnt. Meine Oberschenkel zittern, als Gideon weitere Male in mich eindringt und in mir laut kommt.

Erschöpft sinke ich auf Lawrence' warme Brust, während sich Gideon aus mir zurückzieht und meinen Rücken küsst.

»Wieso habe ich nur geglaubt, eine Chance gegen euch zu haben?«, murmele ich leise zu mir.

»Weil du dich maßlos überschätzt. Und weißt du was, Maron? Damit hat das Training heute erst begonnen.« Lawrence schenkt mir ein schmalziges Lächeln, dann küsst er meine Nasenspitze. »Guten Morgen, mein Schatz.«

9. Kapitel

Nachdem ich schweißgebadet die Fäuste vor dem Boxsack sinken lasse, während ich Lawrence in drei verschiedenen Sprachen innerlich den Tod an den Hals gehetzt habe, habe ich das Training mit ihm doch zu seiner mittelmäßigen Zufriedenheit absolviert.

Im Anschluss habe ich eine Dusche genommen, mir ein passendes Kostüm herausgesucht, das nach Lawrence' Meinung seinem Vater gefallen wird – obwohl ich mich mehrfach gefragt habe, wozu ich mich für seinen Vater in Schale werfe –, und bin fertig gestylt in die Küche gegangen. Nach dem Frühstück sollte ich unbedingt meinen Chef vor Dorians, Gideons und Lawrence' Augen anrufen, um die Sache mit Robert zu klären.

Leon war weniger erfreut, als er den Verlauf des Abends von mir gehört hat, und noch weniger, dass ich mich einen Tag später bei ihm gemeldet habe. Die schuldbewussten Blicke der Brüder haben mir wenigstens die Genugtuung verschafft, weil ich nur ihretwegen Leon nicht früher anrufen konnte. Wann hätte ich es auch machen sollen?

Doch bisher hat sich Monsieur Dubois nicht bei Leon gemeldet, was entweder ein sehr gutes Zeichen war und er die Sache auf sich beruhen ließ oder ein schlechtes, weil er sich bereits mit seinem Anwalt auseinandersetzen würde. Ich weiß es nicht, aber immer wenn ich daran denke, verschafft es mir ein mulmiges Bauchgefühl. Und eines habe ich gelernt: auf mein Bauchgefühl zu hören.

Nach dem leckeren Frühstück sitze ich mit Lawrence in seinem Maserati, sodass ich glaube zu träumen.

»Schon aufgeregt?«, fragt er mich und streichelt über mein Knie. An uns ziehen die hohen Palmen und parallel der Strand vorbei, auf dem bereits die ersten Menschen zu sehen sind, bevor Lawrence ins Zentrum fährt und ich die Mall wiedererkenne. Dabei fallen mir die Einkäufe, die ich für Gideon gemacht und bisher noch nicht präsentieren konnte, wieder ein. Aber das werde ich nachholen, verspreche ich mir. Ein Geschenk werde ich ihm heute Abend geben. Ich hoffe, es gefällt ihm …

»Nein, wieso sollte ich aufgeregt sein?«, frage ich und umfasse seine Hand, auf der ich unter dem losen Hemdärmel seine schwarzen Linien der Tattoos sehen kann. Mit dem Zeigefinger male ich sie nach, dann schaue ich zu ihm auf. Von der Seite fällt mir oft die Ähnlichkeit zu Gideon auf. Er besitzt dieselbe schier gerade Nase, die hohen Wangenknochen und auch der Kiefer ist ähnlich. Nur von vorn unterscheiden sie sich. Das dunkelblonde Haar hat er dieses Mal zu einem Knoten am Hinterkopf zusammengebunden. Kurz überlege ich, ob ihm ein Tennisstirnband stehen würde, so wie es die Sportler im Turnier tragen. Immer erinnert mich Lawrence an einen Sportler, was wohl seine Größe und Statur bei mir bewirken.

»Na ja, seine Neue, Nadine, wird dabei sein.« *Er hat sich ihren Namen doch gemerkt.*

»Sollte mir das etwas ausmachen?« Er schaut zur Seite, während wir an einer Ampel warten und seine Mundwinkel zucken.

»Warum schüchtert dich nie etwas ein? Warum schreckst du vor nichts zurück und warum macht dir selten etwas Angst?«, fragt er mich plötzlich, sodass ich ausatme und nach vorn blicke. Wenn er wüsste. Ich habe vor so vielen Dingen Angst – nur zeige ich es nie.

»Wir sind uns sehr ähnlich, Lawrence. Du lässt dich ebenfalls von nichts einschüchtern, schreckst vor nichts zurück und zeigst keine Angst. Aber wenn ich ehrlich bin, ich lasse es mir nicht anmerken.«

Seine Hand wandert von meinem Knie über meinen Arm. »Weißt du, Maron, ich kann es nicht beschreiben, aber irgendetwas an dir ist anders. Seit wir uns das erste Mal gesehen haben ...« Mir kommt es so vor, als suche er nach den passenden Worten. »Du bist für mich wirklich eine Frau, die mich beeindrucken kann«, höre ich ihn. Seine Worte klingen ehrlich, was ich von ihm selten höre.

»Danke.«

»Das wirst du nicht oft von mir hören«, stellt er mit einem Grinsen klar.

»Weil du ungern darüber sprichst, was du denkst und fühlst, ich weiß. Ich kenne dich mehr, als du denkst, Lawrence.« Seine Gesichtszüge frieren für einen winzigen Moment ein, als würden ihn meine Worte ängstigen oder zu denken geben, dann blinzelt er und konzentriert sich auf die Fahrbahn.

Als wir auf dem Parkplatz neben der Mall parken, greift Lawrence zu seinem Handy und ruft seinen Vater an. Kurz darauf parkt ein sportliches Cabrio neben uns, und ich frage mich, warum sein Vater unbedingt das Auto seiner Mutter haben möchte? Wo ihnen doch so viele Autos zur Verfügung stehen.

Wir steigen aus, und ich werde freundlich von Monsieur Chevalier begrüßt, der in einem Polohemd, einer Jeans und teuren Lederschuhen vor mir steht, während Nadine in einem schwarzen Etuikleid aussteigt, als kämen sie vom Golfen oder von einem Pferderennen. Vielleicht stimmt es auch.

»Bonjour, Maron. Wie schön, dass Sie zugesagt haben, uns zu begleiten.« *Ich habe ihm nicht freiwillig zugesagt.* »Nadine hat sich sehr gefreut, als ich es ihr ausgerichtet habe.« Er reicht mir seine Hand, zieht mich etwas an sich, sodass ich sein Aftershave riechen kann, und küsst meine Wangen. Nadine presst ihr knallroten Lippen fest zusammen, während mir ihr Blick hinter einer schwarzgetönten Sonnenbrille verborgen bleibt.

»Sehr gern, ich freue mich ebenfalls, Sie zu sehen. Die Einladung konnte ich nicht ausschlagen, weil ich mich bereits jetzt schon freue, mit Ihnen und Ihrer Verlobten einkaufen zu gehen.« Hoffentlich klingt es nicht überzogen, aber es soll ehrlich wirken, auch wenn es gelogen ist.

»Großartig«, antwortet er mir mit einem milden Lächeln. »Lawrence, könnte ich dich kurz sprechen? Wenn ihr möchtet, könnt ihr bereits vorgehen«, bietet uns Monsieur Chevalier an und ich werfe einen Blick zu Lawrence, der mir mit einem vertrauten Lächeln zunickt.

»Schön, dich zu sehen, Maron«, begrüßt mich Nadine, ohne mich zu siezen, und reicht mir ihre Hand mit perfekt manikürten Fingernägeln. Die Geste kann ich wohl kaum ausschlagen.

»Ich freue mich ebenfalls. Hast du schon eine Vorstellung, was du für ein Kleid tragen möchtest?«, frage ich sie freundlich und wir laufen zusammen auf den Eingang der Mall zu, vor der eine Gruppe arabischer Männer in weißen Gewändern aus mehreren Limousinen aussteigen.

»Natürlich. Mein Kleid habe ich bereits vor zwei Wochen gewählt. Weswegen ich in die Mall gehen wollte, ist, um mir passende Schuhe zu kaufen. Mir gefällt kein Paar, was zu dem Kleid passen würde«, erklärt sie mir und ich merke, dass sie in ihrem Element ist, weil sie mir von verschiedenen Schuhpaaren erzählt, an denen sie immer etwas auszusetzen hat. *Falls mir kein Gesprächsthema mit ihr einfallen sollte, frage ich nach ihren Kleidern und Schuhen, der aktuellen Modekollektion und den ganzen Haute-volaute-Dingen* – speichere ich mir in meinem Gehirn in der finstersten Ecke ab.

Am Eingang, während Nadine weiter über ihre Schuhvorstellungen spricht, fällt mir Al Chalid zwischen drei arabischen Männern auf. Um nicht von ihm gesehen zu werden und mir eine erneute Blamage zu ersparen, dränge ich Nadine leicht nach links zur Schiebetür, um Abstand zu gewinnen. Die Tür öffnet sich, als uns ein Ehepaar entgegenläuft, und ich atme kurz auf.

»Madame«, höre ich hinter mir eine Männerstimme in einem fast akzentfreien Französisch und weiß nicht, ob ich mich umdrehen soll oder nicht. Zum Glück kennt er nicht meinen Namen, ansonsten wäre Lawrence' Schwindel sofort vor Nadine aufgeflogen. Nadine bleibt abrupt stehen und wirft einen Blick zurück.

Sie scheint ihn nicht zu kennen, aber Al Chalids Blick wandert flüchtig zu mir, dann zu Nadine. Um ihn zu ignorieren, scheint es wohl zu spät zu sein. *Warum passiert immer mir so was?* – fluche ich, aber kann Lawrence und seinen Vater noch nicht um die Ecke biegen sehen.

»Monsieur Al Chalid«, bringe ich höflich hervor und mache einen Schritt auf ihn zu. »Welch ein Zufall, Sie anzutreffen.«

»Wie wahr. Obwohl ich an keine Zufälle glaube.« *Sicher, weil Allah über alles wacht und ihn zu mir kurz vor die Schiebetür der Mall geführt hat. Ja, ja …*

»Kennen Sie bereits Nadine …«

»Nadine Zidane, darf ich mich Ihnen vorstellen?«

Ich werfe einen skeptischen Blick in ihre Richtung, weil sie dem Araber direkt in sein Gesicht blickt und ihm ihre Hand anbietet. Selbst ich bin nicht so unaufmerksam und dränge ihm europäische Begrüßungsregeln auf.

Mein Blick huscht kurz zu Al Chalid, der ihre Begrüßung annimmt. Trotzdem entgehen mir die Blicke der anderen arabischen Männer nicht, die leise etwas murmeln.

»Sind die Damen allein unterwegs?«, fragt er uns mit einem warmen Lächeln und ist mit dem Körper mehr zu mir gewandt als zu Nadine. Doch sie antwortet ihm, bevor ich dazu komme, den Mund aufzumachen. *Am besten, ich genieße ihren fehlerhaften Auftritt und beobachte, was passiert.*

Sie muss ihm sofort unter die Nase reiben, dass sie in Begleitung ihres Verlobten, Monsieur Chevalier, ist, der jeden Moment zu uns stoßen wird. Auf Chalids Miene sehe ich seine angespannten Gesichtszüge, obwohl seine Hände locker neben seinem Gewand ruhen. Mit jeder weiteren Minute, die vergeht, wird es mir peinlicher, bis ich Lawrence endlich mit seinem Vater hinter den Arabern auftauchen sehe. *Himmel, er ist meine Rettung.*

Kurz sehe ich auf seinem Gesicht dasselbe Nasenkräuseln und die tiefe Falte zwischen seinen Augenbrauen, wie ich es von Gideon kenne, als er meinem Blick begegnet. *Nein, hoffentlich macht er mich nicht für Allahs Zufall verantwortlich.*

Er bleibt neben mir stehen und zieht mich besitzergreifend an seine Seite, während er Al Chalid begrüßt und sich im Anschluss mit mir entschuldigt. Sein Vater spricht weiter mit seinem Geschäftspartner, dem ich einen flüchtigen Blick zuwerfe, dann führt mich Lawrence an den ersten Geschäften vorbei.

»Gideon hat recht, du ziehst männliche Wesen magisch an. Komm, wir haben heute noch einen harten Tag vor uns, mein Schatz.«

»Wieso harten?«, frage ich nach und lehne mich an seine Seite an, während wir an den Geschäften vorbeischlendern.

»Glaub nicht, mir würde es Spaß machen, mit dir shoppen zu gehen. Frauen sind dabei einfach nur nervig und unentschlossen.«

»Da hast du eindeutig die falschen Frauen kennengelernt«, will ich ihn umstimmen und stoppe ihn im Gehen, bevor ich mich an ihm hochziehe und ihm einen Kuss schenke. »Du wirst sehen, mit mir wird es nicht anstrengend.«

»Warten wir ab.«

In einem traumhaft schönen Geschäft stecke ich bereits im zehnten Kleid, während es sich Lawrence vor der Kabine gemütlich gemacht hat. Ihm wurde ein Wasser und Kaffee gebracht, während ich mich von einem Kleid ins nächste quäle. So langsam habe ich keine Lust mehr, weil ich meinen Favoriten bereits gefunden habe, aber Lawrence für mich weitere Kleider heraussuchen lässt.

»Bist du fertig?«, fragt er und schiebt den Vorhang zurück. Seine Blicke gleiten über meinen Rücken, während mir gerade von der Angestellten die Korsage gebunden wird.

»Gleich. Ich hoffe, es ist das letzte?« *Warum nur soll für ihn die Shoppingtour hart sein?* – frage ich mich, bevor ich in einem Traum aus schwarzem Tüll aus der Kabine trete. Ich habe meine Meinung geändert, das schwarze Kleid ist das schönste. Es fällt ab meiner Hüfte bauschig in einem zarten Stoff bis zu meinen Knöcheln, sodass ich den Saum beim Laufen ohne hohe Schuhe anheben muss. Es ist trägerlos, und wunderschöne goldene Verzierungen bilden ein kunstvolles Muster über meiner Brust bis zu meiner Hüfte. Mit den Fingerspitzen fahre ich über die goldenen Linien, zupfe das Kleid am Dekolletee zurecht, bis ich aus der Kabine trete und Lawrence kurz der Mund offen stehen bleibt. *Herrlich* – ihm scheint es ebenfalls zu gefallen.

»Dreh dich mal bitte«, fordert er mich auf und blickt von der Sitzbank zum großen Wandspiegel zu mir auf. Die Angestellte beobachtet uns still neben der Kabine, aber auf ihrem Gesicht kann ich ablesen, dass es ihr ebenfalls an mir gefällt.

»Ich sollte Gideon und Dorian ein Bild schicken, um sie abstimmen zu lassen. Zuvor waren sie für das rote, doch etwas gewagte Kleid, das ich sofort genommen hätte, aber in dem ...«

»Ja, Schatz?«, frage ich ihn und mache einen Schritt auf ihn zu. Lawrence erhebt sich vor mir und legt seine Hände um meine Hüften.

»Ich lasse Sie kurz allein. Falls Sie Hilfe brauchen, rufen Sie mich«, sagt die Angestellte, bevor sie den Raum vor den Kabinen verlässt.

»Du siehst in dem Kleid wie eine Black Lady aus. Verboten scharf.« Er presst mich eng an sich, sodass ich trotz des vielen Stoffs seine Beule in der Hose spüren kann.

»Danke, deinem Prachtstück scheint es ebenfalls zu gefallen«, bemerke ich mit einem Lächeln.

»Provoziere mich nicht, Kätzchen, ansonsten befindest du dich schreiend hinter dem Vorhang«, droht er mir mit einem Grinsen, dann hebt er mein Kinn, weil ich ohne Absatzschuhe so viel kleiner neben ihm wirke, und streift seine Lippen über meine. Seine Zunge drängt sinnlich meine Lippen auseinander, sodass ich, um nicht die Balance zu verlieren, meine Handgelenke um seinen Nacken lege und seinen Kuss erwidere. Wenn wir allein sind, kann Lawrence so gefühlvoll und ehrlich sein, was ich an ihm liebe.

»Wie ich sehe, habt ihr ein Kleid gefunden?«, stellt Monsieur Chevalier hinter Lawrence fest, als er sich uns mit Nadine am Arm nähert. Sie wirft mir einen missgönnenden Blick entgegen, weil ihre Sonnenbrille auf ihr dunkles glänzendes Haar zurückgeschoben ist, und zieht übertrieben ihre Augenbrauen zusammen, als würde etwas Ekelhaftes an mir kleben. Aber Monsieur Chevalier sieht ihr Gesicht nicht, weil er stattdessen mit einer beeindruckten Miene von mir zu Lawrence blickt.

»Das sehe ich genauso«, antwortet Lawrence für mich. »Wir nehmen es.«

»Danke, mon chéri.« Ein flüchtiger Kuss, dann sehe ich seinen Vater zufrieden lächeln.

»Sehr gute Wahl. Es steht Ihnen ausgezeichnet.« Ich bedanke mich bei seinem Vater, bevor ich hinter dem Vorhang verschwinde. Als ich das Kleid ausziehe, belausche ich das Gespräch zwischen Lawrence und seinem Vater. Er scheint sehr von mir beeindruckt zu sein, weil ich nach Lawrence Erzählungen so höflich, bescheiden und natürlich wirke. Wer weiß, welche eingebildeten Zicken er seinem Vater vor mir vorgeführt hat – vielleicht Nadines Ebenbild. Ich muss schmunzeln.

Im Anschluss gehen wir zusammen essen, weil mein Magen bedrohlich knurrt, bevor mir Lawrence passende Schuhe zu dem Kleid kaufen möchte. Mehrfach versuche ich ihm zu erklären, dass er es nicht tun muss und ich viele Schuhe mitgebracht habe, aber er besteht darauf, dass alles, was ich trage, nur von ihm gekauft sein soll. Diesem Argument kann ich nichts entgegen, weil es mir viel bedeutet.

Die Tüten verstaut er behutsam im Kofferraum, während wir von anderen Menschen auf dem Parkplatz beobachtet werden. Sofort fallen ihre Blicke auf das Auto und uns, dann auf seinen Vater. Wir verabschieden uns von seinem Vater und Nadine, die ein Gesicht macht, als hätte sie auf eine saure Zitrone gebissen und eine Faser würde noch zwischen ihren Schneidezähnen klemmen.

Dann hält mir Lawrence die Tür auf. Fast, als wären wir ein verliebtes Paar, winken wir verhalten seinem Vater zu. Lawrence gibt mir einen Kuss und im nächsten Moment verlässt er mit einem aufheulenden Motor und einer rasanten Drehung, sodass Staub aufwirbelt, den Parkplatz.

Ich kann nicht verstehen, weswegen Lawrence nicht in einer Beziehung ist. Die Frauen müssen ihm scharenweise hinterherlaufen, auch wenn seine Art in manchen Momenten gewöhnungsbedürftig ist. Doch warum mache ich mir Gedanken darüber?

In den wenigen Tagen werde ich die Zeit mit ihm genießen, vor allem, wenn wir allein sind, danach ... Wer weiß, ob unsere Lüge nicht schneller auffliegt, als ihm lieb ist.

10. Kapitel

Der Staub wirbelt um mein Gesicht, sodass ich niesen muss und zu Jane blinzele, der das Puder anscheinend nichts ausmacht. Das große Ankleidezimmer, in das uns die Brüder verwiesen haben, das mit Schränken, großen Spiegeln und Kommoden ausgestattet ist, erinnert mich fast an die Gemächer einer Adligen vergangener Zeiten. Weil der Raum alles beherbergt, damit sich die Frauen wohl fühlen und dem Schönheitswahn verfallen können. Um uns tanzen drei nette Damen, die uns frisieren, schminken und unsere Nägel maniküren.

Entweder misstrauen die Brüder unserem Geschmack, weil wir keinen Friseur oder keine Kosmetikerin in der Stadt aufsuchen dürfen, oder sie wollen uns im Auge behalten, warum auch immer.

Die abendlichen Sonnenstrahlen durchbrechen herrlich die durchscheinenden Vorhänge, als ich meinen Kopf zu Jane drehe, die in einem Shirt und Hotpants neben mir sitzt und deren Haare zu einem glänzenden Knoten am Hinterkopf zusammengebunden werden. Das violettfarbene Kleid wartet hinter ihr auf einem Bügel, das sich gleich neben meinem befindet. Die Vorfreude, bald das wunderschöne Kleid tragen zu dürfen, breitet sich in meinem Magen kribbelnd aus.

Nachdem mir ein beeindruckendes Make-up aufgelegt wurde, mein blondes Haar aufwendig seitlich verflochten und zusammengedreht wurde, blicke ich mir lange im Spiegel entgegen.

»Très bien!«, höre ich eine arabische Frau hinter mir, die ihre Hände auf der Brust faltet. An meinen Ohren schwingen schwere Ohrringe, die vermutlich von Gideon sind, weil er sich um den Schmuck kümmern wollte. Sie befanden sich bereits auf dem Schminktisch, bevor ich das Zimmer betreten habe. Warum ich dabei an Intimschmuck gedacht habe, ist mir kurz ein Rätsel. Aber bei ihm muss ich immer vorbereitet sein. Jane steht vom Stuhl auf, während die Damen ihre Schminkutensilien zusammenräumen und es an der Tür klopft.

»Ja, wir sind fast fertig«, ruft Jane, bevor ich meinen Blick von dem Spiegel abwende und zu Dorian sehe, der mit zwei großen Schachteln auf uns zugeht.

»Ladys, ich bringe euch Überraschungen.« Warum glaube ich das bloß nicht? Das Strahlen in seinen Augen ist kaum zu übersehen, als sein Blick von Jane zu mir wandert. Er stellt die Schachteln ab und Jane geht freudestrahlend auf ihn zu.

»Ich bin schon so gespannt, was du für uns hast.«

»Für dich, Liebes, habe ich etwas sehr Hübsches gefunden. Ich hoffe, es gefällt dir«, sagt Dorian und schiebt die oberste Schachtel auf, die eindeutig von einer Lingerie stammt, weil mir die goldenen Lettern sofort ins Auge springen.

Zwischen seinen Fingern hebt er eine spitzenbesetzte Korsage in die Höhe, mit Strumpfbändern und einem zarten Höschen, alles in einem hellen Cremeton, besetzt mit dunkelblauen Zierelementen.

Sofort springt sie ihm um den Hals und flüstert ihm Worte wie »Sie ist wunderschön, danke Dorian« ins Ohr, die ich verstehen kann, dann küsst sie ihn dankbar. Mit den Worten: »Ich werde sie gleich mal anprobieren«, verschwindet sie durch eine Flügeltür im Nachbarraum.

»Für dich habe ich etwas ganz Besonderes, Maron. Komm zu mir.« Er winkt mich an seine Seite und ich werfe einen skeptischen Blick auf die Schachtel.

»Eigentlich ging ich wirklich davon aus, dass ich keine Dessous tragen soll. Wäre für euch doch ein Hindernis weniger«, sage ich trocken und schaue in Dorians eisblaue Augen, neben denen sich leichte Fältchen bilden.

»Möglicherweise, aber wo bleibt der Anreiz? Dessous sind so viel mehr. Deswegen habe ich, als ich es in der Lingerie gesehen habe, an dich denken müssen.« Er öffnet die Schachtel, und ich sehe perlenbesetzte Unterwäsche, die fast nur aus Perlen bestehen.

»Hübsch, aber warum werde ich nicht gefragt, ob sie mir gefällt? Wie soll ich den Abend mit den Perlen am Körper überstehen?« Ich greife nach dem Tanga, der aus dunkler Spitze und Perlenketten statt Stoffbändern besteht. Wenn ich den tragen muss, werde ich ständig unter Strom stehen.

Dorians Finger streifen die Perlen, dann wandern sie unter mein Kinn. »Du wirst sie anziehen, Liebes. Ich werde es prüfen, mehrmals am Abend, wenn es sein muss. Dir würde ich sogar zutrauen, Wechselwäsche mitzunehmen.« *Ah* – er durchschaut mich Tag für Tag immer mehr.

»Fein. Der Perlentanga wird mich nicht abschrecken, Dorian. Und wer weiß, vielleicht finde ich wirklich Gefallen daran, dass ihr mich kaum im Festsaal antreffen werdet«, bringe ich mit einem zarten Lächeln hervor, weil mir die Vorstellung gefällt.

»Ich warne dich.« Seine Lippen nähern sich den meinen. »Solltest du selbst Hand anlegen, werde ich es herausfinden.« Mit seinen Zähnen zieht er langsam meine Unterlippe zu sich, sodass ich meinen Blick belustigt senke. Jane platzt plötzlich mit einem »Oh!« in den Raum, bevor Dorian von mir ablässt.

»Ich würde nicht im Traum daran denken, mon chéri.«

»Das freut mich, denn dann hättest du die Vorfreude auf das, was dich nach der Gala erwarten wird, verspielt. Und ich weiß, wie sehr du deine Vorfreuden auskostest. In dieser Beziehung sind wir gar nicht so verschieden.« Da muss ich ihm zustimmen, weil er ebenfalls Momente auskostet, als seien es seine letzten. Dorian genießt alles, und das intensiv.

»Ich werde dich nicht enttäuschen.«

Nachdem Jane in ihrer wirklich reizenden Unterwäsche in das Kleid steigt, ihr Dorian dabei behilflich ist, es zu schließen, verlassen sie den Saal und Lawrence betritt den Raum. Ich spüre zuerst seine

Hände um meinen Bauch, die weiter über die Perlen auf meinem Körper wandern.

»Dorian hat wirklich Geschmack. Soll ich dir beim Ankleiden helfen?« Diese Frage von ihm zu hören, lässt mich kurz laut ausatmen.

»Ich habe geglaubt, du seist ein Meister darin, Frauen zu entkleiden, nicht ihnen dabei behilflich zu sein, sie anzukleiden.«

»Ich probiere mich gern in neuen Dingen, Schatz. Los, es gibt immer ein erstes Mal.« Er lacht neben mir, bereits in einer schwarzen Anzughose und einem weißen Hemd, das an den Ärmeln offen steht, und geht auf das Kleid zu. Er ist sogar barfuß, so wie ich, und sein Haar fällt offen wenige Zentimeter über seine Schulter. Vor dem Kleid streift er mit einer gekonnten Handbewegung sein Haar aus der Stirn, was himmlisch aussieht, dann greift er das Kleid und hilft mir hineinzusteigen.

»Wirklich sehr aufmerksam, dass du dich sogar vor mir auf die Knie begibst«, necke ich ihn und er zupft schnell an meiner Perlenkette, die zwischen meinen Beinen einschneidet.

»Überlege dir gut, was du heute Abend sagen wirst, Kätzchen. Heute werden uns viele Leute sehen, du wirst neue Menschen kennenlernen und ungesittetes Verhalten sowie ein vorlautes Mundwerk sind dort fehl am Platz«, sagt er ernst und sieht mit seinen grauen Augen zu mir auf, als ich in das Kleid steige.

»Ich weiß mich zu benehmen, das habe ich mehr als einmal unter Beweis gestellt.«

»Ich weiß«, haucht er neben meinem Ohr, als er mir gegenübersteht, und knabbert zärtlich daran. »Doch dich immer wieder daran zu erinnern, gefällt mir.«

Sein leises Lachen lässt Gänsehaut über meinen Körper wandern. Dann steht er hinter mir und probiert sich tatsächlich darin, das Kleid zu binden.

In manchen Momenten ist Lawrence derjenige, der mich immer wieder überrascht. Doch nach mehreren Versuchen, als es ihm nicht gelingt, das Kleid zu binden und er die Bänder verdreht, ruft er die Kosmetikerin ins Zimmer, die ihm hilft.

»Deine Bemühungen rechne ich dir hoch an, Liebling«, sage ich und ziehe ihn im Nacken näher zu mir.

»Genau diese Maron möchte ich den gesamten Abend als meine Begleiterin an meiner Seite haben«, flüstert er, damit uns die Frau hinter mir nicht belauschen kann.

»Wirst du. Versprochen.«

Ich schenke ihm drei kurze Küsse, dann weist er mich an, im Raum zu warten, während er sich umziehen geht und Gideon aufsucht.

Vor dem Spiegel drehe ich mich langsam in dem wirklich schönen Kleid. Lange war ich auf keiner Gala mehr, insgesamt wurde ich sechs Mal für eine gebucht, ansonsten begleite ich die Männer nur zu geschäftlichen Veranstaltungen oder Events, die an keine Gala herankommen. Die hübsche Araberin verabschiedet sich von mir, als ich Gideon im Türrahmen angelehnt stehen sehe.

Steht er schon lange dort? Denn ich habe die Tür, nachdem die Frau gegangen ist, nicht mehr im Blick behalten. Mit einem Lächeln knickse ich gespielt vor ihm, und er lacht bereits in einem schwarzen Anzug mit einem Stehkragen vor mir, sodass meine Augen länger auf ihn fixiert sind, als ich möchte.

»Du machst dich gut in dem Kleid, Kleines. Lawrence hat wirklich Geschmack.«

»Freut mich, wenn es dir gefällt. Danke für die Ohrringe.«

»Bedanke dich nicht zu früh, die Ohrringe sind nicht der Schmuck, den ich dir schenken möchte.« Wie ich es mir bereits dachte. Er stößt sich vom Türrahmen ab und verschließt die Tür hinter sich, bevor er auf mich zuläuft. Sein dunkelbraunes Haar ist perfekt aus dem Gesicht gestrichen, bis auf wenige Strähnen, die in seine Stirn fallen.

Vor mir umfasst er meine Taille und hebt mit zwei Fingern mein Kinn. Ohne mich zu küssen, schaut er mir sehr lange in die Augen, sodass mein Herz wie ein Kolibri rast und ich flach Luft hole. Dabei spüre ich die Perlen auf meinem Körper, was herrlich kitzelt.

Gideon hebt eine Hand und berührt meine Schläfe, lässt seine Fingerspitzen zärtlich über meine Wange gleiten, weiter über meinen Hals zu meinem linken Schlüsselbein, während ich in seinen grünen Augen versinke. Ich atme seinen Duft von dunkler Zeder und etwas, das mich an einen Abendregen erinnert, ein.

»Du siehst bezaubernd schön aus, meine Kleine. Schade nur, dass du Lawrence' Begleitung sein wirst und nicht meine.« Fast etwas

Wehmütiges schwingt in seinen Worten mit, während sich ein feiner Zug um seine Augen bildet.

»Dafür werde ich immer in deiner Nähe sein und dich mit meinen Blicken verfolgen, als wäre ich deine Partnerin, die an deiner Seite ist«, spreche ich laut aus, was mich selber sprachlos macht. Noch nie habe ich das zu einem Mann gesagt, noch nie mich so der vertrauten Nähe hingegeben, obwohl wir uns nicht küssen. Das Grün seiner Augen wird heller.

Kurz wandern seine Finger zu den goldenen Ohrringen, an denen ebenfalls dunkle ovale Perlen mitschwingen, bevor er mich an der Hüfte hochzieht und sich seine Lippen auf meine legen. Wieder tritt der Moment ein, in dem ich mich nicht zurückhalten kann und ihn verlangend küsse, als würde ich ihm vertrauen, ihn Jahre kennen und so viel mit ihm teilen. Meine Finger vergraben sich in sein Haar, während seine Zunge mit meiner wie in einem Tanz verschmilzt und nichts Anzügliches oder Forderndes in dem Kuss besteht.

Mit drei Schritten setzt er mich auf einem Hocker ab und kniet plötzlich vor mir, als er nach dem Jimmy Choo greift und meinen linken Knöchel anhebt. Während er mir den Schuh anzieht, behält er mich weiterhin im Blick, was mir Angst macht, weil ich diese Momente nur mit ihm habe – weder mit Lawrence noch mit Dorian.

Seine Lippen streifen meinen anderen Fuß, küssen meinen Knöchel und wandern meine Wade langsam hoch. Als wäre ich gefangen, bleibe ich sitzen. Keiner sagt etwas. Die Stille ist wunderschön und zugleich zerreißt sie mich. Etwas in mir lässt mich fast durchdrehen, und etwas beginnt darüber nachzudenken, wie mein Leben an seiner Seite verlaufen würde.

Nein, denk nicht daran – bitte ... Ich schließe meine Augen, um das Gefühl, die Fragen und Gedanken auszublenden, als ich Gideons Stimme höre.

»Was ist, Kleines?« An seinem Blick sehe ich, nachdem ich meine Augen geöffnet habe, dass er meinen Gesichtsausdruck deuten kann, aber sich nicht sicher ist.

»Nichts. Ich möchte dir etwas geben, was ich für dich in der Galerie gekauft habe, als du mir deine Karte gegeben hast.«

Ich erhebe mich von dem Hocker und hole eine Schachtel aus meiner Tasche, die ich zum Umziehen mitgenommen habe. Ich wollte sein Geschenk die ganze Zeit mit mir tragen, um den passenden Moment abzuwarten. Und das ist er.

Vor ihm bleibe ich stehen und gebe ihm die dunkle Schachtel. Meine Finger zittern leicht, weil ich nicht weiß, ob es ihm gefällt, schließlich möchte ich mich nicht blamieren. Mit einem beruhigenden Lächeln nimmt er es entgegen.

»Du sollst mir keine Geschenke machen, wenn, dann sollte ich dir meines geben. Warte.«

Er angelt ebenfalls eine Schachtel aus seiner Hosentasche und reicht es mir. *Sicher befindet sich darin ein Dildo oder Analplug oder eine Kette?* – überlege ich.

Zugleich öffnen wir die Schachteln und ich muss lächeln. Sie wollen mir wirklich den Abend versüßen. Filigraner goldener Labienschmuck liegt zusammen mit einer feinen Kette mit einem Schlüssel auf dem Samtkissen. Oder ist es wirklich echtes Gold?

Ich blicke zu ihm mit einem Strahlen in den Augen auf, während sich seine Miene verfinstert, als er mein Geschenk sieht. *Verflucht! Ich habe ihm das Falsche geschenkt.*

»Ich ... also, wenn sie dir nicht gefällt ...«, versuche ich zu erklären und ihm die Schachtel aus der Hand zu nehmen. Aber er lässt es nicht zu.

»Auf meiner Abrechnung habe ich nirgends eine Rolex gesehen. Also wenn das ein Scherz sein soll, dann finde ich ihn nicht komisch. Ich habe dir gesagt, du kannst einkaufen, was du möchtest.«

»Habe ich, Unterwäsche. Aber ich will dir nichts von deinem eigenen Geld schenken. Zuerst wollte ich sie mit deiner Karte bezahlen, aber dann ... Jetzt sei nicht stur und nimm sie an.«

Gideon atmet tief aus, schaut zu mir, als könnte er mich nicht verstehen. »Verdammt, Kleines. Willst du mir ein schlechtes Gewissen machen?«

»Nein. Es war kein böser Hintergedanke. Oder gefällt sie dir nicht?«, hake ich nach. Wieder versuche ich ihm die Uhr aus der Hand zu nehmen, aber er verhindert es immer wieder.

»Doch, aber ich werde sie nicht tragen.« Ich schlucke hart. *Wie meint er das?* Wie konnte ich so dumm sein, ihm eine Freude damit zu machen? Ich weiß, dass Männer Geschenke ebenso lieben wie Frauen – er anscheinend nicht.

»Warum?«, frage ich leise.

»Warum? Sie kostet bestimmt so viel wie dein halber Lohn. Du hast sie mir geschenkt ... Was haben Lawrence und Dorian erhalten?«

»Sie haben mir nicht ihre Karte angeboten«, bringe ich leise hervor, obwohl es eine Ausrede ist.

»Verdammt. Du verstehst es nicht, oder? Du solltest *dir* etwas kaufen, aber nicht *dein* Geld ausgeben«, fährt er mich grimmig an, als hätte ich ihn wieder hintergangen.

»Jetzt komm wieder runter. Es ist meine Entscheidung und in dem Moment wollte ich dir die Uhr kaufen. Es spielt doch keine Rolle, wie viel sie kostet. Woher willst du wissen, was ich in einem Monat verdiene? Und ...« ich wende mich von ihm ab. Er hat den Moment mit seinem Getue dermaßen ruiniert, dass ich nur noch das Zimmer verlassen möchte. »Ich muss mich nicht rechtfertigen«, schließe ich an meine Rede an, dann gehe ich auf die Tür zu.

»Warte, Maron.« Ich blicke über die Schulter. »Versteh mich doch, ich kann sie nicht annehmen. Wenn es Lawrence oder Dorian bemerken ...«

»Dir geht es nur darum?«, unterbreche ich ihn enttäuscht. »Dass die beiden nichts davon erfahren?«

»Nein! Mir geht es *auch* darum, ja. Aber mehr, dass du dein Geld für deine Schwester sparen solltest, statt mir eine Uhr zu kaufen, Maron.«

Er macht sich Gedanken, wofür ich mein Geld ausgeben soll? Kurz bleibt mir die Sprache weg, bevor ich sage: »Nimm sie oder nimm sie nicht, trag sie heute Abend oder nicht, aber ich wusste nicht, dass ich dich mit dem Geschenk beleidigen würde, du nicht damit einverstanden bist, denn ich habe sie dir schenken wollen, um mich für die letzten Tage zu bedanken – was wohl ein Fehler war«, beende ich meinen Satz bitter und öffne die Tür. Mir brennen Tränen in den Augenwinkeln, die ich schnell wegblinzle, um mein Make-up nicht zu ruinieren.

Von dem Geländer der zweiten Etage sehe ich Dorian und Jane, die bereits im Foyer sind und sich unterhalten. In zehn Minuten geht es los und ich sollte meine Tasche packen.

In meinem Zimmer sammle ich schnell die nötigsten Dinge zusammen, dann fällt mir auf, immer noch sein Schmuckkästchen in meiner Hand zu halten.

Hände umschlingen meinen Bauch, sodass ich zusammenzucke, aber Gideon an seinem Duft erkenne.

»Ich werde dich so nicht auf die Gala gehen lassen, Kleines. Vielleicht hast du mich missverstanden, aber ich möchte keine Geschenke von dir, weil ich weiß, dass alles zwischen uns in wenigen Tage zu Ende sein wird«, raunt er mir zu und mein Magen zieht sich übel zusammen.

Er will keine Erinnerung an mich behalten – springt mir der Gedanke sofort in meinem Kopf herum. »Aber es soll nicht heißen, dass ich deine Geste nicht schätze, Maron. Ich weiß, was es dich gekostet hat, mir das Geschenk zu machen.« Seine Lippen bewegen sich dicht hinter meinem Ohr, was mir ein Kitzeln über meinen Rücken jagt.

»Danke.« Fast wie ein Versprechen, dass er sie behalten wird, schmeicheln mir seine Worte, doch holen mich zugleich in die Realität zurück. »Leg dich hin.«

Als spräche er eine Zauberformel, lege ich mich rücklings auf das Bett, nachdem er mich freigegeben hat. Vor mir kniend hebt er den Saum meines Kleides an und öffnet die Schachtel in meiner Hand. »Sieh es als mein Geschenk der letzten Tage an. Bei jedem Schritt, den du ab jetzt machst, wirst du mich spüren.« *Und ich werde es genießen* – beende ich seinen Satz.

Vorsichtig bringt er die Klemme an, so einfühlsam und so geschickt, dass ich es kaum spüre. Dann kitzelt mich seine Zunge, und seine Lippen küssen meine Beininnenseiten, bevor er das Kleid über meine Beine streift und mir aufhilft. »Jetzt bist du wunderschön und perfekt.«

Mit einem atemberaubenden Blick, den er mir zuwirft, vermischt mit den Worten, die ehrlich wirken, gibt er mir einen Kuss auf die Stirn und verlässt mein Zimmer.

Kurz brauche ich mehrere Sekunden, um seine Worte, sein Verhalten, seine Berührungen zu verarbeiten. Doch sosehr ich es auch versuche, mich dagegen wehre, ich weiß, dass ich diesem Mann bedingungslos verfallen bin.

11. Kapitel

Auf der Gala werde ich von Lawrence jedem fremden Paar, Geschäftspartner und Konkurrenten vorgestellt, behalte mein Lächeln immer auf und bin zugleich sprachlos von dem großen Saal, der mit Bouquets und goldenen Kugeln ausgeschmückt ist, die an der Decke herabhängen, und der traumhaft schönen Beleuchtung, als ich ihn betrete. Hinter uns laufen Gideon in Begleitung von Romana und Dorian mit Jane und scheinen sich gut zu amüsieren. So oft möchte ich einen Blick zurückwerfen, aber ich tue es kein einziges Mal.

Ich bekomme mehrere Komplimente für mein Kleid und auch Lawrence' Vater – obwohl er das Kleid bereits kennt – scheint von mir beeindruckt zu sein. Er spricht sehr lange über irgendwelche wirtschaftlichen Diskrepanzen und stagnierten Wachstum mit Lawrence, bevor er mich erlöst und sich Monsieur Chevalier bei mir erkundigt, wie wir uns unsere Zukunft vorgestellt hätten. Schließlich können wir ja nicht länger in getrennten Appartements wohnen, was einer offenen Beziehung oder wilden Ehe gleichkäme. Mein Blick schnellt unauffällig zu Lawrence, der beruhigend über meinen Arm streichelt.

»Wir haben bereits ein Objekt im Auge, aber wollen es noch geheim halten«, erklärt er mit einem breiten Grinsen. *Was soll das?*

»Oh, und wo soll sich das Anwesen befinden?«, will plötzlich Nadine wissen und schaut von mir zu Lawrence. Dass er ihr Stiefsohn sein soll, kommt mir in dem Moment etwas lächerlich vor. Sie ist fast in meinem Alter und könnte in Lawrence' Beuteschema passen. Manchmal sehe ich ihm an, dass er sich ihr gegenüber auch so verhält, als würde er sie nicht als neue Lebensgefährtin seines Vaters akzeptieren. Denn er nimmt die Frau kaum wahr und ignoriert sie in wichtigen Gesprächen.

»Keine Sorge, es wird sich in Frankreich befinden, Vater«, beendet Lawrence die Fragerei. »Möchtest du noch etwas trinken, Liebling?«, fragt er mich. Mit einem dankbaren Lächeln nicke ich, um ihn zu erlösen.

»Einen ...«

»Ich weiß welchen.« *Ach so?* Dann lässt er mich vor seinem Vater und Nadine stehen.

»Seit Lawrence Sie kennt, macht er ein Geheimnis aus allem, Madame Delacroix. Obwohl, wenn Sie nichts dagegen haben, wäre es mir lieber, wenn Sie mich Florence nennen.« *Nein! Was soll das werden?* Kurz schaue ich in Lawrence' Richtung, der zwischen Frauen in Abendkleidern an der Bar verschwindet.

»Sehr freundlich. Maron«, erwidere ich. »Und ja, er möchte ungern etwas ausplaudern und es zuvor lieber alles geregelt haben, bevor wir es unseren Familien, Freunden und Arbeitskollegen mitteilen«, erkläre ich. Nadine hebt eine Augenbraue. *Ja, du kannst das nicht verstehen, du würdest gleich der halben Welt über Facebook, Twitter und Co.*

eine Sekunde nach deiner Verlobung mitteilen, wie viel Karat dein Ring hat.

»Dann scheinst du einen sehr guten Einfluss auf meinen Sohn zu haben. Vor noch wenigen Monaten hat er keine Beziehung aufrechterhalten können und es nicht einmal in Betracht gezogen, als ich ihn darauf angesprochen habe, ob er mit seiner Freundin, Geliebten oder was sie auch waren, ernste Zukunftspläne hegt. Nun, das scheint sich mit dir geändert zu haben. Was mich als Vater wirklich beeindruckt, denn der Junge war nicht einfach.« Innerlich muss ich lachen, doch zugleich wünschte ich mir, mein Vater würde solche Worte sagen. »Trotzdem, denke ich, habe ich ihn in die richtige Bahn gelenkt. Wie lebt es sich mit meinen anderen Söhnen im Anwesen? Sicher wolltet ihr ein eigenes Anwesen suchen«, erkundigt er sich weiter und ich hole tief Luft.

»Ganz hervorragend, es macht wirklich Freude, Dorian und Gideon kennenzulernen. Zuvor habe ich Lawrence nur über seine Brüder reden hören, aber mit ihnen zusammenzuleben ist doch sehr ...« Mir fällt kein Wort ein. Himmel: spaßig, aufregend, interessant, abwechslungsreich ... »Sehr angenehm. So lerne ich seine Familie kennen. Ich habe mir sehr kurzfristig von der Kanzlei freinehmen können, da stellt es für mich kein Problem dar, mit anderen im Anwesen zu leben. Ich bin ein Mensch, der sich an alles anpassen kann. Und so kommt keine Langeweile auf.« Irgendwie stimmen meine Worte, denn langweilig wird es im Anwesen nicht.

»Da gebe ich dir recht. Zu zweit ist es sehr schön, aber es kann doch auch eintönig werden«, stimmt er mir zu und Nadine lächelt nur verbittert.

»Was hältst du davon, wenn ihr beide uns morgen auf den Golfplatz begleitet? Kannst du golfen?«

»Nein, das geht nicht«, höre ich hinter mir Lawrence, der mir mit einem Lächeln mein Getränk – einen Cosmopolitan – reicht. Die mochte ich noch nie.

»Danke schön.«

»Warum nicht?«, erkundigt sich sein Vater und wirft Lawrence einen scharfen Blick zu. Seine weichen Falten glätten sich in seinem Gesicht und er wirkt in seinem dunkelgrauen Anzug gleich respektvoller. Er ist etwas kleiner als Lawrence, aber strahlt, wenn er seinen Sohn so anschaut, gleich viel mehr Einfluss aus.

»Weil wir bereits morgen etwas gebucht haben. Ich möchte es vor Maron nicht aussprechen. Aber morgen sind wir den gesamten Tag unterwegs.«

Ich nehme einen kleinen Schluck von dem Getränk und behalte das Gespräch im Auge, bis ich hinter Nadine von etwas abgelenkt werde. An einem runden Tisch sitzen Gideon und Romana, die bis vor wenigen Minuten noch in ein Gespräch vertieft waren, doch nun schauen sie sich ernst entgegen und er nähert sich ihr immer mehr. An ihrer Geste, wie sie sich durch ihr Haar fährt, weiß ich, dass sie sich auf ihn einlassen würde. Will er sie küssen?

»Montag ist kein Problem, nicht wahr, Maron?« Lawrence stößt mich an und ich nicke mit einem Lächeln.

»Natürlich nicht, wir haben für Montag nichts geplant«, erwache ich aus meiner Trance. Dann klärt Lawrence weitere Dinge mit seinem Vater und ich muss mich mit Nadine abgeben. Doch zum Glück erlöst mich Lawrence und führt mich kurz darauf zu einem der Tische.

Nachdem auch die anderen Gäste Platz genommen haben, werden die Speisen aufgetragen, und ich befinde mich genau gegenüber Gideon, der neben Romana und seinem Vater sitzt. An einem anderen Tisch erkenne ich Al Chalid wieder, der sogar in einem Anzug erschienen ist. *Das muss für ihn ein besonderer Anlass sein* – denke ich und quäle mich durch das Vier-Gänge-Menü. Die Gespräche sind platt und die Musik gewöhnungsbedürftig, aber im Anschluss verdunkelt sich der Saal und die Gäste werden von einem Pianisten, den ich nicht erkennen kann, unterhalten.

»Geht es dir gut?«, fragt mich Lawrence leise und streicht eine Haarsträhne hinter mein Ohr.

»Ja, außer dass du vorhast, mit mir zusammenzuwohnen, ohne mich gefragt zu haben«, übertöne ich die Musik, aber so, dass uns keiner hören kann.

»Lass dich überraschen, Maron.«

»Nein, denn du weißt, dass du mich nach dem Urlaub zwar buchen kannst, aber nicht mit mir zusammenziehen wirst.«

»Ich kann alles, was ich will, Schatz, das solltest du in der Zwischenzeit gemerkt haben.« Er schaut mir tief in die Augen, als wären seine Worte ernst gemeint. »Aber lass uns das später klären, was hältst du von einem Tanz?«

Ich schaue zu der Bühne auf, auf der sich nun das halbe Orchester befindet, was ich zuvor an den Notenständern und Stühlen erkennen konnte. Es tanzen bereits einige Paare, wenn auch mehr ältere als jüngere, aber als ich sehe, wie Gideon Romana auffordert, willige ich ein.

Mit jedem Schritt reibt die Perlenkette zwischen meinen Beinen, und Gideons kleine Ringe massieren meinen Kitzler, sodass ich mich zuvor hauptsächlich sitzend oder stehend aufgehalten habe. Und nun tanzen?

»Weißt du, was mir dein Bruder angetan hat?«, frage ich Lawrence, als er nach meiner Hand greift und mich auf die offene Terrasse führt, auf der sich die Tanzfläche befindet. Der Saal in dem Glastower ist wirklich sehr originell gestaltet. Unter freiem Himmel in einem geschlossenen Gebäude zu tanzen hat seinen Reiz.

»Ja, ich weiß es, deswegen kann ich den Tanz mit dir kaum abwarten. Denn ich tanze nie. Aber das ist es mir wert.« Ich ziehe meine Augenbrauen zusammen, als er seine Hand auf meine Hüfte legt und den Tanz beginnt. Dafür, dass er selten tanzt, kann er es erstaunlich gut, und mich bringt es um den Verstand. Das warme Metall reibt weiter über meine Klit und die Perlen schieben sich tiefer in meine

Pospalte, sodass ich tief durchatme und kurz Gideons Blick kreuze, der mir schief entgegengrinst.

Er ist wie ausgewechselt und widmet sich wieder Romana. Beide besprechen etwas leise, während sie ihm wie geübt einen beeindruckenden Augenaufschlag schenkt. *Verräterin!*

»Bist du in Gedanken schon bei unserer Orgie?«

»Orgie?«, wiederhole ich leise.

»Nun, jetzt weißt du es. Vielleicht hilft dir der Hinweis, auf neue Ideen zu kommen.«

Geschmeidig führt er mich über die Tanzfläche und mir wird immer heißer. Fest umfasse ich Lawrence' Hand und schmiege mich an seine Brust.

»Ich habe immer neue Ideen, Schatz. Mit mir wird es niemals langweilig werden, auch wenn es mir in dieser Situation gerade schwerfällt, auf neue Ideen zu kommen«, antworte ich und schließe kurz meine Augen.

»Nein, ich weiß, dass es mit dir nicht langweilig wird, deswegen glaube ich auch, wird es mir schwerfallen, dich gehen zu lassen.« Ein besorgter Zug legt sich um seine Augen, sodass ich meinen Blick senke. »Wie fühlt sich deine Pussy von einer Skala von eins bis zehn an?«, fragt er mich unerwartet und ich beiße meine Zähne zusammen, bevor ich zu ihm aufblicke. Eigentlich wie zwölf, aber ich antworte: »Sieben.«

Während wir weitertanzen, küsst er mich innig. »Wie würdest du es dir wünschen, wie ich dich heute Nacht nehmen soll mit der hübschen Spange? Willst du, dass ich dich hart an einen Baum gepresst vögele oder dass ich dich blind mit einer Feder liebe?« Warum will er mich quälen?

Bei der Vorstellung sammelt sich die Hitze in meinem Becken, und ich muss mittlerweile so feucht sein, dass ich froh bin, ein langes dunkles Kleid zu tragen. Mein Herz schlägt verräterisch schnell.

»Beides, Schatz, solange wir die Nacht Zeit haben, bis ich mich mit einem Blowjob bedanken kann, gefesselt auf dir reite oder du mich von hinten nimmst. Wir haben alle Zeit der Welt, wenn die Gala vorbei ist. Doch am liebsten wäre es mir ...«

»Nein, hier erlöse ich dich nicht, Kätzchen«, raunt er mir zu, als ob er meinen Wunsch von den Augen abgelesen hätte, und saugt sich an meinem Hals fest, sodass meine Brustwarzen kribbeln. Zähne streifen meine empfindliche Stelle hinter meinem Ohr. »Ich will, dass du darum bettelst, von mir gevögelt zu werden, um dich zu erlösen.«

Ich schmunzle seinem Jackett entgegen, als die Streichmusik langsam in ein ruhigeres Lied wechselt, die Violinenklänge meinen Nerv treffen und meine Finger vor Verlangen zittern.

»Vielleicht tue ich es heute für dich.«

»Der Anblick würde mir gefallen.« *Der gefällt vielen Männern.* Eine Frau auf dem Boden kniend, die darum bettelt, gefickt zu werden, um ihre Lust zu stillen. *Hilfe!* – bei diesen Gedanken wird mir noch heißer.

»Ich glaube, ich setze eine Runde aus. Ich brauche etwas zu trinken.« Lawrence lacht leise, aber führt mich von der Tanzfläche zum Tisch zurück, an dem niemand sitzt, bis Gideon neben mir Platz nimmt. Natürlich trägt er meine Uhr nicht, was mich enttäuscht, aber mich beruhigt, weil keiner seiner Brüder deswegen Fragen stellen kann.

»Wie fühlst du dich, Kleines?«, fragt er und eine Hand streift meine, die auf meinem Schoß liegt.

»Dank deines hübschen Geschenks beflügelt und unendlich zufrieden.«

»Als Dank darfst du mir später gerne einen Ring anlegen.« Mein Blick huscht zu seiner Hose, in der sich kaum etwas regt. Uns gegenüber nimmt Monsieur Chevalier Platz.

»Warum lässt Lawrence nicht einfach die Bedienung kommen?«, fragt er und ruft mit einem Handzeichen eine Kellnerin, die seine Bestellung aufnimmt.

Gideon schaut knapp zu seinem Vater, dann zu mir, als ich plötzlich seine Hand in meiner spüre. Sein Vater dürfte es wegen der weißen Seidentischdecke nicht sehen. Gelangweilt legt Gideon seinen anderen Arm auf der Tischplatte ab.

Sein Daumen reibt über meine Fingerknöchel, so zart, dass ich leise seufze und den Blick auf unsere Hände gesenkt halte.

»Stell dir vor, wenn ich dich so berühre«, spricht er mit ernsten Gesichtszügen, als würden wir über etwas Wichtiges reden, »küsse ich dich, gleite zart über deine schönen Lippen.« Sein Daumen streichelt über die Stelle zwischen Daumen und Zeigefinger, so sanft, dass mein Puls rast. »So wird der Kuss intensiver.« Er drückt fester auf. Ich schaue auf meine Hand, die halb in seiner liegt. »Und ich würde dich dabei umarmen, dich an mich ziehen und mit meinen Händen über deinen verführerischen Körper fahren, über deine hübschen Brüste.« Seine Finger streicheln meine, öffnen meine Hand und gleiten langsam zwischen meine Finger, sodass ich kurz erstarre, aber ihn nicht aufhalte.

Obwohl diese Geste so gewöhnlich ist, sie viele Paare verbindet, kann ich nicht mehr klar denken, als ich unsere Hände ineinander verschränkt auf meinem Kleid liegen sehe.

»Möchtet ihr noch etwas trinken?«, fragt uns sein Vater. Mein Blick schnellt hoch, und ich schüttle den Kopf, als ich von Gideon zu seinem Vater blicke. »Lawrence holt mir gerade etwas.«

»Und ich habe noch, danke«, antwortet Gideon gelassen, als wäre das, was er zuvor mit mir gemacht hat, nie geschehen. Das ist mir alles etwas zu viel.

Ich ziehe meine Hand langsam aus seiner, obwohl ich den Moment so viel länger auskosten würde. »Wenn ihr mich kurz entschuldigt.«

Noch bevor Gideon meinen Stuhl zurückziehen kann, erhebe ich mich und dränge mich an den Tischen und den vielen Gästen vorbei durch den schwach beleuchteten Raum zu einer der Flügeltüren, um die Toiletten aufzusuchen. Mein Verstand setzt aus und mein Herz verrät mich mit jedem Schlag mehr.

Als ich aus dem Saal gehe, folge ich den Schildern eine Treppe hinab, die an der Garderobe vorbei auf einen beleuchteten Gang führt, der links und rechts von Marmornischen umgeben ist und von dem mehrere Türen abgehen.

Kaum dass ich die Toilettentür hinter mir geschlossen habe, hole ich tief Luft, gehe zum Waschbecken und lasse eiskaltes Wasser über mein rechtes Handgelenk laufen, um mich abzukühlen und zu sammeln. Es hilft immer, meinen Puls zu beruhigen.

Verflucht, was machen sie mit mir? *Unnahbar sollen wir sein, hinreißend, bezaubernd und doch zum Greifen nah.* Keans Worte machen es nicht besser. *Trenne dich nicht von deinen Emotionen, aber lasse dich nicht von ihnen verleiten, ansonsten bist du ungeeignet für diesen Job.*

Ich ziehe mein Handgelenk zu mir und starre mir im Spiegel entgegen. *Die Faszination liegt nicht im Körperlichen, sondern in der Hingabe, dem Einzigartigen, dem Moment, den du auskostest und deinem Gegenüber so viel gibst. Du beherrschst es besser als jede Schülerin zuvor ... aber ... indem ich dich fortschicke, du deine Sachen zusammenpackst und noch heute Nacht verschwindest, werde ich dich in Zukunft davor bewahren, Fehler zu machen. Geh, Maron, weil ich mich ansonsten in dir verliere!*

Nie werde ich seinen ernsten gequälten Blick vergessen können, nie den Schleier vor meinen Augen, als ich meine Kleidung, meine Bürste, meine Unterwäsche, meine Schuhe aus seinem Appartement zusammensammeln musste und im Treppenaufgang auf den Stufen zusammengekauert die halbe Nacht, nicht weit von seiner Appartementtür, geweint habe.

»Du hast mich nicht davor bewahrt, Kean … Du hast mich belogen …«, flüstere ich meinem Spiegelbild entgegen, bevor ich die Fassung bewahre und die Toilette verlasse. Immer wieder beruhige ich mich mit dem Gedanken, dass ich nur noch wenige Tage mit den Brüdern verbringen muss, danach wird mich sehr schnell die Realität einholen, und alles, was mir bleibt, werden Erinnerungen sein.

Nachdem ich meine Gedanken etwas beruhigt habe, biege ich links im Gang ab, um in den Saal zurückzulaufen. Ich mache wenige Schritte, als sich Arme um meinen Oberkörper schlingen, sodass ich mich nicht bewegen kann.

»Was wird das wieder?«, frage ich mit einem gespielt genervten Unterton, als ich die Armbanduhr wiedererkenne, die der Mann hinter mir trägt. Sie gehört keinem der Chevalierbrüder.

Robert? Das dunkelblaue Ziffernblatt in der silbernen Fassung ist kaum zu verwechseln.

»Stell keine Fragen. Folge mir!«, knurrt er mir ins Ohr, sodass ich die Zähne zusammenbeiße. *Verflucht! Was soll das werden?* Sofort stemme ich die Absätze meiner Schuhe in den hellen Marmorboden.

»Nein! Was soll der Schwachsinn?«, fahre ich ihn an, als er seinen Griff verstärkt. Es ist kein Schwachsinn, denn er meint es todernst. Ich hole mit meinem rechten Bein aus und verpasse ihm einen kräftigen Tritt in sein Schienbein, sodass er wütend flucht, mich freigibt und ich schnell Abstand von ihm gewinnen kann.

Mit diesen verdammt hohen Schuhen und dem bauschigen Kleid, das ich anheben muss, rennt es sich ziemlich beschwerlich. Noch bevor ich das Ende des Gangs erreicht habe, greift er nach meinem Handgelenk und zerrt mich zurück, sodass ich die Balance verliere und gegen ihn pralle, bevor er mich an sich presst.

»Keine Spielchen, Noir. So langsam bin ich es leid, dass du dich ständig hinter den Chevaliers versteckst.«

Was? Er weiß, mit wem ich hier bin? Entsetzt schaue ich aus den Augenwinkeln zu ihm zurück, als er seinen Griff um meinen Arm so fest verstärkt, dass ich glaube, er würde ihn mir auskugeln. Ich verziehe vor Schmerz mein Gesicht und starre zur Fensterfront. Um die Ecke kann ich schwach den ausladenden Balkon erkennen, auf dem Paare tanzen.

»Hör zu, wir können das alles klären, Darling«, versuche ich beruhigend auf ihn einzureden. »Aber nicht, indem du mir den Arm auskugelst.«

»Es gibt nichts zu klären. Nicht mehr.« Mit einem kräftigen Ruck drückt er meinen Arm den Rücken hoch, sodass ich wimmernd in die Knie gehe. *Scheiße! Das tut verdammt weh.* »Du wirst mich jetzt, ohne einen Aufstand zu machen, bis zum Lift begleiten.«

»Ansonsten?«, hake ich zynisch nach, weil ich mir das nicht bieten lassen will. Doch mein Zynismus scheint ihm nicht zu gefallen, denn er drückt mein Handgelenk so weit hoch, dass ich kurz aufschreie. Schnell legt er eine Hand über meinen Mund, damit uns keiner hört. *Warum ist niemand in diesem Gang?!*

»Beweg dich oder ich muss nachdrücklicher werden.« Tränen brennen in meinen Augen, bevor er mich hochzieht und mich einen Schritt versetzt auf den Lift zuschiebt. Mein Blick wandert zu der Garderobe, wo niemand steht. »Aber ...?«

»Für Geld legen Angestellte gerne eine fünfminütige Pause ein«, raunt er mir zu und treibt mich weiter voran.

»Was hast du vor? Bist du etwa verärgert wegen –«.

»Ich will nichts von dir hören! Wir haben später genug Zeit zum Reden.«

Er zieht neben dem Lift eine Schlüsselkarte durch ein Gerät, die jeder Gast erhalten hat. *Woher weiß er, wo ich mich befinde? Wurde er ebenfalls eingeladen?* Ich schaue zu der Treppe hoch, neben der am Geländer zwei schemenhafte Schatten vorbeigehen. Gerade, als ich rufen will, geht die Metalltür des Lifts auf, und Dubois schiebt mich, sosehr ich auch versuche, stehen zu bleiben und mich mit der Hand am Türrahmen festzuhalten, in den Lift.

»Nein! Ich komme nicht mit. Lass mich los!« Plötzlich trifft ein kräftiger Schlag auf meinen Hinterkopf und alles vernebelt sich vor meinen Augen. Ich spüre, wie meine Beine weich werden, meine Finger sich von dem Metall lösen, ich den Halt verliere, sich der Griff um mein Handgelenk lockert, obwohl meine Schulter schmerzhaft pocht, und sich alles um mich verdunkelt. *Hilf mir!* – ist der letzte Gedanke, der mich in eine tiefe Finsternis begleitet.

Gideon

»Möchtest du eine zweite Runde tanzen?«, fragt mich Romana, als sie mit leicht erröteten Wangen neben mir Platz nimmt. *Hat sie nicht bereits genug?* Ich lächle ihr entgegen, aber schüttle den Kopf.

»Nein, gerade nicht. Vielleicht später. Maron ist noch nicht zurück.«

»Wenn sie sich wirklich auf der Toilette einsperrt und verbotene Dinge tut, erhält sie eine besondere Bestrafung. Vielleicht sollte ich sie statt Dorian an einem Pendel festbinden.«

»Als ob du das könntest«, mischt sich Dorian ein und nimmt einen Schluck von seinem Martini. »Du würdest nicht eine Session durchhalten, weil du nicht verstehst, was der Anreiz ist, wenn eine Frau vor die weinend ihre Lust ...«

Ich verfolge das Gespräch nicht länger, sondern blicke auf die Uhr. Sie ist jetzt fünfzehn Minuten weg, nicht ungewöhnlich für eine Frau, wahrscheinlich schminkt sie sich.

Doch um sicherzugehen, dass es ihr gut geht, beschließe ich nachzusehen. Sie wirkte nach meiner Berührung aufgelöst, als hätte ich ihren persönlichen Schwachpunkt entdeckt. Vielleicht habe ich das auch, denn das ist mein Ziel. Ich möchte wissen, wie weit sie geht, wann sie einknickt und ... ob sie sich ändern kann.

Über ihr Geschenk war ich sprachlos, weil ich weiß, wie sehr sie das Geld braucht, um die Behandlung ihrer Schwester zu bezahlen.

Aber dass sie mir etwas schenkt, scheint wohl zu bedeuten, dass ihr wirklich an den letzten Tagen mit uns etwas gelegen hat. *Oder an mir?*

»Ich werde nach ihr sehen«, stoppe ich ihr Gespräch und stehe auf.

»Ich werde dich begleiten«, beschließt Romana. »Ein Mann auf einer Damentoilette ist nicht angebracht. Aber ich könnte nachsehen, was sie macht.«

»Besser, du begleitest ihn, ansonsten fällt er gleich über Maron her«, sagt Lawrence und grinst mir entgegen. »Was ich verstehen kann. Sie sieht heute wirklich hinreißend aus und deine Spange treibt sie an ihre Grenzen. Die ganze Zeit ist ein Verlangen in ihren Augen zu sehen. Ein Traum.«

Mit Romana am Arm verlasse ich den Saal, als ich aus den Augenwinkeln sehe, wie sich Lawrence und Dorian fluchend vom Tisch erheben und auf uns zueilen.

»Was?«, bringe ich hervor.

»Mist, beeil dich!« Empörte Rufe und neugierige Blicke werden Lawrence und Dorian hinterhergeworfen, die den Saal in einem Tempo verlassen, als sei der Teufel hinter ihnen her.

»Los!«, ruft Dorian und winkt mich zu sich. Ich verstehe gar nichts, sondern gebe Romanas Arm frei und folge meinen Brüdern. Über der Brüstung des Geländers sehe ich, wie ein Mann im hellen Anzug eine Frau, deren Arm die Tür fest umklammert, in den Lift schiebt. *Maron?*

Dann folgt ein heftiger Schlag auf ihren Hinterkopf und ich sehe die blonde Frau in einem nachtschwarzen Kleid zu Boden sinken. *Verdammt!* Die Tür des Lifts gleitet zu, während Lawrence und Dorian abrupt vor der Tür abbremsen und Law seine Faust auf die Wand eindrischt. Schnell gehe ich auf sie zu, angele meine Karte hervor und scanne sie ein.

»Verdammt, das dauert zu lange«, knurrt Lawrence und tigert vor der Tür auf und ab.

»Was war das gerade eben?«, fragt uns Romana vom Treppenabsatz aus, und ich sehe zwei Angestellte hinter der Garderobe erscheinen, die belustigt lachen, als wäre gerade keine Frau entführt worden.

»Dubois hat Maron gegen ihren Willen mitgeschleift«, antwortet Dorian. »Ich habe beide im Gang gesehen und beobachtet, dass er ihr den Arm wie bei einem Polizeigriff hochgedrückt hat. Wir nehmen die Treppe«, beschließt Dorian.

»Ich komme mit«, entscheidet sich Lawrence. Ich kann kurz keinen klaren Gedanken fassen. *Verdammt! Dieses Schwein hat sie wirklich gegen ihren Willen mitgeschleift.*

»Aber wir befinden uns im siebzigsten Stock, ihr werdet ewig brauchen!«, rufe ich ihnen hinterher, als sich endlich eine der drei Fahrstuhltüren öffnet und sie sich umdrehen. »Warte auf uns, Romana! Kümmere dich um Jane!«, rufe ich ihr zu, während sie ein entsetztes Gesicht macht. Dann schließt sich die Fahrstuhltür, und die

Wut über das, was gerade vor meinen Augen abgelaufen ist, tobt in mir. *Uns läuft die Zeit weg* – denke ich immer und immer wieder.

Wütend trommelt Lawrence gegen die Glaswände des Lifts ein, während wir die halbe Stadt im Lift unter uns sehen können. Ich beuge mich vor und kann einen schwarzen Wagen erkennen, in den ein Mann eine Frau hebt.

»Nein!«, knurre ich und lege meine Stirn auf das kühle Fensterglas.

»Verdammte Scheiße! Ruf Christoph! Und zwar schnell! Er soll vorfahren«, weist Law Dorian an, der nach seinem Handy in der Anzugtasche sucht. Doch in dem Moment, als uns die roten Rücklichter des Autos entgegenglühen, weiß ich, dass wir es nicht mehr schaffen werden. Der Vorsprung, den dieser Scheißkerl hat, ist zu groß. Die Ungewissheit, die Sorge und die Panik breiten sich in mir immer mehr aus. *Oh Gott, Kleines, ich hätte bei dir bleiben sollen. Ich hätte wissen müssen, dass der Typ deine Abweisung nicht akzeptiert.*

Mein Puls rast wie wild, während ich meine Finger auf dem kühlen Glas krümme und fieberhaft überlege, was er plant. Wohin will er Maron bringen? Was hat er mit ihr vor? Sollte er sich an ihr vergehen, schneide ich ihm jeden Finger einzeln ab.

Das Bild, wie sie den Schlag auf den Hinterkopf abbekommen hat und zu Boden gesunken ist, hat sich vermutlich für immer in meine Netzhaut eingebrannt. Die wildesten Fantasien spuken durch meinen Kopf, als die Lifttür aufgeht und wir schnell auf den Haupteingang zueilen.

»Ihr wollt ihnen mit der Limo folgen?«, frage ich skeptisch, als wir über den roten Teppich auf den Platz laufen. Grelle Scheinwerfer glühen uns entgegen und blenden mich, während ein schwarzer Wagen wenige Meter vor uns rechts abbiegt. *Sie entkommen uns!*

»Eine bessere Idee?«, fährt mich Lawrence an und sieht ebenfalls dem Wagen vor uns hinterher.

»Die habe ich«, höre ich hinter mir und erkenne die Stimme von Al Chalid. Er spricht neben dem Eingang mit einem Pförtner, der etwas in sein Headset murmelt, und knapp eine Minute später fährt ein weißer Sportwagen vor. Vermutlich ist es selbst mit dem Auto zu spät. Wohin könnte dieser Drecksack sie bringen? Ins Atlantis, wo sie sich getroffen haben? Das wäre wohl der erste Ort, an dem wir sie suchen können. In der Zwischenzeit könnte er sonst was mit ihr machen. Wirsch fahre ich durch mein Haar, während die anderen einsteigen.

Die Wut tobt in mir und die Schuldgefühle, nicht auf sie aufgepasst zu haben. Wie konnte ich sie nur allein lassen, obwohl ich wusste, wie aufdringlich dieser Typ werden kann? Hoffentlich, hoffentlich finden wir sie – und das schnell!

12. Kapitel

Ein furchtbares Stechen ist in meiner Schulter zu spüren, als ich langsam aufwache und alles um mich herum im Halbdunkel liegt. Ich blinzle mehrmals und will meine Hand zu meinem Gesicht ziehen, aber es geht nicht. Schnell schaue ich auf und sehe, dass ich mit beiden Händen an einem Metallbett festgebunden bin. Ich ziehe daran. Es sind keine weichen Fesseln oder Manschetten, sondern harte Metallhandschellen, die gegen meine Gelenke drücken. *Verflucht, nein ...*

Als ich an mir herabblicke, sehe ich, dass ich völlig nackt auf dem Bett liege und meine Beine ebenfalls an den Knöcheln festgebunden sind. Mein Blick wandert durch das Zimmer, ein Hotelzimmer mit einem Balkon und ich liege wie eine Gefangene auf dem Bett. Nein, falsch, ich bin die Gefangene, denn der Double-Lock ist eingestellt und auch so könnte ich mich nicht befreien.

Sofort wandert ein eiskalter Schauder über meinen Rücken. Ich beginne zu frieren, als die Vorhänge im Wind segeln. So ruhig, als wäre alles friedlich um mich herum, obwohl die Gefahr irgendwo lauert. *Denk nach, Maron. Dir muss etwas einfallen.* Unwirsch hebe ich meinen Po von den Laken, aber ich kann mich nicht einmal zehn Zentimeter zur Seite bewegen.

Bleib ruhig ... Atme tief durch ... Behalte die Kontrolle, dann wirst du ihn umstimmen können. Aber ... ich wünschte, Eduard wäre hier. Er würde mir helfen oder Hilfe holen. Mein Kleid liegt vor mir über einem Stuhl und ... ich habe nicht einmal mein Handy, um Hilfe zu holen, falls ich freikomme. *In was für einen Mist habe ich mich bloß geritten? Das ist wirklich krank.*

»Oh, du bist wach.«

»Nein, du Idiot. Wenn du mich nicht augenblicklich losbindest, werde ich dir sowas von in deinen hübschen Arsch treten, dass du nicht mal mehr bis drei zählen kannst«, versuche ich denselben Ton anzuschlagen, wie ich immer mit ihm rede, wenn er mich gebucht hat und ich den dominierenden Part abgeben soll. Ich darf keine Angst zeigen. Hoffentlich bezweckt es etwas.

Robert steht auf dem Balkon und lacht über meine Worte, bevor er ein Glas hebt und es an seine Lippen ansetzt.

»Das würde ich zu gern sehen. Aber nicht mehr heute, Noir.«

»Wo sind wir?«

»In einem Hotel, mehr brauchst du nicht zu wissen.« Wieder nimmt er einen Schluck – vermutlich Alkohol – und leert das Glas in einem Zug, bevor er es auf einer Anrichte abstellt.

»Und du denkst, meine Schreie wird man nicht im Nachbarzimmer hören. Halt mich nicht für dumm, Dubois, aber wenn wir im Atlantis sind, wird mich jemand hören«, will ich ihn von seiner wahnwitzigen Idee abbringen, obwohl ich mir nicht sicher bin, ob es stimmt, was ich sage. Alles, was ich hinter ihm sehen kann, liegt im Dunklen. Kein Licht, keine Häuser, nicht mal Geräusche von vorbeifahrenden Autos unter uns sind zu hören. *Wo bin ich wirklich?*

»Schade, dass wir nicht im Atlantis sind, Honey. Denn ich bin nicht so dämlich und lasse mich von den Chevaliers erwischen.«

Ich versuche mich etwas hochzuziehen, was mir allerdings nicht gelingt, weil mir die Scheißhandschellen keinen Spielraum lassen. Mein Rücken fühlt sich starr an, mein Nacken steif, während meine Schulter entsetzlich wehtut.

»Du hast mir hinterherspioniert?« Ich schlucke, weil es anders nicht sein kann. Es war nie ein Zufall, dass ich ihm in der Mall begegnet bin. Er wusste selbst, dass die Chevalierbrüder mich gebucht haben, das habe ich an seiner Reaktion gesehen, als er das Café verlassen hat. Zu keiner Zeit habe ich auffällig zu Gideon gesehen, und trotzdem wusste er, zu welchem der vielen Tische er sehen musste. *Warum bin ich nicht früher darauf gekommen!*

»Nicht so ganz.« Er macht einen Schritt in das Zimmer. »Zuerst war ich ehrlich enttäuscht, dass dein Termin abgesagt wurde, als ich dich dann zwei Tage zuvor auf dem Flughafen zusammen mit den Brüdern gesehen habe, konnte ich mir recht schnell zusammenreimen, dass du nicht krank bist. Tja und dann war es nicht schwer, dich zu finden. Die Gala ist einer der größten Anlässe in diesem Monat, das Anwesen in Dubai von Florence Chevalier ausfindig zu machen, war auch nicht schwer, und dich hin und wieder zu beobachten, wann dich die Brüder in die Öffentlichkeit entlassen, war zwar zeitraubend, aber ich wusste, wann ich dich antreffen kann. Nette Spielkameraden hast du dir herausgesucht, das muss ich dir lassen. Seit wann stehst du auf Vierer? Reicht dir nicht mehr ein Mann?« *Halt deine dumme Klappe!*

»Fein, du hast sehr gut recherchiert. Bist du etwa eifersüchtig?«, hake ich nach und kann mir trotz meines dröhnenden Kopfes das Lächeln nicht verkneifen. In drei langen Schritten ist er bei mir, umfasst meine Kehle und drückt mich in die Matratze, sodass ich kaum Luft bekomme und mein Lächeln verblasst – so wie er es will, das erkenne ich an seinem vor Zorn verzerrten Gesicht.

»Man kann nur auf etwas eifersüchtig sein, das man besitzen will!«, knurrt er mir entgegen. »Mir geht es um Triumph, dich heute Nacht für mich zu haben, während deine Kunden dich vielleicht noch nicht einmal vermissen werden, Noir. Und jetzt hör mit deiner lästigen Fragerei auf!«

Mit den Händen zerre ich wie wild an den Fesseln, um seinen Griff von meinem Hals zu lösen, was zwecklos ist.

»Lass ... los ...«, bringe ich mit einer kratzigen Stimme über die Lippen, als er von mir mit einem kräftigen Ruck, sodass mir schwarz vor Augen wird, ablässt und ich nach Luft schnappe.

»Wir sollten den Abend genießen, bevor ich dich bei ihnen absetze und du ihnen sagen wirst, dass dich die Gala gelangweilt hat. Es dürfte«, er geht zu dem Tisch und zündet eine Kerze an, dann eine zweite, »kein Problem für dich sein, weil du darin geübt bist, Menschen etwas vorzumachen, nicht wahr?«

Also will er mich die Nacht benutzen und dann vor dem Anwesen rauslassen?

»Ich mache ...«, will ich ihm mit meinen heißeren Stimmbändern antworten, weil es in meinem Hals fürchterlich kratzt, als heißes Wachs auf meinen Bauch tropft und ich fauche. »Hör auf damit!«

»Fühlt sich gut an, nicht wahr?« Er macht weiter und träufelt mehr heißes Wachs auf meine Haut, was höllisch brennt. »Du stehst auf Schmerzen, genauso wie ich – also genieße es.«

»Aber nicht so!«, bringe ich zwischen zusammengebissenen Zähnen hervor. Wie wild zerre ich an den Fesseln, als sich das heiße Wachs in meine Haut brennt wie glühende Eisen. Tief hole ich Luft, presse die Augen zusammen, um den Schmerz wegzuatmen. Aber es bringt nichts, als Roberts Finger das weiche Wachs auf mir verteilen und seine Kerze weiter, wie eine Spur, zwischen meine Beine wandert. *Nein, er will mich hoffentlich nicht damit verbrennen.* Die Flamme der Kerze kommt meiner Haut gefährlich nah.

»Bitte, Robert. La Rush!«, rufe ich unser Codewort, aber er ignoriert meine Rufe, als Finger das goldene Metall um meinen Kitzler sehen und er es mit einem Ruck abzieht, sodass ich nicht anders kann, als unter dem beißenden Schmerz zu schreien. Es brennt so fürchterlich.

»Das gefällt mir«, höre ich ihn fast schnurren. »Sie haben wirklich Geschmack.« Zwischen seinen Fingern dreht er den goldenen Labienschmuck, während ich meinen Rücken vor Schmerz durchbiege. Meine Finger umfassen das Metall der Handschellen, das sich in meine Haut schneidet.

»Beachte das Codewort. Lass mich frei!«, bettle ich ihn an, als sich das Wachs Tropfen für Tropfen glühend heiß über mein Becken ausbreitet, weiter zu meinen Schamlippen. *Gott, bitte nicht!*

Plötzlich spüre ich, wie er über meine Haut leckt, in meinen Oberschenkel beißt, so fest, dass ich unter ihm zapple. Über uns flackert das Licht der Kerze an der Decke, die Vorhänge wehen in die Höhe, als er sich an meinem Bein festsaugt und ich vor Angst und Schmerz zittere. *Gott, lass es aufhören. Ich muss ihn ablenken – irgendetwas tun ...*

»Was ... was hältst du davon ... wenn ...«, bringe ich wimmernd hervor, obwohl meine Stimme fest klingen soll. »Wenn wir uns treffen ... und ich es wieder ... gutmache? Nur ...« Wieder vergraben sich Zähne tief in meiner Haut, sodass meine Worte in ein Schluchzen übergehen. »Wenn du mich ... « Aber ich weiß, dass es zu spät ist.

Meine Haut steht in Flammen, als er seine Zähne lockert und mit der Kerze aufsteht. Langsam schiebt er sie auf den Tisch zurück, und ich atme innerlich auf, obwohl ein Feuer auf meinem Bauch und Unterleib tobt.

»Dich gehen lasse?«, fragt er und dreht seinen Kopf in meine Richtung. »Nein, Maron«, antwortet er ruhig in einem rauen, amüsierten Tonfall. »Ich habe dich zweimal gehen lassen. Ein drittes Mal werde ich es nicht tun. Aber wer weiß, vielleicht sehen wir uns in Marseille wirklich wieder, wenn ich Lust habe, dich nach der Nacht wiederzusehen.«

Seine dunklen Augen treffen meine mit einem bedrohlichen Blick, während sein dunkelblondes Haar und die Hälfte seines Gesichts von den Kerzen beleuchtet werden. Die andere Hälfte wird überschattet, sodass er noch gefährlicher wirkt.

»Nein, du wirst es gleich wiedergutmachen – und wenn es die ganze Nacht sein muss.« Ich schüttle den Kopf. *Nein!*

Vor mir zieht er sich langsam aus, legt sein Hemd ab, streift seine Hose und Shorts aus und steigt auf das Bett. Nein, das kann er nicht machen. Er kniet sich, ohne seinen Blick von meinem zu lösen, zwischen meine gespreizten Beine. Dabei kann ich seinen erigierten Schwanz sehen. Der Anblick und die Demütigungen müssen ihn dermaßen scharfmachen – mich aber nicht ... *Gott, bitte tu es nicht.*

»Bereit?«, fragt er und es blitzt plötzlich ein Messer in seiner Hand auf.

»Bist du wahnsinnig? Leg es weg!«

»Nein.« Die Klinge drückt fast sanft auf meinen Oberschenkel. »Du sollst ein Andenken behalten, so wie du mir mehrere Male hinterlassen hast.« Vehement schüttele ich den Kopf.

»Aber die waren keine bleibenden ...« Die Klinge gleitet über meine Haut, was so höllisch brennt, dass ich schreie, weine und einfach nur frei sein will. Zugleich spüre ich seinen Schwanz, der sich zwischen meine Beine drängt.

Im nächsten Moment wehen die Vorhänge hoch und ein greller Lichtstrahl durchflutet das Zimmer.

»Gott!«, erkenne ich Dorians Stimme, als jemand Robert solch einen Kinnhaken verpasst, dass er aus dem Bett fällt. Lawrence reißt ihn hoch und verpasst ihm noch einen Faustschlag, bevor er ihn gegen die Wand stößt.

»Es tut mir so leid, Kleines«, höre ich Gideon neben mir, der an meinen Handschellen zerrt, während ich weine, vor Schmerz und Erleichterung. Finger tasten zu meinem Bein, das blutet, sodass sich das Laken unter mir feucht anfühlt.

»Er hat sie geschnitten.«

»Verdammt, ich brauche die Schlüssel!«, höre ich Gideon knurren, der mich nicht befreien kann. Seine Hände umfassen mein Gesicht. »Du bist gleich frei.« Seine Lippen legen sich auf meine. »Schließ die Augen, wir kriegen das wieder hin.« Ich nicke und kann nicht mehr, als weiter zu weinen. Zugleich bin ich froh, dass sie bei mir sind.

»Hier!« Etwas Silbernes fliegt durch die Luft, das Lawrence seinem jüngeren Bruder zuwirft.

Dorian befreit meine Füße, reibt meine Fesseln und schließt dann die Handschellen um meine Gelenke auf.

»Heb sie hoch, wir bringen sie ins Krankenhaus. Wartest du hier, Law, bis sie diesen Mistkerl abholen?«, höre ich Dorian.

»Wenn er bis dahin durchhält und seine Beine nicht gebrochen sind, ja«, knurrt Law, blickt mir kurz mitfühlend entgegen, bevor er Dubois, der dämlich lacht, weiter gegen die Wand presst. Irgendwas besprechen die beiden, aber ich höre es nicht.

Etwas wird über mich gelegt. Ein Handtuch? Ein Laken? Ich weiß es nicht, weil ich – blind vor Tränen – nichts sehe. Langsam hebt mich Gideon hoch. Ich kann seinen Duft riechen, seine Nähe, und dabei durchzuckt mich der Schmerz in meiner Schulter, in meinem Kopf und das Wachs auf meiner Haut bröckelt von einem beißenden Brennen begleitet ab. Mit einer Hand klammere ich mich an seinem Hemd fest, während jemand meine andere Hand locker umfasst und sie massiert.

»Sch, wir kriegen das wieder hin, Kleines. Mach die Augen zu und atme tief durch«, höre ich Gideon über mir. »Sie hat vermutlich einen Schock.«

»Bei dem, was er ihr angetan hat, kein Wunder«, erkenne ich Dorians samtige Stimme.

Grelles Licht blendet mich, dann wird mir kurz darauf etwas gegen die Lippen gehalten. »Hier, trink das.« Ich weiß nicht warum, aber ich schlucke das bittere Wasser, bis die Welt beginnt, sich um mich herum zu drehen, Gideons Lippen auf meinen liegen, ich ihn näher an mich ziehen will, es aber nicht geht. Dann sinke ich in einen Schlaf und alles wird still.

Lawrence

Unruhig tigere ich über diesen verflucht hell beleuchteten Gang. Die Neonröhren sind eine Qual für meine Augen. Während Dorian und Gideon auf den Stühlen sitzen und abwarten, kann ich es nicht. Meine Nervosität bekämpfe ich immer, indem ich mich bewege. Al Chalid hat den Wichser in einer zerreißenden Ruhe, die er immer ausstrahlt, von der Polizei abholen lassen. Der Sack wird die Nacht nicht glücklich überstehen, hat er mir versprochen. Wenn es um Vergewaltigungen geht, machen die Araber keinen Hehl daraus, die Täter hinrichten und auspeitschen zu lassen. Keine Sekunde später und ich hätte diesem Ekel die Kehle durchgeschnitten.

Meine Hände ballen sich zu Fäusten. Es ist halb zwei Uhr nachts und so verflucht ruhig auf diesem scheißleeren Gang, was mich durchdrehen lässt. Zwei Ärzte sind nun schon eine halbe Stunde in dem Zimmer, in welchem Maron liegt. Ob es diesem Schwein wirklich gelungen ist, sie zu ...

Vor mir öffnet sich die Tür zu Marons Zimmer, und eine Ärztin, begleitet von einer Schwester, die etwas verklemmt wirkt, kommt auf uns zu.

»Wie geht es ihr?«, will ich wissen und schaue von der Ärztin mittleren Alters zu der rundlichen Schwester, die meiner bescheidenen Meinung nach zehn Kilo abspecken könnte, die etwas auf ihrem Klemmbrett vermerkt.

»Sie wird sich erholen.« Gideon und Dorian stehen neben mir. »Der Schnitt ist nicht tief und sollte nach der Behandlung keine bleibenden Narben hinterlassen. Die Hämatome an Fuß, Handgelenken und am Hals werden auch verheilen, genauso wie die Verbrennungen. Doch mir macht ihr psychischer Zustand Sorgen. Sie wirkt in kurzen Abständen panisch, aber beruhigt sich im nächsten Moment wieder.«

»Panisch?«, wiederholt Gideon leise und zieht die Augenbrauen zusammen. »Ist sie wach?«

»Ja, wir mussten sie wecken, um die Untersuchungen durchzuführen. Soweit ich Sie beruhigen kann ...« Die Augen der Ärztin wandern von mir zu Dorian und Gideon, als könne sie nicht verstehen, wie drei Männer sich um eine Frau kümmern. Oder sie hegt einen Hintergedanken, obwohl ich sie darauf hingewiesen habe, ihr Freund zu sein. »... wurde nach gynäkologischen Gutachten kein gewaltsamer Geschlechtsverkehr ausgeübt.« Gideon schließt kurz die Augen, als spräche er ein leises Gebet. So habe ich ihn noch nie gesehen. Ich atme erleichtert durch.

»Können wir sie heute mitnehmen, oder sollte sie die Nacht hier verbringen?«, erkundigt sich Dorian mit einem Blick zu der angelehnten Tür hinter der Ärztin. Sie mustert ihn kurz, dann mich, aber lächelt matt.

»Sie können sie heute nachhause bringen. Dennoch möchte ich betonen, dass Sie sich, falls sich ihr Verhalten ändert, an eine psychologische Einrichtung wenden oder Sie zu mir kommen.«

»Werden wir machen«, antwortet Gideon, der sich wild durch sein Haar fährt.

»Sie können jetzt zu ihr. Sie hat bereits nach Ihnen gefragt.« Das Schmunzeln der Krankenschwester entgeht mir nicht. »Aber überfordern Sie sie nicht mit Fragen. Auf mich macht die Frau den Anschein, als würde sie ungern Fragen beantworten.«

Ja, das ist typisch Maron. Selbst wenn sie Hilfe braucht, versperrt sie sich. Den gleichen Gedanken hat wohl auch Gideon, dessen Mundwinkel kurz zucken, dann bedankt er sich bei der Ärztin und wir betreten Marons Zimmer, das von zwei Lampen neben dem Bett beleuchtet ist.

Sie schaut zu uns auf, aber macht ein verbissenes Gesicht, als wüsste sie nicht, ob sie sich freuen oder weinen soll, uns zu sehen.

»Hey, Kleines.« Gideon geht auf sie zu, aber eher zaghaft, so als wüsste er nicht, ob er sie sofort in seinen Arm ziehen darf, um ihr nicht wehzutun. In dem Bett mit den großen blauen Augen sieht sie so zerbrechlich aus.

»Hey«, flüstert sie, mehr nicht. Selten ist sie so wortkarg.

»Wir haben eine Überraschung für dich«, sage ich und nehme an ihrem Fußende Platz. Sie zieht ihre Augenbrauen zusammen.

»Welche? Wollt ihr nicht zurück zur Gala?«

»So etwas kann nur eine Maron Noir fragen«, stellt Dorian mit einem Lächeln fest.

»Nein«, antworte ich. »Wir dürfen dich mitnehmen und dich pflegen.« Sie schluckt hart.

»Mann, Law. Was soll sie jetzt denken!«, fährt mich Gideon an, als hätte ich etwas Schlimmes gesagt. »Kannst du mal überlegen, was du sagst?«

»Sie weiß, wie ich es gemeint habe. Glaubst du echt, ich würde …«

»Nein, aber du kennst sie, sie analysiert jedes Wort.«

»Du anscheinend auch, Gideon«, hilft mir Dorian aus der Situation.

»Ähm«, räuspert sich Maron und wir schauen zu ihr. »Ihr benehmt euch wieder wie Kinder. Ich würde gern das Krankenhaus verlassen. Ich mag keine sterilen Räume und es erinnert mich alles an …« Ihr Blick fällt auf Gideon, der ihre Hand nimmt und kurz nickt.

»Wir organisieren alles, Kleines. Und ich verspreche dir, keiner wird dir zu nahe kommen, wenn du es nicht willst.«

Kurz lächelt sie traurig dem weißen Bettlaken entgegen, bevor ihr Lächeln weicher wird, bis ihr wieder Tränen in den Augen stehen, als sie aufblickt.

»Danke.«

13. Kapitel

Lange stehe ich unter der Dusche um den Schmutz, das verfluchte Wachs loszuwerden, und würde mir am liebsten die Haut abschälen, um den Geruch abzuspülen. Dabei fällt mein Blick immer wieder auf das breite Pflaster an meinem Oberschenkel. Gott sei Dank habe ich keine schwere Gehirnerschütterung von dem Schlag bekommen. Dafür zieren mich diese hässlichen Striemen an Hand- und Fußgelenken, Bisse an meinen Beinen und der Schnitt. Hoffentlich verheilen sie schnell, damit ich nicht mehr daran erinnert werde.

In der warmen Dusche kauere ich mich zusammen und lasse das Wasser wie Regen auf meinen Kopf prasseln, viele Minuten. Ich könnte ewig in der Dusche kauern, vielleicht sogar die ganze Nacht, um alles wegzuspülen.

Die Tür vor mir ist halb geöffnet, damit mich die Jungs im Blick behalten und jederzeit nachsehen können, wie es mir geht. Sie kümmern sich sehr um mich, sind bemüht, mir jeden Wunsch zu erfüllen, und es tut so gut, sie in meiner Nähe zu haben und nicht allein zu sein. Das würde ich auch nicht ertragen. Die Stille wäre unerträglich.

Als ich mich erhebe, spüre ich das Stechen in meiner Schulter und seufze leise. Die Tür vor mir geht auf und Gideon betritt das große Bad.

»Warte, ich helfe dir.« Er kommt auf mich zu und seine Hände helfen mir auf.

»Danke.«

»Du musst dich nicht bedanken, Kleines.« Als ich aus der Dusche steige, legt er ein Handtuch um meinen Körper. Ich sehe ihm an, wie gern er mich in den Arm ziehen möchte, ihn aber etwas zurückhält, als sei ich zerbrechlich wie Glas. Sie wissen nicht, wie sie damit umgehen sollen. Und ich ... auch nicht.

Bisher konnte ich mich aus zwei gefährlichen Situationen, in denen mich Männer festhalten wollten, retten. Nie kam es so weit, dass mich einer gegen meinen Willen festgebunden hat.

Keine zwei Sekunden länger und Robert hätte ... Der Anblick, wie er zwischen meinen Schenkeln kniet, an meinem Bein Blut entlangläuft und er mich jeden Moment vergewaltigt hätte, drängt sich immer wieder in meinen Kopf, sodass ich zittere. Wie schlimm muss es für die Brüder ausgesehen haben?

Ich stecke das Handtuch zwischen meinen Brüsten fest und schaue zu ihm auf. In Gideons Gesicht ist so viel abzulesen: Wut, Mitgefühl, Trauer, Schmerz ... Er sieht sehr mitgenommen aus. Ohne zu zögern, umarme ich ihn und drücke meine Wange gegen seine Brust. Das Einzige, was ich brauche, ist – auch wenn ich es nicht zugeben will – seine Nähe. In jeder schlechten Situation, die ich durchlebt habe, war ich fast immer allein. Bis auf Luis hatte ich niemanden.

Zögerlich legt er seine Arme um meinen Körper, was unendlich guttut und die Leere in meinem Inneren mit Wärme füllt, mir das Gefühl schenkt, nicht allein zu sein.

»Ich möchte heute Nacht nicht allein sein«, murmle ich an seiner warmen Brust und schniefe. Wieder überrollen mich die Erinnerungen, die Müdigkeit macht mir zu schaffen, und alles, was ich will, ist, bei ihm zu sein. »Darf ich ...«

»Du bist niedlich. Du darfst alles, was du dir wünschst. Soll ich dir helfen, dich zu trocknen?«, fragt er. Er fragt immer, bevor er mich berührt. Ich nicke und seine Hände rubbeln meinen Rücken trocken, er holt mir bequeme Kleidung aus meinem Zimmer und föhnt sogar mein Haar, damit mir nicht mehr kalt ist, weil ich ständig friere. Im Spiegel beobachte ich ihn und unsere Blicke treffen sich immer wieder.

»Wo möchtest du schlafen?«, fragt er auf dem Gang und ich schmunzele matt. Was für eine Frage.

»Bei dir.« Ein schwaches Strahlen ist in seinen Augen zu sehen.

»Ansonsten hätte ich dich auch zu Lawrence gebracht.« Ich gebe ihm einen leichten Stoß zwischen die Rippen.

»Nein, er schnarcht mir zu laut.«

Leise lacht er, dann führt er mich in sein Zimmer. Das Brennen auf meinem Bein begleitet mich mit jeder Bewegung, sodass ich mich am liebsten von ihm tragen lassen würde – aber ihn darum bitten, tu ich nicht. Er würde es tun, das weiß ich, aber ich kann nicht ... Auf dem Bett lasse ich mich erschöpft sinken, schiebe meine

Beine unter das Laken und rolle mich zusammen. Gideon deckt mich fürsorglich zu und steigt in einem Shirt und Shorts zu mir ins Bett.

»Behältst du das Shirt an, um mich nicht abzuschrecken?«, frage ich leise, aber habe die Augen schon geschlossen.

»Ehrlich, Maron«, höre ich ihn neben mir. »Ich weiß nicht, wie ich damit umgehen soll.«

»Sei einfach du selbst, das liebe ich an dir«, flüstere ich. »Sei einfach bei mir.«

Ich spüre mit geschlossenen Augen, wie er meine Hand nimmt, ohne zu fragen, und seine Finger über meinen Unterarm streicheln, sich langsam zwischen meine Finger schieben und er ein Stück zu mir rutscht. *Wie schön sich das anfühlt.* Wie wäre der Abend wohl verlaufen, wenn Dubois nicht aufgetaucht wäre? Aber gerade möchte ich nicht daran denken, sondern schmiege mich näher an ihn. Er hat sein Shirt ausgezogen, weil ich seine nackte Haut unter meiner Wange spüren kann.

Als ich blinzle und zu ihm aufblicke, vertiefe ich mich in seine grünen Augen. *So schön.* Ich ziehe mich ein Stück zu ihm hoch, obwohl meine Schulter protestiert, und will ihn einfach nur küssen. Er bemerkt meinen Versuch, und mit unseren verschränkten Fingern streichelt er meine Wange, bevor er mich sanft küsst, so zart, als hätte er Angst, mir mit dem Kuss Schaden zuzufügen.

Irgendwann überfällt mich die Müdigkeit und ich schlafe unter seinen sanften Berührungen auf meinen Schultern auf seiner Brust, in seiner Nähe, die mir Geborgenheit schenkt, ein.

Als ich langsam die Augen öffne, taste ich noch halbblind über das Bettlaken, aber kann Gideon nicht bei mir spüren. Er liegt nicht mehr neben mir. Alles um mich herum ist bereits hell, und als ich zum Wecker blicke, zeigt er mir halb elf an. *Himmel, ich habe so lange geschlafen? Warum hat mich keiner geweckt?*
Aber es ist Sonntag – beruhige ich mein schlechtes Gewissen. *Der Sonntag.* Mit einem Gähnen spüre ich das Ziehen in meiner Schulter und einen leichten Schmerz in meiner Schläfe, aber so weit geht es mir besser. Ich bin froh, wenn ich den Tag überstehe, obwohl ich mir *meinen* Tag anders vorgestellt habe ...
»Schon wach, Kleines?«, fragt mich Gideon und tritt nur in einem Handtuch um die Hüften geschlungen zu mir ans Bett. Aus seinem dunklen Haar schlängeln sich Wasserlinien über seinen nackten Oberkörper, sodass es mir schwerfällt, den Blick abzuwenden. Und er bemerkt es.
»Ja, sieht so aus.« Ich schmunzle matt. »Du hättest mich ruhig wecken können.«
»Nein, denn die anderen wären nicht fertig geworden. Sie haben ebenfalls nach *der* Nacht verschlafen.« Und endlich, endlich sehe ich sein schiefes Grinsen wieder, das schnell in einen trüben Blick übergeht. *Nein ...*

»Womit fertig geworden?«, hake ich nach und erhebe mich mit einem leisen Fauchen.

»Soll ich dir helfen?«

»Nein, es geht gleich wieder. Super wäre es, wenn ich etwas gegen die Schmerzen ...«

»Warte.« Er dreht sich um und geht zurück ins Bad, bevor ich meine Bitte ausgesprochen habe. Kurze Zeit später steht er mit einem Glas Wasser und einer Tablette in der Hand vor mir. Es erinnert mich an den Morgen, als ich in Marseille in seinem Bett aufgewacht bin. Zu gern würde ich zu diesem Moment zurückspulen. Aber dann wären mir viele schöne Momente mit den Brüdern entgangen.

»Danke, sehr aufmerksam«, antworte ich, nehme die Tablette und greife zu dem Wasserglas. Schnell spüle ich den bitteren Geschmack der Tablette herunter. Bei jeder Bewegung, die ich mache, behält er mich im Blick, so als könnte ich jeden Moment ohnmächtig werden. Die Blicke sind zwar wirklich schön, aber wenn er mich ständig so mitfühlend ansieht, bekomme ich das Gefühl, als sei ich schwach und hilflos. Was ich nicht bin und nie war. Letzte Nacht war ein Alptraum, trotzdem will ich mir von Dubois nicht alles zerstören lassen – nicht den Tag.

»Was haben sie nun geplant?«, möchte ich wissen und hebe eine Augenbraue, damit er weiß, dass er aufhören soll, sich Sorgen zu machen.

»Sieh es dir selber an. Wenn wir angezogen sind, zeige ich es dir.«

»Du machst mich noch neugieriger.«

»Das höre ich gern.« Er macht einen Schritt auf mich zu, umfasst mein Gesicht und küsst meine Stirn. »Guten Morgen, Kleines.«

Umgezogen führt mich Gideon durch das Haus zwei Etagen höher, und ich ahne, wo er mit mir hingehen will.

»Auf das Dach?«, frage ich neben ihm und seine Augen strahlen kurz. *Habe ich irgendetwas verpasst?* – überlege ich. Bereiten sie für mich etwas vor, damit ich den letzten Abend vergessen soll?

»Du weißt es nicht?«, fragt er nach, während ich fieberhaft weiter grüble. *Nein! Oder ...* »Auch wenn du es nicht falsch verstehen sollst, aber vielleicht hat der Schlag auf deinen Kopf deinem Gedächtnis mehr geschadet, als die Ärzte vermutet haben.« *Ahr! Er weiß sofort, wie er mich auf die Palme bringt.* Ich stoße ihn an.

»Jetzt werde mal nicht frech, Gideon Chevalier! Ich weiß nicht, was ihr plant, aber wenn es das ist, was ich denke, dann drehe ich dir den Hals um. Denn ... denn ich hätte gefragt werden müssen.« *Woher wissen sie es? Von meiner Agentur?*

Als ich aufsehe, presst er die Lippen zusammen und muss sich anstrengen, nicht zu lachen. »Na, das werden wir noch sehen, Kleines. Genieß den Tag, so gut es geht.«

Ein Kuss streift meine Wange, dann öffnet er die Tür zur Dachterrasse, auf der unter einem großen Sonnenschirm zwischen schweren Oleanderkübeln ein runder Tisch mit sechs Stühlen steht. An dem Tisch sitzen seine Brüder, Jane und Romana und inmitten des Tischs steht eine sagenhaft riesige Schokoladentorte.

»Ihr seid wahnsinnig«, bringe ich hervor, als ich den reich gedeckten Tisch sehe. Dorian winkt mich näher zum Tisch, während Jane und Romana mit ihren Blicken meinen Körper auf und ab wandern, als würde ich im nächsten Moment zusammenklappen. Lawrence grinst, aber anders als sonst, etwas verklemmt, was mich zum Lachen bringt.

»Joyeux Anniversaire!«, raunt mir Gideon ins Ohr, bevor er mich anhebt, weil ich wie angewurzelt stehen bleibe, und mich zum Tisch trägt.

»Ihr scheint es wirklich besser zu gehen«, bemerkt Dorian.

»Gideon, lass sie runter!«, fährt ihn Lawrence an, als würde Gideon etwas Furchtbares tun. Doch er hört auf Lawrence und setzt mich neben ihm ab.

»Wie geht es dir?«, fragt er mich, als er aufsteht und seine Hände kurz neben seinen knielangen Hosen zucken, als wüsste er nicht, ob er mich anfassen darf.

»Gut so weit, und ja, du darfst mich umarmen, mein Schatz«, bringe ich mit einem Lächeln hervor, weil ich Lawrence bei seinem inneren Kampf nicht länger zusehen kann. Er ist wirklich liebenswürdig.

»Ich dachte, du sagst das nie!« Augenblicklich zieht er mich in seine starken Arme, dabei atme ich seinen herben Duft ein und spüre sein Kinn auf meinem Haar. »Alles Gute, mein Schatz – auch wenn wir heute Nacht auf unsere Art reinfeiern wollten und …« Abrupt löse ich mich aus seinen Armen und mache einen Schritt zurück.

»Nein, tut mir bitte den Gefallen ...« Ich schaue von einem Gesicht zum nächsten. »Und lasst den Vorfall auf sich beruhen. Ich möchte nicht mehr daran erinnert werden, und erst recht nicht an meinem Geburtstag.« Romana senkt den Blick und reibt ihre Lippen aufeinander und auch Jane versucht sich in einem verkrampften Lächeln. »Bitte. Tut es für mich.«

Dorian nickt, dann zieht er mich in seine Arme. »Ich kann verstehen, dass du keine Schwächen zeigen willst, Liebes, trotzdem, falls du reden willst, tu es. Nur wollen wir, dass du weißt, dass wir dich nicht allein lassen. Ich denke, ich spreche im Namen von allen, dass wir dich heute nicht daran erinnern.« Ich schaue zu Dorian auf und spüre ein Ziehen in meinen Augen bei seinen Worten. Er versteht mich. Ich sehe die anderen nicken und ihre Gesichter hellen sich auf.

»Los, du darfst die Kerzen auspusten und dir etwas wünschen, bevor du mit jeder Minute weiter alterst«, höre ich Lawrence neben mir und die anderen lachen. »Was? Mit siebenundzwanzig geht meine Freundin steil auf die dreißig zu, die Brüste hängen, das Gesicht wird faltig und der Arsch von Dellen überzogen.« *Und da ist er wieder!* Ich muss nur den Kopf schütteln und leise lachen.

»Was wir mit deinem Training verhindern.«

»Ganz genau, nur heute gönne ich dir eine Pause, Kätzchen.«

»Wie freundlich von dir. Aber höre ich noch einmal von dir, wie ich in Zukunft aussehen werde, dann drohe ich dir vor deinem Vater mit der Trennung.« Dorian gibt mich frei und Lawrence steht neben mir.

»Du bist perfekt, so wie du bist, das weißt du«, flüstert er mir zu, dann gratulieren mir Jane und Romana. Warum sie eingeladen ist, kann ich nicht verstehen, aber obwohl sie die letzten Tage viel Zeit mit Gideon verbracht hat, kommt sie mir nicht wie eine Rivalin vor. Sie zeigt immer noch Mitgefühl und kann es schlecht überspielen.

Nachdem wir ausgiebig gefrühstückt haben, der Tisch wie ein Büfet gedeckt und die Stimmung ausgelassen ist, als wäre nie etwas vorgefallen, verkündet Lawrence, dass wir uns in einer halben Stunde im Foyer treffen, um den Ausflug zu starten. Sooft ich ihn oder die anderen frage, wohin es gehen wird, keiner verrät mir etwas. Finster blicke ich zu Lawrence.

»Gedulde dich, Schatz, es wird dir gefallen.« Er zwinkert mir entgegen und küsst mich vorsichtig.

14. Kapitel

Am Hafen öffnet mir Gideon die Tür seines Sportwagens und ich steige mit meiner Tasche über der Schulter, in einem Strandkleid und meiner Sonnenbrille auf der Nase aus. Vor mir ankern viele Boote, Segelschiffe und Yachten an mehreren Stegen.

»Nein«, bringe ich vor Begeisterung hervor.

»Doch, Kleines. Es ist Lawrence' Idee gewesen, dich auf eine Yacht zu verschleppen. Ursprünglich wollte er dich als Andenken unserer Reise knebeln und tätowieren lassen, vermutlich seinen Namen auf deinem hübschen Hintern, aber dann ist ihm die Yacht eingefallen. Wir nutzen sie viel zu selten.«

»Tattoo?«, frage ich. Wäre sicher vielversprechend geworden, aber die Yacht gefällt mir um einiges besser. Neben uns parken zwei weitere Autos und die anderen steigen aus.

»Das ist ja schön«, höre ich Jane. »Ich wünschte, ich hätte heute Geburtstag.«

»Zu deinem werden wir uns auch etwas Hübsches überlegen, ma Fleur«, antwortet ihr Dorian, schiebt seine Sonnenbrille auf die Nase und lässt die automatische Verriegelung seines Mercedes aufblinken. Lawrence steigt mit Romana aus, die sich leise unterhalten.

Als wir vor einer dreißig Meter langen schwarzen Yacht stehen bleiben, verschlägt es mir wirklich die Sprache. Schwarz sieht wirklich sehr edel aus. Nur das Oberdeck ist in Weiß gehalten mit verspiegeltem Fensterglas.

»Na, habe ich zu viel versprochen?«, fragt mich Lawrence. »Los, du darfst das gute Stück gern besteigen.« Seine zweideutigen Worte lassen mich schnell herumfahren und ihn giftig anfunkeln.

»Das werde ich«, warne ich ihn mit einem spöttischen Lächeln und darf nach Gideon als Nächste das Deck betreten. Gideon hilft mir über die schmale Brücke auf das mit dunklem Holz verkleidete Deck.

Um uns Frauen zu begeistern, führt uns Lawrence in seiner gewohnt prahlerischen Art herum. Die Yacht besitzt zwei Schlafzimmer, ein Wohnzimmer, Couchen auf dem Oberdeck, die kreisförmig ausgerichtet stehen, und sogar einen Whirlpool. Ich bin viel gewohnt und habe viel gesehen, aber das ist mit Abstand das unglaublichste Geburtstagsgeschenk, das mir jemand machen konnte. Und ja, es hat mich von den letzten Stunden abgelenkt.

»Das ist ...«

»Sag nicht, mein Kätzchen ist sprachlos«, höre ich Lawrence hinter mir, als Gideon unter Deck geht, weil er das Schiff fährt – nicht Lawrence, wie ich dachte, der bloß die Taue gelöst hat. Vermutlich, weil er gern angibt, aber das Fahren dieses großen Schiffes den anderen überlässt.

»Doch, das bin ich. Die Überraschung ist dir wirklich gelungen.«

Seine Hand legt sich um meine Taille, als er mich zur Reling führt und das Schiff sich unter meinen Füßen in Bewegung setzt. Immer noch glaube ich zu träumen, weil das alles nicht stimmen kann. *Ich sollte meine Schwester anrufen, schließlich hat sie heute ebenfalls Geburtstag* – ist das Nächste, was mir einfällt, als sich meine Gedanken überschlagen.

»Könnte ich kurz telefonieren?« Ich angele mein Handy aus der Tasche.

»Du darfst heute alles, was du möchtest. Aber ... ich habe dir noch etwas mitgenommen. Also nur, falls du ihn tragen willst.« Lawrence überreicht mir eine schwarze Schachtel.

»Noch ein Geschenk?«

»Los, mach es auf. Ich hoffe, es gefällt dir.« Als ich die Schachtel öffne, liegt darin ein blau-weißer Bikini.

»Du möchtest, dass ich ihn trage?«, frage ich nach und hebe eine Augenbraue, als ich zu ihm aufsehe.

»Nur wenn du möchtest, es ist dein Tag. Ich lass dich dann mal in Ruhe telefonieren.« Mit wenigen Schritten verlässt er das Oberdeck und mir bläst ein warmer Wind entgegen. Die Yacht steuert direkt auf das offene azurblaue Meer zu und ich halte in meinen Händen einen wunderschönen Bikini – ich bin nicht allein.

Meistens verbringe ich meine Geburtstage allein, weil ich sie nicht mag und sie mich an meine Eltern erinnern. Nur abends bin ich mit Freundinnen oder Luis etwas trinken gegangen, um sie einzuladen. Aber das ist unglaublich.

Auf der weißen Ledercouch lege ich Lawrence' Geschenk ab, lehne mich mit den Armen über die Reling und beobachte unter mir Jane und Romana, die ebenfalls auf das offene Meer blicken, sich dann zu mir umdrehen und mir winken. Gerade jetzt wünschte ich mir, der Moment würde niemals vergehen.

Nachdem ich meine Schwester angerufen habe, die mich ansonsten in den nächsten zehn Minuten anrufen wollte, spreche ich kurz mit Luis, um sicherzugehen, dass er sie besucht.

»Klar, tue ich, Maron. Ich habe auch ein Geschenk für sie. Aber was hast du ihr gesagt, dass du sie nicht besuchen kannst?«, fragt er mich und ich erzähle ihm, dass ich ihr gesagt habe, von Freunden überrascht worden zu sein, die mit mir Marseille verlassen wollen. Und so ganz abwegig ist es nicht. Trotzdem plagt mich mein Gewissen, weil ich sie nicht sehen kann, sosehr sie auch darauf beharrt, dass es ihr nichts ausmacht, weil der Pfleger sie zu einem Kaffee eingeladen hat und sie sogar in den Park gehen dürfe. Das klingt gut, aber trotzdem ...

»Ach Luis«, unterbreche ich ihn, bevor er auflegt. »Kannst du aufpassen, dass meine Eltern nicht das Krankenhaus aufsuchen?«

»Deine Eltern? Wieso?«, fragt er und ich erzähle ihm von dem Anruf meiner Mutter. Sie haben sich seitdem nicht mehr gemeldet, aber möglicherweise können sie sich in den Krankenhäusern in Marseille erkundigt haben, ob sie eine Chlarissa Noir behandeln. Aber dürfen sie so einfach Auskünfte geben? Ich habe es ihnen immer untersagt, bei Nachfragen Informationen zu geben. Trotzdem will ich mich absichern. Ich brauche keine zweite Tragödie, die sich anbahnt.

»Ich denke, es ist unwahrscheinlich, dass sie Chlariss besuchen, aber ich werde sie fragen und meine Augen offen halten. Wie kommst du mit dem Lernen voran?« *Ha!* – da war noch etwas.

»Dank deiner Kommentare wirklich hervorragend. So langsam steige ich dahinter, was der Prof von mir will.«

»Das freut mich zu hören. Wenn du zurückkommst, teste ich dich«, sagt er mit einem verschwörerischen Unterton und lacht. *Herrje, das wird übel ausgehen.*

»Darfst du.« Dann verabschiede ich mich von ihm und mir fällt ein Stein vom Herzen. Meiner Schwester geht es gut, Luis besucht sie heute für mich und Leon ... Aber will ich mit ihm reden? Ihm von dem Vorfall berichten? Nein. Ich schreibe ihm eine Nachricht, so fällt es mir leichter, ihm zu erklären, was Dubois getan hat. Hände legen sich um meinen Nacken und massieren ihn.

»Du solltest dich entspannen, Liebes«, flüstert mir Dorian ins Ohr, während ich mich seinen massierenden Händen hingebe.

»Ab jetzt kann es losgehen, meine Liste ist abgearbeitet.«

»Sehr gut.« Ich blinzle zum Meer und beobachte die weichen Wellen, die unter der Mittagssonne glitzern. Allmählich wird es glühend heiß.

»Ich werde mich umziehen.« Dorians Hände rutschen über meinen Rücken.

»Darf ich dir dabei behilflich sein?« Ich schaue aus meinen Augenwinkeln zu ihm auf. »Du weißt, ich würde nichts tun, was du nicht willst.«

»So langsam könnte ich mich an eure fürsorglichen Methoden gewöhnen«, sage ich unter Deck, als ich mich in einem der herrlichen Schlafzimmer entkleide. Der Raum ist mit hellen Möbeln, die an Kirschholzvertäfelungen stehen, ausgestattet. Unter meinen nackten Füßen breitet sich ein weicher bordeauxroter Teppich aus, in den ich meine Fußzehen leicht vergraben kann. Die Beleuchtung ist warm und schon der Anblick auf das Bett verspricht eine schöne Zeit auf der Yacht – auch wenn ich kurz tief durchatmen muss. *Lass es nicht zu, dass du wieder daran denkst.*

»Das glaube ich dir«, antwortet Dorian und setzt sich auf das Bett. Er ist bereits in schwarzen Badehosen bekleidet und streicht sein Haar aus dem Gesicht.

»Aber ich möchte nicht mehr wie etwas Zerbrechliches behandelt werden ...«

»Komm her.« Dorian klopft auf seinen Schoß, und ich zögere kurz, aber nehme auf seinen Beinen Platz, bevor er mein Haar aus dem Nacken streicht und dabei den Reißverschluss meines Kleides öffnet.

»Du musst sie verstehen. Sie können es nicht ertragen, wenn eine Frau derart behandelt wird. Keinen Augenblick länger und er hätte sich an dir vergangen. Das nimmt sie mit, Maron.«

»Ich weiß.«

Seine Finger schieben meine Träger über die Schultern, Küsse folgen zärtlich auf meiner Haut, sodass ich kurz durchatme. Aber es fühlt sich gut an. Er schiebt das Kleid bis zu meiner Hüfte herunter, öffnet langsam meinen BH.

»Aber wenn sie heute sehen, dass du nicht darunter leidest, weil ich weiß, wie unerträglich es für dich ist, von ihnen wie ein unschuldiges Wesen behandelt zu werden, dann werden sie sich dir gegenüber wieder so verhalten wie zuvor«, raunt er mir ins Ohr, während Finger meinen BH ausziehen, Lippen mich zärtlich küssen und meine Brustwarzen prickeln, als er sie sanft berührt. Dann verschwindet eine Hand und zieht mir das Bikinioberteil langsam über. Als er den Verschluss eingehakt hat, hebt er mich vorsichtig von seinem Schoß und stellt sich vor mir hin. Seine Hände streifen das Kleid von meinen Hüften und verharren kurz über den roten Flecken, die mir das Wachs zugefügt hat.

Aber nicht lange und er geht vor mir auf die Knie und küsst die Verletzungen, dabei zieht er meinen Slip aus. Wie er das macht, ist so liebevoll und zärtlich zugleich. Ich weiß, dass er mir nie etwas antun würde, sondern gerade dabei ist, mich fühlen zu lassen, dass er bei mir ist und alles gut wird. Dass ich die schlechten Erinnerungen aus meinem Kopf aussperren soll. Kaum dass er das Bikinihöschen an meinen Beinen über meinen Po gestreift hat, erhebt er sich.

»Er steht dir hervorragend, obwohl ich nichts gegen den Perlentanga einzuwenden gehabt hätte.« Verlegen neigt er seinen Kopf, lächelt mir entgegen und streicht sich zwei schwarze Strähnen aus der Stirn.

»Ja, er war wunderschön – wenn auch eine Folter.«

»Eine süße Folter«, neckt er mich mit einem Zwinkern. Dann begleitet er mich zum Deck, wo Romana und Jane sich mit Sonnenmilch eincremen, während von Lawrence und Gideon nichts zu sehen ist. Ziehen sie sich zurück? Noch vor einem Tag hätte ich in dem Moment geglaubt, sie würden eine bittersüße Überraschung planen. *Aber nach dem Vorfall werden sie das nicht tun.*

»Was ich mich die gesamte Zeit frage: Wie habt ihr mich gestern eigentlich gefunden?«, frage ich Dorian, als er neben meiner Liege leicht in die Knie geht, um mir einen Cocktail zu reichen. *Der Service ist wirklich erstklassig.*

»Wir haben zuerst im Atlantis gesucht. Als uns an der Rezeption gesagt wurde, dass Dubois vor wenigen Stunden ausgecheckt hat und sich ein Taxi rufen ließ, hat Seine Exzellenz alles versucht, um den Fahrer ausfindig zu machen, der uns sagen konnte, wo er dich hingebracht hat.« Seine Finger krümmen sich fest um meinen gekühlten rosafarbenen Cocktail, an dem Fruchtstückchen stecken.

»Wen meinst du mit Exzellenz?« Dorians Blick fiel zuvor auf das Meer, während er sprach, jetzt schaut er zu mir und seine hübsche Nase runzelt sich.

»Al Chalid. Wusstest du das nicht? Ich dachte, Gideon hat dir davon erzählt.«

»Nein, hat er nicht. Ich glaube, ihn nimmt die Sache sehr mit. Erzähl mir bitte alles.«

Kurz zögert Dorian, dann lausche ich seinen Worten, während ich langsam von dem Cocktail trinke. Also hat sich Al Chalid um die Inhaftierung gekümmert, sie mit ihrem Auto fahren lassen und ihnen geholfen, mich zu finden.

»Ich denke, ein Dank wäre angebracht«, sage ich und nehme einen weiteren Schluck von dem Cocktail.

»Er würde sich freuen. Aber nicht mehr heute.«

Langsam erhebt sich Dorian, als ich nach seinem Handgelenk greife und mich auf der Liege erhebe. Neben uns sind Jane und Romana in ein Gespräch verwickelt, sodass sie uns nicht hören können.

»Warte einen Moment, kann ich dich um etwas bitten?«, frage ich ihn und seine eisblauen Augen verengen sich für wenige Sekunden. Er beugt sich zu mir herab und ich flüstere ihm meine Idee ins Ohr. Das breite Grinsen in seinem Gesicht ist kaum zu übersehen.

»Das lässt sich einrichten, wenn du es wirklich möchtest?«

»Ja, ich will es, weil ich es nicht länger ertrage.«

Dorians dunkle Augenbraue hebt sich, dann umfasst er mein Kinn und haucht mir einen Kuss auf die Lippen. »Dir kann ich solch einen Wunsch doch nicht ausschlagen. Ich kann dich verstehen, auch wenn es die anderen vielleicht nicht können.«

In seinen Augen erkenne ich, dass er mich wirklich verstehen kann. Wenn, dann nur er.

»Sie werden es verstehen, glaub mir.« Denn ich kann diese Zurückhaltung nicht mehr ertragen, auch wenn sie sich bemühen. »Aber ich möchte, dass du mir wirklich hilfst, es zu vergessen.« Er geht wieder in die Hocke und streichelt meinen Arm. »Du bist derjenige, dem ich vertraue, der diese Schande von mir nehmen kann. Denn ich will den Schmerz nicht mehr spüren.« Ich schaue auf das Pflaster, und sein Blick folgt meinem, während er mir gespannt zuhört. Es ist das erste Mal, dass ich mich Dorian anvertraue. »Ich will ihn vergessen und werde meinen submissiven Part spielen, weil ich es möchte.« Kurz zieht er die Augenbrauen zusammen, fasst nach meinen Händen, hebt sie an und verschränkt langsam seine Finger mit meinen. Dabei legt er seine Stirn auf meine.

»Wenn es dir hilft, loszulassen, ja. Ich werde mein Bestes geben, dich zu erlösen«, haucht er vor meinen Lippen, bevor er mich leidenschaftlich küsst und ich mich in ihm verliere, weil ich spüre, dass wir eins sind, dasselbe denken und fühlen. Mit einem dankbaren Lächeln dreht er sich um und ich lasse mich entspannt auf die Liege fallen.

»Verbringen wir den Abend auf der Yacht?«, will Jane wissen und sitzt auf dem Rand des Whirlpools, während sie ihre Füße in das Wasser eintaucht.

Es sind wenige Stunden vergangen, in denen ich mich gesonnt habe, von Dorian das Versprechen erhalten habe, von ihm als Geschenk ein Bild zu erhalten, wenn er mich gemalt hat, worüber ich mich sehr gefreut habe. Ich konnte es kaum glauben, dass er mir eines schenken will, auch wenn ich es schon jetzt sehen wollte. Aber so lange werde ich mich gedulden.

Gideon hat sich für eine Stunde zu mir gesellt, um meine Schultern zu massieren, mehr jedoch nicht – nicht einmal ein flüchtiger Kuss. Dafür habe ich mich über sein Geschenk gefreut, weil er mir silbernes Fußkettchen geschenkt hat, das fast wie eine kleine Fessel wirkt, aber mit den blauen Steinen so wunderschön aussieht, dass ich mich zu Anfang nicht getraut habe, es anzunehmen. Als er es mir angelegt hat, hat er die ganze Zeit gedankenverloren gewirkt – so, als hätte er sich den Moment, in dem er mir das Schmuckstück anlegt, anders vorgestellt.

»Nicht nur den Abend«, antwortet Lawrence und füttert mich mit Garnelensalat. »Die ganze Nacht.« Dabei sieht er mich nicht an, sondern schluckt kurz, als sei es eine Qual. Mein Blick wandert zu Dorian, der im Pool sitzt und mit geschlossenen Augen den Kopf am Rand des Pools abgelegt hat. Sein dunkles Haar wirbelt leicht im Wasser um seinen Kopf, dabei sehe ich, wie er über Lawrence' Bemerkungen seinen linken Mundwinkel anhebt, aber die Augen geschlossen hält. Er denkt vermutlich das Gleiche wie ich.

»Die ganze Nacht wird sicher aufregend. Was denkst du, Maron?«, fragt mich Romana und legt eine Hand um meine Taille. Sie habe ich in meinen Plan eingeweiht, sodass ich die Augenbraue hebe und den Kopf mit einem Schmunzeln neige.

»Das wird sie«, flüstere ich ihr zu, während ich mit den Fingerspitzen ihre vollen Lippen umfahre, bevor sie lächelt, sich vorbeugt und mich verboten gut küsst.

»Was wird das?«, fragt Lawrence. »Lass sie.« Dorian öffnet die Augen, als ich blinzele, und schaut in meine Richtung. Dann erhebt er sich und steigt aus dem Pool, während Gideons, Janes und Lawrence' Blicke nur auf Romana und mir liegen, wie wir es wollten – um sie zu verwirren.

»Sie verkraftet das. Jetzt schont sie nicht ständig, das verärgert ihren Stolz«, sagt Romana und blickt von Lawrence zu Gideon. Mittlerweile treiben wir weit draußen verlassen im Meer und die Dämmerung setzt ein, sodass ich Gideons Gesichtsausdruck nicht deuten kann, als Dorian neben mir steht und mich von der Poolkante hochzieht.

»Ich finde, dieses anzügliche Verhalten uns gegenüber schreit nach einer Revanche.«

Sofort springt Gideon in einer Badehose und einem losen Hemd auf. »Bist du verrückt!«

»Nein«, antwortet Dorian und ich gebe ihm mit einem Blinzeln zu verstehen, dass ich bereit bin. Er nickt kurz, dann verschmilzt unser Blick für wenige Sekunden, bevor er nach meinen Handgelenken greift und sie in weiche Manschetten legt. *So schön.*

Lawrence steht ebenfalls auf. Dorian treibt mich direkt auf die Wand des Decks zu, während er mit einem ausgestreckten Arm und einem zynischen Grinsen seinen Bruder zurückweist.

»Nicht einmischen, Bruderherz. Ich habe sie mir zuerst geschnappt. Also schön Abstand halten.« Dorians Hand streichelt zart über meinen Rücken. »Noir, Arme über dem Kopf an die Wand legen und Beine auseinanderstellen.«

Die Vorfreude kribbelt in meiner Magengegend, endlich befreit zu werden. Bis Jane neben mir steht und auf Dorian einredet, der sie abweist.

»Es ist ein Plan, setz dich, ma Fleur.«, raunt er ihr leise zu, sodass ihn Lawrence und Gideon nicht hören können. Als würde sie es sofort verstehen, weicht sie zurück. Ich schaue zur Seite direkt auf die Wellen und höre hinter mir Lawrence und Gideon auf Dorian einreden.

»Ich helfe dir, Maron«, erkenne ich Gideon.

»Nein!«, rufe ich. »Bleibt dort stehen und schaut zu.«

»Was?«, fragt Lawrence. »Sie braucht doch eine psychiatrische Behandlung.«

»Nein, sie hat mich darum gebeten, und jetzt setzt euch und seid still«, knurrt Dorian, wie es nur ein Master kann und die tiefe Stimme wie ein Lockruf durch meinen Körper schwingt. So herrlich, wie früher ...

Romana stellt sich zu mir, um mir in die Augen zu sehen und aufzupassen, dass Dorian keine Fehler begeht.

»Genieße es, Maron.« Sie streichelt über meinen Arm, der auf der kühlen Metallwand ruht. Schon im nächsten Augenblick spüre ich, wie Hände mein Bikiniunterteil herunterstreifen und ich die Füße hebe. Eine Zunge leckt über meinen Po. Vor allen von Dorian bestraft zu werden, hat seinen besonderen Anreiz. Ich drücke meinen Rücken weiter durch, als ich Finger meine Spalte entlanggleiten spüre und ich es kaum erwarten kann, die ersten Hiebe zu spüren, um von Dubois' Schmerz befreit zu werden. Eine Zunge leckt über meinen Kitzler, und Dorian muss wissen, wie losgelöst ich bereits bin. Vielleicht nicht feucht genug, aber mir ging es vorrangig um den

Schmerz, um nicht ständig an den Schnitt auf meinem Bein und das Pochen in meiner Schulter erinnert zu werden.

Zuerst folgen leichte Handschläge, unter denen ich fast lache.

»Bereit, Hübsche?«

»Ja, tu es.« Romanas Blick trifft meinen. Ihr Gesicht ist wunderschön, so verträumt und zugleich erfahren. Doch nicht lange und ich spüre den ersten festen Hieb eines Floggers, der meine linke Pobacke spankt, sodass ich mit zusammengebissenen Zähnen zische. Dorian trifft die zweite Pobacke mit dem gleichen Druck, dann werden seine Schläge fester, streichen unterhalb meiner Pobacken entlang, über meine Oberschenkel, während ich gleichmäßig durchatme und ihm meinen Po weiter entgegenschiebe.

Nach weiteren sechs Schlägen steht er neben mir, umfasst mein Gesicht und mustert jede Reaktion von mir.

»Ich werde jetzt eine Metallgerte mit Metallstreben nehmen.« Romana geht an mir vorbei, um sich das Stück sicher anzuschauen. »Besser, du würdest dich hinlegen.«

»Du machst es sehr gut, Dorian. Ich vertraue dir.«

»Sehr gut.« Fest umfasst er meinen Nacken und drückt mich nach unten. »Dann folge mir, Noir.«

Gänsehaut kriecht wie früher meine Waden hoch, wenn er in diesem schroffen Ton mit mir spricht. »Leg dich über die Lehne.« Vor dem kreisrunden hellen Sofa bleibt er stehen, während ich mich über die Lehne lege. »Du gibst sofort Bescheid, falls dir übel oder schwindelig wird.«

»Ist mir jemals während deiner Behandlung übel oder schwindelig geworden?«, reize ich ihn weiter, während mein Arsch herrlich kribbelt. Er lacht finster. »Romana, du hältst ihre Gelenke, damit sie den Halt nicht verliert«, bestimmt Dorian.

»Nein!«, mischt sich Gideon ein und ich blicke auf. *Verflucht! Hat er meine Botschaft immer noch nicht verstanden?* »Ich werde sie halten.«

Erleichtert lächele ich ihm entgegen, als er im Kreis der Couch in die Knie geht und nach meinen gefesselten Handgelenken greift. Lawrence sehe ich hinter ihm stehen, während Gideon erst zärtlich meine Hände umfasst, dann fester.

»Du darfst beginnen. Ich hab sie.«

»Freue dich nicht zu lange, Gideon. Es bleibt eine Ausnahme«, warne ich ihn mit einem scharfen Blick, um ihn zu reizen. Los, spring darauf an.

»Das werden wir sehen. Vielleicht treibe ich dich öfter, als dir lieb ist, in diese Position.« Er nickt, beugt sich mir entgegen und küsst mich, dann beißt er in meine Unterlippe und der erste feste Schlag trifft meinen Po, sodass ich Sterne sehe und laut aufschreie. »Gott!« Gideon hält meine Hände fest, damit ich mich nicht befreie oder eher abrutsche. Ein Feuer tobt auf meiner Haut, während ich Tränen wegblinzeln muss, die doch meine Wange entlanglaufen.

»Schrei, Kleines, und lass los!« Wieder ein feuriger Schlag, der mich über das offene Meer schreien lässt. Lawrence ist vor mir verschwunden, dann spüre ich etwas über meine Klit kreisen. Himmel, sie haben es verstanden. Wieder zwei Streiche mit dem kalten Metall über meinen Arsch, sodass ich schreie, alles um mich herum vergesse, nur Gideons Hände um meine spüre. Er hält mich, während ich mich nach dem Schmerz sehne, der mich erlösen und alles vergessen lassen soll – der so heiß und befreiend durch meinen Körper rauscht.

Die Metallgerte streicht über meine Oberschenkel, immer darauf bedacht, nicht eine Stelle zu oft zu treffen. Mein Gesicht ist von Tränen überströmt, sodass alles vor mir verschwimmt, mein Puls rast und meine Muskeln sind gelockert. Allmählich verlassen mich meine Gedanken, und ich hülle mich in Dorians Schmerz, der von herrlicher Lust begleitet wird, als feuchte Finger meinen Kitzler ankurbeln, der vor Erregung pocht. Ich müsste vor Verlangen so feucht sein, dass ich jeden Moment gevögelt werden kann. Ich blinzle Gideon entgegen, der mich fest im Blick behält und meine Tränen wegküsst.

»Bitte«, flehe ich ihn leise an, als er die Augenbrauen zusammenzieht, mich scharf im Blick behält und dann grinst.

»Soll ich dir helfen, loszulassen?«, fragt er und ich nicke erleichtert. Sanfte Küsse bedecken mein Gesicht, dann erhebt er sich, die Schläge stoppen und ich atme befreiend durch.

Gideon

So wehrlos liegt sie vor mir, während mich das Verlangen treibt, sie zu vögeln. Schließlich hat sie mich fast angefleht, auch wenn ich es zu Beginn nicht für richtig gehalten habe. Ich dachte, sie sei lange noch nicht so weit.

Doch seit ich gesehen habe, wie sie sich dem Schmerz hingegeben, sich ihm geöffnet hat und dabei fast glücklich aussah, während sie geweint hat, werde ich ihren Wunsch nicht ausschlagen.

Mein Schwanz hätte den herrlichen Anblick, wie ihr Körper unter Dorians Schlägen zerschmilzt, nicht länger ertragen. In dieser Beziehung ist mein kleiner Bruder ein wahrer Meister, er weiß sich darin zu verstehen, Gefühle auszuleben. Vermutlich, weil er während des Studiums mit seinen Freunden nicht nur in den SM-Clubs herumgezogen ist, um Ausschau nach hübschen Models zu halten, sondern sich selber mit der Kunst befasst hat, wie man eine Frau mit der richtigen Härte zum Lustschmerz treibt.

Hinter Marons Prachtarsch machen mir Lawrence und Dorian Platz. Ich sehe Lawrence wild durch sein offenes Haar fahren, weil er zu gern an meiner Stelle wäre, aber er beherrscht sich, auch als ich über Marons heißen Po fahre, die Striemen mit meinen Fingern nachzeichne und sie unter mir schluchzt.

»Wunderschön«, sage ich. Dorian legt seine Hand auf meine Schulter, bevor er zu Maron auf die Couch geht und mit ihr etwas bespricht. So lange warte ich. Sie nickt, dann begegnet Dorians Blick meinem mit der Zustimmung, anfangen zu können.

Ich streife meine Badeshorts herunter, schiebe ihre Beine ein Stück auseinander, um davor in die Knie zu gehen und ihre heiße und so feuchte Pussy, die sie mir willig entgegenstreckt, zu lecken und mit den Fingern zu dehnen. Länger umkreist meine Zunge ihren Kitzler, sodass sie keucht, ihr Körper unter mir zittert und mich der Geschmack ihrer Pussy noch geiler macht. Ich erhebe mich, umfasse ihre Hüfte und schiebe meinen Schwanz langsam in sie, sodass sie fast erleichtert ausatmet und ich Law neben mir sehe, der die Arme verschränkt und eine Augenbraue hebt. Mein Schwanz dehnt ihre Scheidenwände, presst sich tief in sie, sodass ein Kribbeln mein Rückgrat herunterwandert.

In langsamen und intensiven Stößen will ich sie erst darauf vorbereiten und ihr nicht schaden. Sie drückt den Rücken durch. Fast sieht es aus, als räkele sie sich unter meinen Stößen. Meine rechte Hand halte ich Lawrence entgegen, der mir einen silbernen kleinen Vibrator reicht, den ich an ihren Kitzler halte und sie dabei weiterficke, aber nicht zu hart, obwohl in mir das Tier schreit, es zu tun. Romana sitzt mit verschränkten Beinen auf der Couch gegenüber von Maron und beobachtet uns, während Jane unter Deck gegangen ist.

»Du machst das sehr gut, Kleines. Lass von den Erinnerungen los«, sage ich, bevor ich sie allmählich immer härter nehme, sich die Hitze in meinem Schwanz und meinen Hoden sammelt. Weich wie Seide lässt sie sich unter mir fallen, keucht lauter, bis sie stöhnt, was wie

Musik in meinen Ohren ist, und das Tier in mir schreit, weil sie jeden Moment kommt. Ich beschleunige meine Stöße, weil ich mit ihr zusammen kommen will, und spüre, wie sich meine Hoden zusammenziehen, mich ihr Anblick dermaßen verrückt macht und ich kaum den Blick von ihrem rotglühenden Arsch wenden kann, bis mein Schwanz zuckt, Maron unter mir vor Lust laut aufschreit und mir ihren heißen Po fester entgegenschiebt. Mit einem tiefen letzten Stoß pumpt mein Glied in sie und ich ergieße mich in ihrer hübschen Pussy, während sich Maron unter mir vor Lust versucht, aus Dorians Griff zu befreien.

»Ein Traum«, höre ich Lawrence, der zu Maron geht, ihren Kopf umfasst und sie küsst. Mir kommt der Moment viel zu kurz vor, trotzdem ziehe ich meinen Schwanz langsam aus ihr zurück, entferne den Vibrator und streichele über ihren göttlichen Hintern. Zusammen helfen wir ihr nach wenigen Momenten, in denen sie sich sammeln kann, auf die Beine.

Ihre Beine können sie kaum tragen, sodass sie gegen Lawrence' Brust taumelt, aber ihr verweintes Gesicht vor Freude strahlt, so wie ich sie noch nie gesehen habe.

»Tolle Leistung, Jungs«, sagt Romana und erhebt sich. »Kean hätte es nicht besser gemacht.«

»Wie bitte?«, fragt Maron und dreht sich zu ihr um. *Was sollte die Bemerkung von Romana?*

15. Kapitel

Was soll ihre Anspielung? Ich löse mich von Lawrence, obwohl sich meine Knie immer noch wackelig anfühlen. Dorian reicht mir ein Handtuch, das ich mir umbinde, während ich auf Romana zugehe, die ihre Augen zusammenkneift und hinterhältig lächelt.

»Du hast mich schon richtig verstanden, Maron. Besser hätte uns Kean den devoten Part nicht beibringen können.«

»Also willst du mir sagen, ich hätte die Kontrolle abgegeben, weil ich mich den Brüdern unterwerfe?« Das ist mehr als eine Beleidigung, denn wenn sie mich kennt, von mir gehört hat, weiß sie, dass ich das nie tue. Außer ...

»Sah ganz danach aus«, flüstert sie mir zu, damit uns die anderen nicht hören, obwohl ich weiß, dass sie jedes Wort mitverfolgen. »Und das sollten wir nicht sein, oder denkst du plötzlich anders?«

»Fein, dann zeig mir doch, wie wir sein sollten, wenn du es besser weißt, Romana«, fahre ich sie an und etwas blitzt in ihren Augen auf. Habe ich sie so falsch eingeschätzt?

»Wozu? Du müsstest es von uns Schülerinnen am allerbesten wissen, schließlich warst du angeblich seine Geliebte, wie man sich erzählt. Wenn es jemand weiß, dann du. Verrate mir nur eines, Maron.« Sie kommt mir näher. »Hat er dich öfter den devoten Part ausleben lassen, dass du deswegen zur anderen Seite gewechselt bist, weil du es nicht ertragen hast, als er dich fortgeschickt hat?«

Als die Worte in meinen Kopf dringen, verziehe ich keine Miene, obwohl ich ihr am liebsten eine Ohrfeige verpassen würde. *Woher weiß sie so viel – auch falsche Dinge?*

»Ladys«, mischt sich plötzlich Lawrence ein. »Es ist Nacht, wir sind alle etwas aufgelöst. Was haltet ihr davon, eine Flasche im Whirlpool zu köpfen? Wer will, folgt mir einfach.«

Ich ignoriere Lawrence, obwohl ich weiß, dass er unser Gespräch beenden will, bevor ich ihr an den Hals springe. Aber genau das will sie, das erkenne ich an ihrem Blick.

»Du denkst, so etwas über mich zu erfahren? Warum hast du ihn nicht selber danach gefragt, als DU noch die Gelegenheit dazu hattest? Ich lasse mich nicht auf deine lächerlichen Fragen ein.«

Mit wenigen Schritten schiebe ich mich an ihr vorbei. *Verdammtes Biest!* Und mit ihr muss ich weitere Stunden auf der Yacht verbringen, die erst jetzt zeigt, worum es ihr die gesamte Zeit ging.

»Ich brauche ihn nicht zu fragen, wenn ich die Bilder von dir in seinem Spind gesehen habe, obwohl er immer noch mit Kathy zusammen ist.« *Er hat Bilder von mir aufgehoben? Nach mehr als einem Jahr?*

Tief atme ich durch, als Gideon neben mir steht. »Komm mit, sie will dich nur reizen.« Doch ich drehe mich um und laufe wütend auf sie zu.

»Was geht es dich an!«, fahre ich sie an. »Es ist mehrere Monate her!«

Sie lacht hinter vorgehaltener Hand. »Ja, anscheinend hast du ihn fast vergessen, als du den Brüdern begegnet bist. Du verhältst dich völlig unangemessen.« Noch bevor ich den Gedanken zu Ende gedacht habe, verpasse ich ihr eine Ohrfeige, die ihre Wange bloß streift, weil sie vor mir zurückweicht. »Oh, habe ich etwa eine wunde Stelle erwischt?«

»Scheiße, Gideon«, höre ich Lawrence. Von Anfang an wirkte etwas an ihr falsch und verlogen. Ist sie eifersüchtig? Auf Kean? Auf Gideon? Auf wen?

»Ich kann deine Blicke deuten – mehr als du denkst, Schätzchen. Und das, was ich in den ...« Verflucht, ich muss sie zum Schweigen bringen! Ich presse schnell eine Hand auf ihren Mund, trete in ihr Knie, sodass sie nachgibt und stürzt.

»Ich warne dich: Sprichst du ein Wort weiter, werde ich dich wegen Verleumdung anzeigen. Du scheinst unseren Vertrag vergessen zu haben. Du tauchst hier auf, verbreitest Lügen und erzählst Dinge von unserem Lehrer, die den Club nie verlassen durften«, fauche ich ihr entgegen. »Anscheinend bist du diejenige, die es nicht weit gebracht hat, weil sie sich mehr von Kean erhofft hat. Das tut mir ehrlich gesagt kein bisschen leid, weil du seine Anerkennung nicht verdient hast!«

Schnell löse ich meine Hand von ihrem Mund und sie schreit wütend auf, dann gehe ich auf Gideon zu, der ein Gesicht macht, als würde er nicht fassen können, was hier passiert.

Hinter mir höre ich nur ein »Nein, Romana!«, schon reißt es mich von den Füßen und sie fällt wie eine Furie über mich her. Jemand hebt sie von mir runter und weist sie zurecht, während mir Gideon aufhilft.

»Verflucht! Was soll das?«, frage ich Gideon, als würde er die Antwort kennen. »Wer ist sie und warum will sie das alles von mir wissen?«

Wie ein Biest zappelt sie in Lawrence' Armen, als ich mir durch mein Haar fahre und sie fassungslos beobachte. Irgendwie tut sie mir leid, weil sie entweder berechnender als ich ist oder falsche Dinge aufgeschnappt hat.

»Keine Ahnung, bis vor kurzem dachte ich, ich würde sie kennen. Aber gerade ...« Gideon verzieht abfällig sein Gesicht. »... weiß ich nicht, was ich sagen soll. Lass mich mit ihr reden, und geh mit Lawrence zum Pool.« Den Versuch finde ich zwar unangebracht, aber wende mich mit einem Nicken, begleitet von einem finsteren Blick, von ihm ab.

Was für ein Geburtstag – denke ich, als ich im Pool liege und die Augen schließe. Ich hätte nicht damit gerechnet, dass die Brüder wissen, wann ich Geburtstag habe, aber so wollte ich ihn nicht feiern. Mich würde zu gern interessieren, warum Romana mich angegriffen hat.

Auf der Ablage neben dem Pool höre ich mein Handy vibrieren – *weil mir bestimmt wieder jemand gratulieren möchte.* Ich stöhne und greife zur Ablage, bis mir die Nummer meiner Mutter entgegenblinkt. Nein, ich habe mich getäuscht: Es kann schlimmer kommen. Schnell drücke ich sie weg, weil ich nicht das Bedürfnis habe, mit ihr zu reden, und atme tief durch.

Erst jetzt kann ich in Ruhe die ganzen Nachrichten durchgehen. Bisher bin ich noch allein im Wasser, weil Lawrence sich umziehen sollte, was er auch – meiner Meinung nach – vor meinen Augen hätte tun können, aber so habe ich Zeit, die Nachrichten durchzugehen.

Neben Helen und Emma, ebenfalls Damen unserer Agentur, gratuliert mir auch Leon mit einer Sprachnachricht und entschuldigt sich für das Verhalten von Robert. *Als ob er etwas dafür könnte. Oder doch?* Zumindest will er, dass ich zurückreise, um die Sache zu klären und zu erfahren, wie es mir geht. *Nur ... will ich schon zurückreisen?* Ich weiß, dass er sich Sorgen macht. Seine Mädels sind ihm wichtig und liegen ihm sehr am Herzen, auch wenn er es selten ausspricht, aber ich möchte noch nicht abreisen, weil ich die Zeit mit den Brüdern viel zu sehr genieße. Schnell beruhige ich sein Gewissen, dann gehe ich die Nachrichten weiter durch und lese Keans Namen.

Er denkt an jedem Geburtstag daran, mir zu gratulieren, was mich freut, aber mir zugleich einen bitteren Nachgeschmack verleiht.

Ma Amant,

Egal, wo du gerade bist, ich wünsche dir alles erdenklich Liebe. Auch ohne viele Worte weißt du, dass ich an dich denke. Feier schön!

Kean

»Ma Amant« – immer noch nennt er mich so ... Ich bedanke mich bei ihm wie immer und schiebe das Smartphone zur Seite. Gerade als ich meinen Nacken wieder am Rand auflege, das Wasser herrlich warm um meinen Körper sprudelt, vibriert mein Handy wieder. Mutter! Du störst!

Ich ignoriere es. Besser, ich schalte es auf stumm, bevor sie mich weitere Minuten mit ihren Anrufen malträtiert. Doch als ich mein Handy auf stumm schalten will, sehe ich eine Antwort von Kean, in der er mich fragt, wie es mir geht. Am liebsten würde ich ihm schreiben, was Romana gerade abgezogen hat, was letzte Nacht vorgefallen ist und wie viele Regeln ich gebrochen habe, aber ich werde ihm nicht davon erzählen.

Gut. Bin auf einer Yacht in Arabien. Wie geht es dir?
Maron

Wie ich diese Floskeln nicht mag, vor allem nicht bei ihm, weil ich, wenn ich ihn sehen würde, sofort wissen würde, wie es ihm geht, ohne danach fragen zu müssen.

Kaum dass ich die Nachricht verschickt habe, ruft er mich an. *Ah – nein! Warum ruft er mich an?* Schnell blicke ich mich um, ob ich allein bin und nicht belauscht werden kann, dann atme ich durch und zähle bis drei, bis ich den Anruf annehme.

»Salut!«, mehr bringe ich nicht hervor und kann es kaum erwarten, seine Stimme zu hören.

»Was stimmt nicht?«, fragt er ohne Begrüßung und ich beiße mir auf die Lippen. Seine tiefe Stimme klingt rau und verführerisch zugleich.

»Was soll nicht stimmen?«

»Seit wann fehlt dein Ausrufezeichen nach deinem ›Gut‹?« Was? Interpretiert er jedes Zeichen? Natürlich macht er das. Ich antworte ihm meistens mit einem nachdrücklichen Ausrufezeichen.

»Ist in der Eile verloren gegangen. Aber schön, mit dir zu reden.«

Ich höre, wie er durchatmet, und ich erkenne Autogeräusche im Hintergrund.

»Verloren gegangen?« Er lacht dunkel und räuspert sich nach einer kurzen Pause, in der ich auf meiner Unterlippe kaue. »Maron, ich kenn deine Verhaltensweise in- und auswendig.«

»Und du willst an einem fehlenden Ausrufezeichen *was* feststellen?«, unterbreche ich ihn und rutsche etwas tiefer in das sprudelnde Wasser.

»Etwas stimmt nicht, also sage es mir, bevor ich nach Arabien reisen muss.«

»Das wirst du nicht tun. Hast du keine anderen Sorgen?«, will ich ihn davon abbringen. Himmel, ich spreche in einem viel zu scharfen Ton mit ihm.

»Maron!«

Eine beklemmende Ruhe tritt ein, weil ich nichts sagen möchte und ihm doch so viele Dinge zu sagen habe, so viele, die mir in den letzten Tagen durch den Kopf gehen. Dann sehe ich Lawrence in einer Badehose, ein Handtuch über die Schultern geschlungen, auf mich zukommen.

»Nicht heute. Aber danke, dass du dich gemeldet hast. Mein Akku ist gleich leer.« Das sind unsere Codewörter, wenn sich jemand nähert und unser Gespräch belauschen könnte.

»Ein Kunde? Wir reden später. Um drei.«

»Danke, dir auch einen schönen Abend.« Dann lege ich auf und Lawrence setzt sich zu mir.

»Wegen mir hättest du nicht auflegen müssen, aber ich freue mich immer, deine ungeteilte Aufmerksamkeit auf mich zu ziehen.« *Spinner!* Ich schaue zum Nachthimmel auf, während Lawrence in den Pool rutscht, sodass das Wasser über den Rand schwappt und ich lächeln muss.

»Was ist mit Romana?«, erkundige ich mich.

»Gideon redet noch mit ihr. Wenn du mich fragst, hat die Dame etwas zu viel getrunken.«

»Sie war angetrunken?«, hake ich nach und er nickt.

»Deswegen meide ich den Alkohol, er macht aus dir etwas, was du am nächsten Tag bereuen könntest«, murmele ich. Vermutlich hätte Romana ansonsten nie den Mut aufgebracht, mir diese Worte an den Kopf zu werfen.

»Wenn es dich beruhigt, ich mochte sie noch nie«, höre ich ihn und er legt eine Hand um meine Schulter, dann zieht er mich ein Stück an sich.

»Wie habt ihr sie kennengelernt?«, möchte ich wissen. Lawrence schaut zu mir herab und hebt die Augenbrauen.

»Wir haben sie nicht kennen gelernt. Es war Gideon, der sie an einem Abend angesprochen hat, als er wieder durch die Bars gezogen ist. Danach haben sie sich gelegentlich getroffen.«

»Er hat sie gebucht«, stelle ich fest, es sei denn, sie hat sich als gewöhnliche Frau ausgegeben. Aber für sie brächte es keinen Vorteil, während der Treffen keinen Profit daraus zu ziehen. Wenn sie auf mich eifersüchtig ist, dann ist sie bestrebt, einen großen Kundenkreis aufzubauen. Ich habe es nie anders getan.

»Ja, gebucht. Obwohl manche Treffen nicht bezahlt wurden, soweit ich es von Gideon weiß. Es ist mir ehrlich gesagt auch egal, mit wem er sich abgibt und welche Frau er gerade im Bett hat. Aber sie hat etwas Eigenartiges an sich, was mir nie gefallen hat. Zum Beispiel, dass sie Gideon dich vorgeschlagen hat. Nichts gegen dich, Maron, ich bereue die Entscheidung keineswegs, dich nach Dubai mitgenommen zu haben, aber etwas eigenartig war ihr Vorschlag schon.« Ich ziehe die Augenbrauen zusammen und schaue auf das sprudelnde Wasser. Für mich ergibt es ebenfalls keinen Sinn. Es sei denn, sie hat gehofft, dass ich mit drei Männern nicht fertig werde. Aber warum?

»Aber lassen wir das Thema. Ich habe dir etwas mitgebracht.« Mein Blick wandert über seinen tätowierten Arm, der sich über den Rand zu einer flachen Schachtel ausstreckt.

»Kein weiteres Geschenk, Lawrence. Das hier«, ich deute auf die Yacht, »ist das schönste Geschenk überhaupt.«

»Das höre ich gern«, raunt er mir mit einem leisen Lachen zu. »Und ich freue mich wie immer, wenn du mir zeigst, wie sehr du dich darüber freust. Aber ich habe mir etwas anderes ausgedacht. Hier! Auf dein Gesicht bin ich jetzt schon gespannt.« Er reicht mir die Schachtel.

»Wieso? Ich bin gut darin, mir nichts anmerken zu lassen.«

»Wir werden sehen.« Ich nehme ihm die Schachtel ab, in der ich Schmuck, Sextoys oder andere Dinge, um Frauen an ihre Lustgrenzen zu bringen, vermute, aber als ich die Schachtel öffne, befindet sich darin nur ein zusammengefalteter Zettel. Ich hebe eine Augenbraue und lache leise.

»Oh, hast du mir ein Gedicht verfasst? Das hat noch niemand für mich gemacht.« Sofort kneift er in meinen Bauch, sodass ich nach Luft schnappe.

»Ich schreibe keine Gedichte, das überlasse ich Dorian.«

»Was überlässt du mir?«, höre ich hinter mir und drehe meinen Kopf, als Dorian mit Jane auf uns zukommt. Sie lächelt, und es sieht sehr danach aus, als hätten sie die Zeit, in der sie unter Deck waren, genossen. Hinter mir geht Dorian in die Knie.

»Ah! Lawrence' Geschenk. Ich wette, sie wird es machen.«

»Nein, ich nicht. Maron würde nicht unüberlegt handeln.«

Was machen? Sie sind eingeweiht. Ich falte mit meinen feuchten Fingern das Papier auseinander, auf dem mit dunkler Schrift »Ink Studio« steht. Darunter ein Datum mit Uhrzeit. *Ha! Ich soll mir ein Tattoo stechen lassen?*

Es ist ja nicht so, dass ich nie eines haben wollte, aber so wie mich Lawrence ansieht, soll es ein Bestimmtes sein.

»Ich habe ehrlich gedacht, euch würden keine Überraschungen mehr einfallen, die mich beeindrucken können, aber das ...« Ich schaue skeptisch auf den Zettel.

»Wirst du es tun?«, fragt mich Lawrence und hebt meine Hand mit der Schachtel. »Das Motiv überlasse ich dir. Nur, denke ich, brauchst du eine hübsche Erinnerung an uns.«

Dorian lacht, während er Jane an der Bar ein Getränk zubereitet.

»Solange ich nicht bis zu meinem letzten Atemzug deinen Namen auf mir tragen muss, wäre ich gar nicht mal so abgeneigt. Allerdings weiß ich nicht, was meine Kunden sagen werden, wenn ich demnächst einen Tiger oder Drachen auf dem Rücken trage oder Blümchen auf dem Dekolletee.« Außerdem sollte ich das mit meiner Agentur absprechen. Leon wird nicht begeistert sein. Es gibt Kunden, die lieben tätowierte Frauen, aber ich muss mich mit renommierten Kunden in der Öffentlichkeit aufhalten, wo ich mit Tribals auf dem Oberarm sicher missbilligende Blicke kassieren werde.

»Ganz so einfach ist das nicht, mein Schatz. Aber ich werde es mir überlegen.«

»Ich wusste, dass sie es ablehnen würde. Sehr kluge Entscheidung, Maron«, antwortet Jane neben mir, nimmt Dorian den Cocktail mit einem Luftkuss aus der Hand und lässt sich in ihrem weißen Bikini ins Wasser gleiten. »Mein Chef würde mich sicher entlassen, wenn ich tätowiert von der Reise wiederkäme.«

Aus den Augenwinkeln bemerke ich, wie sich Lawrence' Blicke verfinstern. Mit meiner Hand streichele ich über seine Brust und küsse ihn. »Danke für das Geschenk, Tiger. Ich habe es bisher nicht ausgeschlagen.«

Ich zwinkere ihm zu, als er mich auf seinen Schoß zieht und mich gefangen hält.

»Das würdest du dich auch nicht trauen.«

Ich funkele ihm mit einem Lächeln entgegen, dabei wandert meine Hand weiter über seine Muskeln in seinen Nacken.

»Nein, wie könnte ich das Geschenk meines Freundes ausschlagen?«

Er legt seinen Kopf mit einem Grinsen zurück auf den Rand, als ich seinen Hals küsse und an seinem Ohr knabbere.

»Dann wirst du meine Bitte auch nicht ausschlagen, heute Nacht bei mir zu schlafen«, sagt er und behält mich im Blick, so als sei er vorsichtig, nicht zu weit zu gehen.

Obwohl ich geglaubt habe, die Nacht bei Gideon zu verbringen, lege ich meinen Kopf zur Seite und strahle ihm entgegen.

»Nein, die Bitte kann ich dir nicht ausschlagen.« Mit Lawrence allein zu sein, ist fast so schön, wie mit Gideon die Zeit zu verbringen, weil er mir gegenüber völlig anders ist und ich weiß, dass er heute Nacht nicht zu viel einfordern wird.

16. Kapitel

Nachdem wir eine Stunde im Pool verbracht haben und meine Haut droht, sich komplett von mir abzulösen, steige ich mit Lawrence aus dem Becken und wir wünschen Dorian und Jane eine gute Nacht. Wo Gideon mit Romana die gesamte Zeit verbracht hat, weiß ich nicht, aber ich hätte ihn gern, bevor ich mit Lawrence in seinem Zimmer verschwinde, gesehen.

Lawrence führt mich in das Unterdeck durch das Wohnzimmer, in dem ein Esstisch an der Fensterfront zum Bug ausgerichtet steht und von einer noblen Bar umgeben wird. Rechts in der Ecke befindet sich eine helle Sitzgruppe, die sich um einen großen Flachbildfernseher gruppiert und an der wir vorbeigehen. Wenige Schritte später hält mir Lawrence die Tür seines Schlafzimmers auf, das wie die anderen Räume in einem cremefarbenen Ton in einem dunklen Nussholz gehalten ist. Er schaltet das Licht ein und dimmt es, bevor er die Tür schließt und sich mir zuwendet.

»Wie hast du es vorhin verkraftet?« Es? Seit wann nennt er den Sex nicht beim Namen?

Ohne ihm zu antworten, wie gut ich es verkraftet habe und ich in den vergangenen Stunden nicht mehr an letzte Nacht denken musste, mache ich einen Schritt auf ihn zu, hebe mich auf die Zehenspitzen und lecke über seinen Hals, sodass er schluckt.

»Spüre es, wie sehr ich es verkraftet habe.« Obwohl sich mein Po immer noch heiß anfühlt und das Wasser die Hiebe nur etwas besänftigen konnte, will ich Lawrence heute Nacht für mich. Ich schiebe ihn zurück, streiche über seine Brust, auf der Wassertropfen entlanglaufen, und treibe ihn zum Bett. Mit einem Grinsen, aber zugleich einem wachen Blick behält er mich im Auge, so als könnte ich es mir jede Minute anders überlegen.

»Leg dich hin.«

Aus den Augenwinkeln sehe ich erst jetzt, dass meine Tasche und sogar mein Schminkkoffer in der Ecke am Schrank stehen. Sie haben alles organisiert und geplant. Und gerade jetzt werde ich mich bei ihm bedanken. Nur in meinem neuen Bikini von ihm steige ich auf ihn, als er sich auf das Bett hinlegt, und küsse ihn erst zart, dann stürmischer. So, wie es aussieht, überlässt er mir das Sagen. Nur möchte ich heute nicht zu streng sein, weil ich von Dorians Session erschöpft bin.

Ich hebe sein Kinn mit einem Lächeln und küsse ihn weiter, wandere mit meinen Händen über seinen herrlichen Körper, der mich geradezu einlädt, ihn zu erkunden.

Meine Lippen folgen meinen Händen seine Brust abwärts zu seinem Sixpack und zu seinen Hüften. Bereits jetzt spüre ich, wie ihn meine sanften Berührungen erregen. Zwischen seinen Beinen lasse ich mich auf den Teppich gleiten, streife seine Hose aus und sehe seinen erigierten Schwanz.

»Eigentlich hast du heute Geburtstag«, höre ich ihn und lächele. Ich lecke mit der Zunge über seine Eichel, massiere mit meiner rechten Hand seinen Schaft, bevor ich seinen Phallus in meinen Mund nehme und an ihm sauge, ihn mehr befeuchte, um mit intensiven Bewegungen mit meinen Lippen seinen Schwanz tiefer aufzunehmen.

Als ich zu ihm aufsehe, treffen sich unsere Blicke, verschmelzen kurz miteinander, bevor er den Kopf zurückwirft. »Ich revanchiere mich gleich, aber scheiße, hör nicht auf.«

Ich lächle und lutsche sein Glied fester, während meine linke Hand seine Hoden massiert, dann seine Beininnenseiten entlang tasten und er unter mir keucht. Hände graben sich in mein feuchtes Haar, aber liegen locker auf meinem Kopf. Nur an dieser Geste weiß ich, dass er nicht zu weit gehen würde. Gerade in diesem Moment bedeutet sie mir viel.

Ich fahre immer schneller mit meinem Mund seinen Schwanz auf und ab – immer tiefer, sodass ich, von seinem Geschmack erregt, spüre, wie meine Brustwarzen sich prickelnd zusammenziehen und sich ein verlangendes Kribbeln zwischen meinen Beinen ausbreitet.

Doch kurz bevor ich glaube, Lawrence wird sich unter mir fallen lassen und kommen, weil sein Keuchen in ein Stöhnen übergeht, schiebt er meinen Kopf vorsichtig zurück.

»Noch nicht. Ich würde gerne kommen, aber zuerst sollte ich mich um dich kümmern.«

Bevor ich protestieren kann, dass es mir nichts ausmacht, greift er nach der Decke, die über dem Bett liegt, und wirft sie auf den Boden neben mich. Was soll das werden?

»Leg dich darauf, mit den Beinen zu mir.« Mir bleibt kurz der Mund offen stehen, aber bevor ich etwas sage, hebt er mich hoch und legt mich auf die Decke, die auf dem weichen Teppich liegt. Dann greift er nach meinen Beinen und zieht sie über seine Oberschenkel, sodass ich halb kopfüber vor ihm liege und nur er mich hält. Die weiche Decke stützt meinen Kopf, damit es nicht wehtut.

»Wenn du mich loslässt und ich mir das Genick breche, dann ...«

»Werde ich nicht. Sei nicht so ängstlich.«

Ängstlich ist das falsche Wort. Sofort fängt er sich von mir einen gefährlichen Blick ein. Doch den quittiert er bloß mit einem Kopfschütteln, dann schieben Finger mein Bikiniunterteil zur Seite und gleiten langsam über meine Pussy, meinen Kitzler, ohne sie mit festem Druck zu massieren.

»Wollen wir unsere Raubkatze wieder hervorlocken.«

»Was soll das heißen?«, frage ich spöttisch unter ihm und stütze mich weiterhin auf dem Boden ab, während er meine Beine sehr breit über seinen Schoß auseinanderschiebt, sodass er sicher einen fabelhaften Einblick hat.

»Für meine Bemerkung hättest du mir vorhin Schläge angedroht, die ich dir zwar nicht genehmigt hätte, Kätzchen, aber mir fehlen deine Drohungen. Also holen wir deine verdorbene Seite zurück.«

Die ist sowas von vorhanden – denke ich, als Finger langsam in mich eintauchen und eine Zunge meinen Kitzler zuerst umkreist, ihn dann fester leckt, sodass sich die Hitze von meinem Becken bis zu meinem Rücken ausbreitet und meine Nippel herrlich prickeln.

»Ich habe nichts dagegen«, antworte ich und schließe meine Augen. Viel zu spät höre ich eine Schublade aufziehen und spüre im nächsten Moment, wie seine Finger aus mir gleiten und von etwas Größerem ersetzt werden, das sich wie Glas anfühlt, weil es kühl, fest und glatt ist.

»Lass die Augen geschlossen, Kätzchen.« Ich ziehe die Augenbrauen zusammen und bin doch in der Versuchung, nach seinen Worten die Augen zu öffnen, als er den Dildo in mir bewegt und ich zugleich etwas Kühles zwischen meinen Beinen spüre. Es fühlt sich wahnsinnig gut an, nicht zu kalt und weich. Es schmilzt. Seine Zunge leckt fester meinen Kitzler, sodass ich keuche, weil meine Beine zittern und ich meine Fußzehen zusammenziehe.

»So ist gut.« Hände wandern über meine Beine mit derselben angenehmen Kühle, aber seine Zunge verlässt meinen Kitzler nicht, leckt ihn so fest, dass ich die Augen zusammenkneife, das Vibrieren in meiner Pussy stärker wird und ich meine Finger in die Decke unter mir kralle. Ich schiebe ihm mein Becken entgegen, als ich laut stöhne und mein Körper eine herrlich befreiende Welle durchrauscht. Noch während ich keuche, erhebt sich Lawrence, zieht den Dildo aus mir und legt mich auf die Decke.

Vor meinen verschlossenen Augen wird es dunkel, weil er das Licht ausschaltet. Ich blinzle und sehe ihn zwischen meinen Beinen kurz über das Pflaster streichen, bevor er mit den Fingern in etwas eintaucht und damit über meinen Bauch fährt.

»Was ist das?«, will ich wissen, weil es auf den ersten Blick wie Creme aussieht.

»Probiere es selbst.« Er beugt sich über mich, malt mit seinem Finger und der klebrigen Masse meine Lippen nach, bis ich im nächsten Moment lache, als ich Schokoladeneis schmecke.

»Ich wusste, dass du Geschmack hast«, lache ich, fasse mit zwei Fingern ebenfalls in das angetaute Eis und schmiere es über seine Wange. Mit der Zunge lecke ich über seinen Dreitagebart, was herrlich kratzt, bis er mein Bikinioberteil auszieht.

»Ich finde, das brauchen wir nicht mehr.« Er wirft es nachlässig zur Seite, dann malt er mit dem Eis meine Brüste nach, saugt an meinen Brustwarzen und knabbert daran.

Zugleich drängt er seine Hüfte zwischen meine Beine, und ich spüre seinen Schwanz meine Schamlippen entlangreiben, bevor er langsam in mich eindringt und ich den Kopf zurücklege. Zwei Finger streifen meinen Hals, dann folgt seine Zunge, die mir das Eis vom Hals leckt, während er mich langsam liebt, sodass mein Herz schneller schlägt. Neben meinen Schultern stützt er seine Arme ab und dringt in langsamen, aber tiefen Stößen in mich ein.

»Kann ich dich testen, Kleines?«, fragt er und ich treffe seinen Blick.

»Was testen?«, frage ich ihn, weil ich nicht weiß, was er meint. Wieder dringt sein Schwanz tiefer ein, sodass ich keuche und in seine Augen blicke. Zwei noch feuchte Strähnen fallen zu mir herab und kitzeln meine Wange.

»Wenn ich dich genau so an dem Bett festbinde, wie es der Arsch gestern getan hat, wird es dir etwas ausmachen?«, raunt er mir ins Ohr und mein Blick wandert zum Bett. Kurz verspanne ich mich unter ihm und er bemerkt es.

»Dachte ich mir. Er hat mehr zerstört, als du es wahrhaben willst.« Sein Glied ist tief in mir, aber bewegt sich nicht mehr.

Ich weiß nicht, was ich sagen soll. Sicher planen sie etwas, und Lawrence will herausfinden, wie weit sie gehen können. Trotzdem konnte ich es sehr gut vergessen. Lange blickt er mir entgegen, während ich schlucke. Verflucht! Wo ist mein Ehrgeiz, meine Entschlossenheit hin? Romana hat recht, dass ich plötzlich den devoten Part annehme.

»Gut, lass es uns testen.« Sein Blick ist scharf, so als wären es die falschen Worte. »Nur so weiß ich für mich, ob ich es wirklich überwunden habe.«

»Du weißt, dass ich dir nie etwas antun würde, Maron.« Er küsst mich, während ich zustimmend nickte. Sein Kuss stiehlt mir meinen Atem, während seine Zunge meine umkreist.

»Ja, das weiß ich.«

Er zieht sich aus mir langsam zurück. »Obwohl es gerade wirklich gar nicht mal so schlecht war.« Er knurrt leise. Ich reize ihn einfach so gern, dann hilft er mir auf und ich lege mich mit dem Rücken auf das Bett.

»›Gar nicht mal so schlecht‹ klingt wie eine Drei Minus, Kätzchen. Ich zeige dir, wie du eine Eins schreien wirst.«

Bei seinen Worten muss ich lachen und bekomme kaum mit, wie er nach meinen Handgelenken greift, die hässlichen Striemen streichelt und küsst und sie dann an den Bettpfosten festbindet. Er nimmt keine Handschellen, sondern Seile. Solange nur meine Arme fixiert sind, spüre ich kein mulmiges Gefühl, aber als er meine Fußgelenke vorsichtig mit den weichen dunklen Seilen festbindet, wandert ein Schauder meinen Rücken langsam herunter und Gänsehaut bildet sich auf meinen Unterarmen.

»Wie fühlst du dich?«, fragt er mich und bleibt neben dem Bett stehen. Mit meinen Augen fahre ich seine athletische Brust entlang, die sich in der Dunkelheit nur etwas abzeichnet.

»Von einer Skala von eins bis zehn: fünf.«

»Klingt nicht gut.«

»Mach weiter. Ich will es überwinden.«

Er stöhnt, aber nickt. Dann steigt er zwischen meine Beine auf das Bett und steht in seiner vollen Größe zwischen meinen Beinen, bevor er sich hinkniet und seinen Schwanz massiert, der in der Zwischenzeit nur noch halb erigiert ist. Ihm scheint die Situation genauso wenig zu gefallen wie mir. Aber es war seine Idee.

»Tu mir den Gefallen und hab keine Zweifel, Lawrence. Das verunsichert mich nur noch mehr.« Denn das tut es wirklich.

»In Ordnung, ma jolie.«

Seine Hände wandern über meinen Bauch, auf dem ich noch die Brandmale spüren kann, dann beugt er sich vor, und als ich glaube, er würde jede Sekunde in mich eindringen, schrecke ich zurück. »Sch. Ich will nur das machen.«

Sein Kopf bewegt sich zu meinem Bauch und küsst meinen Bauchnabel, weiter hinab zu meinem Venushügel. Seine Lippen bewegen sich so langsam, dass ich mich unter seinen Berührungen entspannen kann, trotzdem warte ich jede Sekunde auf den Moment, in dem er in mich eindringt und ich an den Fesseln zerre, so wie in der vergangenen Nacht.

Vor mir befeuchtet er seine Finger und lässt sie zwischen meine Beine gleiten, was sich gut anfühlt, weil er will, dass ich spüre, wie anders es mit ihm ist als mit Dubois. Er kurbelt meine Hitze an, streicht über meine Perle und umkreist sie zart, während er gleichzeitig langsam in mich eindringt und ich kurz nach Luft schnappe. Er kniet genauso zwischen meinen Beinen wie Robert. Mein Blick wandert zu dem Pflaster, zu meinem Bauch, als er mit einem Stoß sein großes Glied in mich drängt und wieder die Gänsehaut über meine Unterarme wandert.

In der Dunkelheit sieht alles genauso aus wie gestern. Dasselbe dunkelblonde Haar, die dunklen Augen, das Gesicht, das zur Hälfte überschattet ist, und die Haltung. Er hebt seine Hand und wandert mit ihr über meine Oberschenkel zu dem Schnitt.

»Boosté!«, rufe ich panisch. »Stopp!« Augenblicklich stoppt er seine Bewegungen und will sich zurückziehen.

»Nein, warte, können wir das Licht anmachen? Ich will dein Gesicht sehen, deinen Körper, weil ...«

»Weil du es sonst mit ihm verwechselst«, unterbricht er mich.

»Ja.« Er beugt sich etwas über mich und schaltet die Nachttischlampe ein. Auf seinem sonst arroganten Gesicht sehe ich, wie es ihn fertig macht, mich so zu sehen.

»Hey, schau nicht so, wir kriegen das hin.«

»Du bist wirklich mutig.« Mit beiden Händen umfasst er mein Gesicht und küsst mich sinnlich. »Ein weiterer Versuch?«

Ich nicke. Im Leben hätte ich nie gedacht, mich einmal so ausgeliefert zu fühlen und zugleich so sicher. Ich werde es überstehen, weil ich es will und Lawrence mir hilft.

Wieder zwischen meinen Beinen fragt er: »Bereit?«

»Ja.« Nun kann ich sein schön geschnittenes Gesicht sehen, das völlig anders ist als Roberts, seine Hände, die mir nicht schaden wollen, und seine Härte, die er vorsichtig in mich schiebt. Ich atme und schaue zu ihm, während er in mir ist und eine Augenbraue hebt, die fragt: *Geht es?*

Ich nicke und er bewegt sich langsam weiter in mir. Die Stille ist das Einzige, was mich verrückt macht.

»Wie ... wie hast du dir unser gemeinsames Anwesen in Frankreich vorgestellt?«, frage ich ihn und behalte seine Augen fest im Blick. Er verzieht sein Gesicht, als hätte ich ihn grade veräppelt. »Los, sag irgendwas. Sprich mit mir.«

»Ganz bescheiden, Schatz. Ich dachte an sechs Schlafzimmer.« Er stößt wieder zu, während eine Hand meine Hüfte fest umgreift, aber nicht zu fest, dass es wehtut. Ich schaue flüchtig zu den Seilen, die er wirklich sehr gut angebracht hat. »Dann einen großen Pool, der in Form eines Tropfen gebaut sein kann.« Mit einer Hand greift er zu einem Kissen und schiebt es mir zwischen Po und Rücken.

»Tropfenförmig?«, frage ich. Sein spöttisches Grinsen ist kurz zu sehen, bevor seine Härte wieder in mich stößt und er allmählich schneller wird. Weiterhin massiert er meine Klit, sodass die Angst von mir abfällt. Irgendwo habe ich einmal gelesen, dass, wenn ein Mensch einen Orgasmus hat, er keine Angst empfinden kann. Vielleicht stimmt es und Lawrence würde mir helfen, über den Schatten zu springen.

»Ja, damit du bei dem Anblick jeden Morgen an einen Lusttropfen denken musst, den du jederzeit am liebsten von mir ablecken möchtest.« So etwas Bescheuertes kann nur ein Mann sagen.

»Du Vogel!«, bringe ich mit einem Lächeln hervor. Er bewegt sich schneller, sodass ich meine Finger in die Seile kralle, was mir Halt gibt und mich nicht einengt.

»Warum nicht? Ist eine hübsche Form. Dann bräuchten wir drei Bäder. Eines für dich, weil du einfach zu lange brauchst, auch wenn ich gerne eine Dusche mit dir am Morgen teile, und eines für mich selbstverständlich.«

»Ah«, keuche ich, weil mein Körper langsam unter Strom steht und er mich zu meinem Höhepunkt jagt. »Wofür das dritte?«

Seine Hand streichelt meine Bauchseite entlang, als er intensiver in mich eindringt und ich das Verlangen habe, ihn zu mir herabzuziehen und auf mir zu spüren.

»Für Gäste ...«, keucht er und schließt kurz die Augen. »Gott, das Reden stört.«

Innerlich verdrehe ich die Augen, aber weiß, was er meint, weil ich nicht mehr reden will, nicht mehr reden kann, sondern alles um mich herum ausblenden möchte, um mich ihm hinzugeben, eins mit ihm zu sein. Und genau zum selben Zeitpunkt, als er laut stöhnt, breitet sich die Hitze zwischen meinen zitternden Beinen aus und ich komme. Ich biege meinen Rücken durch, während er mich festhält – fast so, als würde er mich zusätzlich halten – und sich dabei unsere Blicke kreuzen. Er sieht so perfekt aus, so stürmisch und zugleich voller Leidenschaft.

Nach wenigen Sekunden atme ich ruhiger, sauge das Gefühl, das wellenartig meinen Körper durchströmt, auf und schließe meine Augen. An meinen Knöcheln spüre ich, wie Finger sie aus den Seilen befreien und Lawrence im nächsten Augenblick über mir liegt, meine Wange streichelt und sich seine Lippen auf meinen bewegen.

»Du warst wunderbar«, sage ich leise.

»Es ist keine Seltenheit, dass ich das höre. Aber freut mich, mein Kätzchen. Du scheinst es überstanden zu haben«, höre ich seine tiefe Stimme neben meinem Ohr.

»Ja, dank dir.«

Seine Lippen küssen meinen Hals, Hände fahren meine festgebundenen Arme entlang, die mich aus den Fesseln befreien, und sein Duft nach Meer, Amber und etwas, das Zimt ähnelt, dringt in meine Nase, sodass ich meine Arme um ihn schlinge, als er sie losgebunden hat. Er hebt mich hoch und trägt mich ins Bad, um mir die Reste des Schokoladeneises abzuwaschen, dann gehen wir wieder in das Zimmer und er zieht mich zurück ins Bett.

»Happy Birthday, ma jolie noir.« Ich lächle ihm entgegen. Ein Blick auf den Wecker zeigt mir, dass es gleich Mitternacht ist, ich aber bereits jetzt erschöpft von dem Tag bin. Lawrence streckt seinen Arm aus, schaltet das Licht aus und zieht mich an seine Seite. Nackt und schutzlos schmiege ich mich an ihn und lausche seinen tiefen Atemgeräuschen, während er über mein Haar streicht.

»Das war der schönste Geburtstag seit langem«, wispere ich fast zu mir selber, weil es stimmt. Die Brüder haben mir einen besonderen Tag geschenkt, mit dem ich niemals gerechnet hätte.

»Hm ... das höre ich gern.« Er gähnt neben mir, bis seine Atemzüge in ein gleichmäßiges Atmen übergeht und er eingeschlafen ist. Herrlich, wie er so dicht neben mir liegt – und das nur neben mir. Mit der Hand lange ich vorsichtig, um ihn nicht zu wecken, nach meinem Smartphone und stelle einen Wecker ein, bevor ich ebenfalls einschlafe.

17. Kapitel

Von dem Leuchten meines Handys in der Hand werde ich wach. Langsam rege ich mich und spüre das Brennen auf meinem Po von Dorians Hieben, aber sie lassen mich schneller munter werden. Ich schalte mein Handy aus, damit Lawrence nicht geweckt wird, und sehe ihm wenige Sekunden beim Schlafen zu, obwohl es sehr dunkel ist und sich meine Augen an die Dunkelheit gewöhnen müssen.

Er sieht immer völlig anders aus, wenn er schläft, fast wie ein Junge, der niemandem etwas zuleide tun könnte – was er auch nicht kann, das habe ich in so vielen Momenten bei ihm gespürt. Ohne die Matratze zum Schaukeln oder Knarren zu bringen, erhebe ich mich, schnappe mir mein Bikinioberteil und Höschen, die auf dem Boden verstreut liegen, und verlasse leise das Zimmer.

Erleichtert atme ich auf und folge dem Gang, der durch das Wohnzimmer führt und in dem Gott sei Dank niemand zu sehen ist, und steige die Treppen zum Deck hoch, um ungestört zu sein. An Deck finde ich auch niemanden vor und lehne mich nackt über die Reling.

Die Yacht schwankt unter mir friedlich im Meer, während über mir der Halbmond leuchtet, der sich zwischen den Wolken versteckt. Erst jetzt bemerke ich, dass die Yacht an einem Strand ankert. Ich lehne mich über die Brüstung und erkenne einen Sandstrand, dahinter sehr weit entfernt Gebäude und hohe Palmen und Sträucher, die von schwachen Laternenlichtern beleuchtet werden. Wo genau sind wir? Ich weiß es nicht. Gideon muss das Schiff vor Anker gelegt haben, als ich geschlafen oder im Whirlpool gelegen habe.

So typisch, Maron, kaum bist du abgelenkt, vergisst du die Welt um dich herum – was falsch ist. Ja, denn ich sollte immer aufpassen, was um mich herum passiert. Die Nacht ist so angenehm warm, dass ich nicht friere, mir aber trotzdem den Bikini anziehe, um mich wohler oder wohl besser angezogener zu fühlen.

Dann schalte ich mein Handy ein, noch zwei Minuten, bis es drei Uhr ist. Ob Kean mich wirklich anrufen wird? Und was soll ich ihm antworten? Er hört jede Lüge aus meiner Stimme – das war schon immer so.

Viele Gedanken gehen mir durch den Kopf, als ich weiter über die Reling gelehnt auf die Wellen starre, die an den Strand gespült werden. *Hier ist es traumhaft schön, fast wie im Paradies, aus dem ich nie mehr aufwachen möchte.*

Von dem Vibrieren in meiner Hand werde ich aus den Gedanken gerissen. *Kean.* Er ist wirklich wach geblieben, um ungestört mit mir reden zu können. *Wie früher ...*

»Salut«, gehe ich nach dem vierten Vibrieren ran.

»Hallo, ma Amant. Kannst du jetzt reden?«

»Ja, sie schlafen alle.« Seine warme und zugleich feste Stimme wirbelt in mir weitere Erinnerungen wach, die ich oft verdrängt habe.

»Sehr gut. Jetzt erzähl mir in Ruhe und ohne die wichtigen Details auszulassen, was passiert ist.« Schon wie er die Worte »ohne die wichtigen Details auszulassen« ausspricht, erinnert mich an ihn als Master.

Kurz hole ich Luft, weil ich mir neben ihm so hilflos vorkomme. *Aber er kennt dich, er macht dir keine Vorwürfe oder würde dumme Bemerkungen machen. Er ist anders als die Menschen, die du zuvor in deinem Leben getroffen hast.*

»Ich bin seit anderthalb Wochen von den Chevalierbrüdern gebucht worden und bisher lief alles fast hervorragend, außer dass sie mich öfter dazu zwingen, die Kontrolle abzugeben, was ich immer versuche zu verhindern ...« *Verflucht, warum muss ich mich vor ihm erklären?* »Doch das ist nicht das Wichtige.«

»Ich denke schon.«

»Nein, hör mir bitte zu. Zumindest hatte ich gestern Nacht einen Vorfall ...«

»Ja?«

Ich blicke zum Himmel auf. »Gott, mich hat ein Kunde während der Reise mit den Brüdern angetroffen – nicht zufällig – und er hat mich in ein Hotelzimmer verschleppt, mich festgebunden ...« Gott, darüber zu reden, fällt mir wirklich schwer, obwohl ich ansonsten immer alles offen ausspreche.

»Was hat er getan?«, knurrt er, obwohl seine Stimme gleichzeitig gefasst klingt.

»Meinen Bauch mit heißem Wachs überzogen, mir einen hübschen Schnitt am Oberschenkel verpasst und ja, fast ...«

Los, sag es! »Fast vergewaltigt. Aber die Brüder haben mich gefunden.«

Eine beklemmende Ruhe tritt ein, sodass ich nur das Rauschen dees Meeres höre und am liebsten auflegen möchte. So gern wollte ich mit ihm in den vergangenen Monaten reden, aber nicht über solche Dinge. Unruhig fahre ich durch mein offenes Haar, das bereits getrocknet ist, und seufze.

»Aber es ist alles glimpflich verlaufen, ich habe es überwunden und ...«

»Bist du dir sicher? Du hörst dich nicht gerade überzeugt an. Wie ist der Name des Kunden?«

»Du weißt, dass ich darüber keine Auskünfte geben darf.«

»Sicher, aber wenn solche Fälle passieren, schütze ich meine Schülerinnen.«

»Ich bin nicht mehr deine Schülerin, Kean. Seit zwei Jahren nicht mehr, seit ... seit du mir gesagt hast, dass du mich nicht mehr sehen kannst, nicht mehr ertragen kannst. Ich habe bisher jedes Problem gemeistert, auch ohne deine Hilfe.«

»Gab es Momente, in denen du meine Hilfe gebraucht hättest?«, fragt er mich und ich erstarre. *Die gab es unzählige Male.*

»Ja, aber ich habe deine Anweisung befolgt.«

»Und dir einen Ruf erarbeitet, auf den ich wirklich stolz bin, ma Amant.«

»Hör auf mich so zu nennen, ich war einmal dein Amant, aber jetzt nicht mehr. Du wolltest wissen, wie es mir geht. Nun weißt du es.«

»Kein Wort mehr oder ich reise sofort nach Arabien und weise dich zurecht. Du hast nicht das Recht, mir vorzuschreiben, wie ich dich nenne.«

»Aber es –«.

»Sei still oder du wirst mich vor Ort erleben, wie du dich mir gegenüber zu verhalten hast. Ich bin kein Kunde.« In seiner Stimme schwingt eine unausgesprochene bittersüße Drohung mit, die Ausstrahlung, die er immer hatte, wenn ich mich ihm widersetzt habe. Gerade sehe ich ihn in einer schwarzen Hose, einem dunkelblauen Shirt vor mir, das wellige dunkelblonde Haar aus der Stirn gestrichen, seine dunklen Augen auf mir, unter denen ein finsterer Zug zu erkennen ist, obwohl er mir höhnisch zulächelt und kurz zu dem Tisch schaut, wo Seile, Fesseln, Peitschen und Gerten zu sehen sind.

»Das weiß ich«, antworte ich ruhig und hole tief Luft.

»Jetzt verrate mir seinen Namen, ohne Einwände.«

»Robert Dubois.«

Ich höre ihn etwas auf einer Tastatur eingeben. Nein, er wird ihn nicht ausfindig machen. »In den nächsten Tagen werde ich erfahren, was mit ihm passiert. Es ist nicht nötig, dass du dich darum kümmern musst.«

»Überlass das mir. Ich werde mit Sicherheit keinen dieser Typen einen Tag länger durch deine Stadt ziehen lassen. Vergiss nicht, dass er das Gleiche womöglich mit anderen Escortdamen versucht hat, bei denen es ihm möglicherweise gelungen ist. Sei nicht immer selbstsüchtig und denk nur an dich.« Bei seinen strengen Worten stockt mir der Atem. *Selbstsüchtig?* Das klingt fast schon beleidigend.

»Habe ich deinen Stolz verletzt, ma Amant? Schon an deiner Stimme höre ich, wie du dich verändert hast, mir gegenüber verändert hast.«

»Es sind so viele Monate vergangen ...« Als wäre das eine Erklärung. »Wie geht es dir?«, möchte ich wissen und nicht länger hören, wie sehr ich mich verändert habe.

»So weit sehr gut.« *Er gibt kaum etwas von sich preis, wie immer.*

»Erzähl mir etwas über Romana Boyér, denn diese Frau befindet sich bei mir auf der Yacht und behauptet, ebenfalls deine Schülerin zu sein, von der ich bisher nie etwas gehört habe.«

»Sie war keine gute Schülerin, aber ja, ich habe sie unterrichtet, bis ich es abbrechen musste.«

»Abbrechen? Warum?«

Ein leises Lachen ist zu hören, bevor er Luft holt. »Nun, die dominante Seite konnte ich nicht in ihr entfalten wie beispielsweise in dir. Nicht jeder, der von mir und den anderen im Club unterrichtet werden will, ist geeignet für den Umgang mit BDSM. Sie war es nicht.«

»Seltsam, sie hat sich wie eine Rivalin aufgeführt. Zuerst bin ich tatsächlich auf ihre Worte hereingefallen, weil sie mir erzählt hat, deine Schülerin zu sein, aber heute Abend hat sie Dinge angesprochen, die sie nichts angingen und deine Regeln verletzen.«

»Was genau hat sie angesprochen?« Die Neugierde schwingt in seiner Stimme mit.

»Dass du Bilder von mir in deinem Spind hängen hast. Stimmt es? Was ist mit Kathy? Ich dachte, du hättest die Dinge geklärt.« Kean führte nicht umsonst eine offene Beziehung, um solchen Vorwürfen, vorprogrammierten Auseinandersetzungen und Eifersuchtsdramen aus dem Weg zu gehen. Ich finde seine Lösung hervorragend, wenn Kathy nicht von ihm schwanger geworden wäre. Sie ist eine eigenwillige Frau, mit der ich mich nie wirklich anfreunden konnte. Es lag an ihrem seltsamen Verhalten mir gegenüber, was ich nicht nachvollziehen konnte. Denn immer wieder sah ich ihr an, wie sie mir am liebsten das Herz aus der Brust gerissen hätte, weil sie nicht blind war. Sie hat gesehen, dass zwischen Kean und mir mehr war als körperliche Zuneigung, wenn auch keine Liebe, dann tiefe Verbundenheit.

Nach der Zeit hatte ich geglaubt, er würde eine glückliche Beziehung mit dem nun sechs Monate altem Kind führen. Ich weiß nicht einmal, ob es ein Mädchen oder Junge ist, wie es heißt – nur dass er sich sehr auf das Kind gefreut hat.

»Nachdem du gegangen bist, Maron, lief es besser – was nicht bedeuten soll, dass mir nicht etwas gefehlt hätte. Aber vor zwei Monaten habe ich es beendet.« *Was?* Mit einem entsetzten Blick starre ich zum Sandstrand. *Soll ich mich freuen oder nachfragen?* Im Prinzip geht es mich nichts an. Und ich bin froh, nicht Grund der Trennung zu sein – das hätte ich nicht ertragen ... »Doch Romana hat recht, ich habe Bilder von dir aufgehoben, um jeden Tag dein Lächeln zu sehen.«

»Wohl eher meine Brüste«, kann ich mir meine Bemerkung nicht verkneifen.

»Die auch. Du scheinst wirklich nicht so mitgenommen wegen der Sache mit dem Kunden zu sein. Ich weiß, dass du stark bist, ma Amant, aber selbst du kannst es nicht wegstecken.«

»Doch, ich habe eine Session abhalten lassen.«

»Lassen?« Kurz schlucke ich, bevor ich ihm alles erzähle, er meinen Worten lauscht und nichts dazu sagt. Ob er von mir enttäuscht ist oder meine Vorgehensweise verstehen kann, kann ich nicht sagen. Er will immer mehr über die Brüder wissen, was ich ihm erzähle und keinen Teil auslasse.

»Am besten, du nimmst nach der Reise Abstand von den Brüdern.«

»Warum?« Weil es nicht geht, wenn Lawrence vorhat, mich weiterhin zu buchen.

Ein tiefes Lachen ist zu hören, bevor er sagt: »Weil sie aus dir machen, was du nicht sein wolltest.«

»Aber vielleicht will ich es sein.«

»Du machst dich abhängig von ihnen, und ich rate dir, solange du es unter Kontrolle hast, die Tage, so wie ich es dir beigebracht habe, nur mit deinem Geist zu nutzen. Die Session mag dir geholfen haben, um deine emotionale Last abzuschütteln, aber sie schafft Verbundenheit, mit der du nicht spielen solltest.«

Warum weiß ich bereits jetzt, schon zu weit gegangen zu sein? Aber er hat recht, ich sollte wieder zur Vernunft kommen, die Reise nicht als Erlebnis, sondern Job ansehen – wie ich sie angetreten habe.

»Das werde ich.«

»Sehr gut. Ich hoffe sehr, dass du wirklich damit zurechtkommst. Du kannst dich jederzeit an mich wenden. Und Maron.« Er macht eine kurze Pause, um Luft zu holen. »Das ist nicht das Angebot als Master, sondern deines Freundes.« Bei den Worten verziehe ich mein Gesicht, aber nicke, bevor ich mich vom kühlen Metallgeländer abstoße und ein paar Schritte auf dem Deck laufe.

»Ich werde es annehmen, wenn ich es für angebracht halte. Trotzdem danke ich dir«, antworte ich und laufe an den Fenstern des Esszimmers, das mit dem Wohnzimmer verbunden ist, vorbei, weiter an den anderen Räumen.

»Ich würde mich freuen, wieder öfter von dir zu hören.«

»Etwa weil du die Beziehung zu Kathy beendet hast?«, frage ich fast spöttisch, weil ich seinen Hintergedanken erkennen kann.

»Nicht nur deswegen, du weißt, dass wir eine aufregende Zeit verbracht haben, die ich mit keiner anderen Schülerin erlebt habe.« Fast klingt es so, als hätte er sich gewünscht, eine neue Frau zu finden, die zu ihm das gleiche innige Verhältnis aufgebaut hätte.

»Das haben wir, Kean, und ich erinnere mich gerne an die Zeit zurück, doch ...« Neben einem Fenster bleibe ich stehen und sehe den Rücken eines Mannes zwischen halbzugezogenen Vorhängen, dunkles Haar und eine nackte Frau neben ihm liegen. Zuerst glaube ich, es ist Dorian, aber als ich mich herabbeuge, erkenne ich auf der Innenseite des Oberarms Gideons Tattoo, das zwischen den Kissen schwer zu sehen ist, aber ich die wenigen Linien deuten kann. Er liegt nackt neben Romana und hält sie im Arm. Der Anblick erinnert mich an uns, wenn er mich immer an sich gezogen hat und ich mich geborgen bei ihm gefühlt habe. Warum Romana? Ich dachte, er würde sie zurechtweisen ... indem er mit ihr schläft? Der Anblick verpasst mir einen Stich, sodass ich hart schlucke.

»Was wolltest du weiter sagen?«, fragt mich Kean, weil ich meinen Satz unterbrochen habe.

»Ich ...« Kurz presse ich die Lippen aufeinander. Es fällt mir schwer, meinen Blick von dem Bett zu lösen, aber ich tue es. »Ich werde mich bei dir melden, wenn ich es für richtig halte. Vielleicht schneller, als du denkst. Ich sollte jetzt meinen Schlaf aufholen. Und ... wir sprechen nach der Reise.«

»Was ist los?«

»Gar nichts. Mir machen nur andere Dinge zu schaffen. Meine Mutter meldet sich fast jeden Tag und will wieder Kontakt zu Chlariss und mir aufnehmen. Mehr nicht. Aber ich bekomme das selber geregelt«, lüge ich, weil er weiß, wie ungern ich über meine Familie spreche und ich hoffe, dass er so keine falschen Schlüsse zieht.

»Bonne nuit, Kean. Ich melde mich, versprochen.«

»Bonne nuit, ma Amant.« *Nein! Er soll das nicht sagen.*

Schnell lege ich auf und tigere wenige Minuten später auf dem Deck auf und ab, weil mich viele Gedanken quälen. Alles stürzt auf mich ein – jeden Tag mehr und ob ich es zugeben will oder nicht: Mit jedem Tag verliere ich mehr die Kontrolle!

Immer ein Stück mehr.

18. Kapitel

»Du hältst den Schläger völlig falsch, Schatz«, korrigiert mich Lawrence in einem typischen weiß-blauen Golfoutfit zum gefühlten zwanzigsten Mal, während sein Vater mir belustigte Blicke zuwirft.

»Nun, es sieht ganz danach aus, als ob Maron wenig Erfahrung im Golfen hat.« *Ach nein, wirklich?* – schlucke ich meine zynische Antwort herunter. Ich hasse Golfen, habe ich schon immer. Der Sport ist etwas für Langweiler, aber nichts für mich. Außer den appetitlichen Häppchen, die wir vorhin im Clubgebäude vor uns eingenommen haben, ist rein gar nichts auf der großen grünen hügeligen Fläche interessant. Ich habe keine Ahnung, wie ich die Schläger halten soll, weiß weder, welchen Schläger ich benutzen kann, noch, wo sich manchmal mein Ziel befindet.

Nadine hingegen gibt eine hervorragende Golfspielerin in ihrem kurzen weißen Röckchen ab, der ich am liebsten den Schläger über den Hintern ziehen würde, weil sie mich in diesem Punkt schlägt und eine gute Figur macht.

»Probiere es so«, fordert mich Lawrence mit einem breiten zuversichtlichen Lächeln auf, bleibt einen Schritt hinter mir stehen und wartet, bis ich den Schlag mache. Ich zähle leise bis drei und hole aus, mit solch einer Wucht, dass der Ball über den nächsten Hügel verschwindet und ... *Nein, war dort nicht ein Teich?*

»Ähm ja, toller Schlag, nur nicht ganz die Richtung, die wir anstreben wollten, Maron«, höre ich Lawrence neben mir. »Wenn du so weitermachst, verlieren wir.«

Was wäre so schlimm daran? In diesem dämlichen Spiel würde ich verlieren, ohne dass es mir etwas ausmacht. Und keine drei Stunden später verlassen Lawrence und ich als Verlierer den Platz. Ich sehe ihm an, dass er das ungern auf sich sitzen lassen will, während Nadine sich freudestrahlend an seinen Vater schmiegt, schwinge ich gelassen den Schläger zwischen meinen Fingern.

»Jetzt sei nicht beleidigt, Tiger. Mir fallen viel interessantere Dinge mit diesem Chipper ein.« *Ha!* – den Namen habe ich mir zumindest gemerkt.

»Es ist ein Pitching Wedge«, korrigiert er mich und hebt beide Augenbrauen, als er zu meinem Schläger sieht.

»Was es auch ist, Schatz, die Kombination Holz und Metall gefällt mir und würde sich sicher gut auf deinem Arsch machen.«

»Du scheinst völlig die Alte zu sein. Die Nacht muss dir wirklich geholfen haben. Freut mich.« Er umfasst meine Hüfte und zieht mich vor dem Eingang des Clubgebäudes näher an sich. Ja, die Nacht hat mir sehr geholfen, über viele Dinge nachzudenken und mich endlich wieder zu dem zurückzuholen, was ich bin, was mich ausmacht.

»Ja, hat sie.«

Nachdem wir heute Morgen nach dem Frühstück mit der Yacht wieder in Dubai eingelaufen sind, hat mich Lawrence an die Verabredung mit seinem Vater erinnert, die ich in dem Moment gerne wahrgenommen habe. Gideon habe ich an dem Morgen nur kurz am Frühstückstisch gesehen, genau wie Romana, die nur in einem Slip bekleidet demonstrativ an uns vorbeigelaufen ist. Dorian und Jane hingegen waren als Erste wach und haben den Tisch gedeckt und so wie es aussah, ebenfalls ihren Augen kaum trauen können, als sie Gideon und Romana gesehen haben.

Leise habe ich Dorian zu Lawrence »... wie früher« sagen hören, aber es ignoriert, indem ich auf meinem Handy die letzten Geburtstagsnachrichten gelesen habe.

Mir sollte es egal sein, was Gideon mit Romana macht, obwohl es Romana erstaunlich schnell gelungen ist, ihn um den Finger zu wickeln. Wer weiß, was sie für Lügen erzählt hat. Denn nach Keans Worten weiß ich nun, dass ihr nicht zu trauen ist. Doch wenn Gideon darauf reinfällt, ist er selber schuld. Ich werde ihn mit Sicherheit nicht darauf ansprechen. Nein, ich habe noch dreieinhalb Tage mit den Brüdern, dann ist mein Auftrag erledigt und die Reise beendet.

Dorian

Wieder im Anwesen trägt der Chauffeur die Koffer in das Foyer, während ich eine Dusche nehmen will. Jane sieht ebenfalls aus, als bräuchte sie Ruhe, auch wenn sie mir wieder dieses niedliche Lächeln schenkt, als sie mich küsst und sich danach in ihr Zimmer begibt. Wenn ich keine Verpflichtungen hätte und der Zeitplan mir nicht im Nacken liegen würde, wäre ich ein drittes Mal über sie hergefallen, bis sich ihr hübscher Mund von einem Lächeln zu einem Stöhnen verwandelt hätte.

Ich grinse bei dem Gedanken und gehe unter die Dusche. Als ich fertig bin, ziehe ich einen dunklen Anzug an, kämme mein Haar, ordne meine Unterlagen und binde mir die Schuhe zu. Obwohl Vater mit Law und Maron einen angenehmen Tag verbringt, muss ich ins Büro, bevor ich mir die ersten Bilder des Interviews ansehen darf – auf die ich am meisten gespannt bin.

Auf dem Gang treffe ich Gideon, der Romana zu ihrem Hotel gefahren haben muss. Was zwischen ihnen läuft, gefällt mir nicht, aber ich werde mich sicher nicht einmischen. Wenn ich es wie früher mache, würde er mir bloß vorhalten, dass ich sein jüngerer Bruder bin und ich mich aus seinen Entscheidungen raushalten solle. *Ganz Lawrence' Manier.*

»Bist du fertig?«, frage ich ihn, weil wir zusammen losfahren wollten. Es sei denn, er besteht darauf, allein zu fahren, was für mich kein Problem ist.

»Nein, gib mir zehn Minuten.« Er begegnet meinem Blick mit einem gehetzten Gesichtsausdruck, den ich nicht deuten kann, bevor er die Stufen zu seiner Etage hocheilt. Etwas ist vorgefallen.

Mit dem Blick auf der Uhr warte ich fünfzehn Minuten in der Einfahrt auf meinen Bruder, der endlich aus der Tür tritt.

»Ich möchte heute meinen Wagen nehmen«, sage ich und deute auf den silbernen Mercedes Cabrio.

»Meinetwegen«, murmelt er und richtet seine Hemdärmel, bevor er sein Jackett überstreift und ich zu meinem Auto gehe, einsteige und auf ihn warte. Als er Platz nimmt, fahre ich los und gebe ihm ein paar Minuten, sich zu sammeln.

»Was ist passiert?«, frage ich ihn und schaue, als wir an einer Ampel stehen, zu ihm. Gideon stützt seinen Ellenbogen am Fensterrahmen auf und stöhnt genervt, bevor er die Sonnenbrille auf seiner Nase richtet.

»Es ist nichts passiert, nur dass ich mich getäuscht habe.«

»In wem?«, hake ich nach.

»Maron.« Warum sollte er sich in ihr täuschen? Ich schalte, als die Ampel auf Grün springt, und gebe Gas. Der warme Zugwind umfährt mein Gesicht, sodass ich mich wieder der Straße zuwende.

»Wieso solltest du dich in ihr getäuscht haben, wenn du keine Erwartungen an sie gestellt hast?«

Diese Frage trifft ihn, und das soll sie, das erkenne ich an seinem leicht geöffneten Mund und seinem abfälligen Schnauben, als sei ihm meine Unterstellung gleichgültig.

»Weil ich nicht möchte, dass mir jemand etwas vortäuscht, mich belügt und sich als jemand ausgibt, der er nicht ist.«

»Als ob es dich früher gestört hätte.« Mein Lächeln kann ich kaum verbergen.

»So langsam habe ich das Gefühl, du stehst auf Marons Seite.«

Was für ein Schwachsinn!

»Wie kann ich auf ihrer Seite stehen, wenn ich nicht weiß, was vorgefallen ist? Jetzt sag, was passiert ist. Habt ihr euch heimlich getroffen und seid euch an die Gurgel gegangen?«

Er presst seine Lippen fest aufeinander und starrt stur auf die Straße vor uns.

»Nein. Ich habe heute Nacht lange mit Romana reden können. Und sie hat mir einige Dinge über Maron gesagt, die ich besser nicht hören wollte.«

»Was für Dinge?«

»Sie meint, es sei ihre Art, sich Vorgeschichten einfallen zu lassen wie die mit ihrer Schwester oder das mit ihrer Mutter. Kein Wort ist wahr«, knurrt er. »Alles Lügen.«

Ich weiß von Gideon die Wahrheit über Maron, die er mir anvertraut hat, um sich meine Meinung einzuholen, und ich habe gesehen, wie ihn ihre Geschichte mitgenommen hat, obwohl er sich vor Maron nichts anmerken lassen wollte. Das war der erste Moment, in dem ich begriffen habe, dass ihm wirklich etwas an dieser Frau liegt. Und jetzt soll Maron ihn belogen haben, bloß weil Romana ihm das erzählt? Sie kennen sich doch beide überhaupt nicht.

»Ich war gestern Abend dabei und habe mitbekommen, was Romana für eine Show abgezogen hat. Wenn, dann würde ich ihr kein Wort glauben. Was hast du mit ihr besprochen, dass du ihren Worten statt Marons glaubst?«

»Ich glaube ihr nicht nur, Dorian, ich weiß es. Ich habe in sämtlichen Krankenhäusern Marseilles angerufen, um eine Chlariss Noir ausfindig zu mache, ich habe ihnen sogar Spenden angeboten, als mir alle gesagt haben, dass sich keine Chlariss Noir in ihrem Krankenhaus in Behandlung befindet.« Als ich die Worte höre, trete ich auf die Bremse und fahre schnell an den Straßenrand, dabei ziehe ich mir mürrische Blicke und ein Hupen anderer Autofahrer zu.

»Du hast *was* getan! Gehst du nicht etwas zu weit!«, fahre ich ihn an und schaue in seine Richtung, als der Wagen steht.

»Nein, ich will die Wahrheit wissen.« Ich bin fassungslos, welche Grenzen er überschreitet, nur um alles über die Frau zu wissen.

»Das ist mit Abstand das Dümmste, das du seit Jahren abgezogen hast. Du kannst nicht erst versuchen, ihr Vertrauen zu gewinnen, und dann sämtliche Krankenhäuser in Marseille nach ihrer Schwester abtelefonieren.«

Er zuckt belanglos die Schultern. »Ich habe meine Antwort, Dorian, und glaub mir, ich wollte es selber nicht wahrhaben. Sie ist, wie wir sie kennen gelernt haben.«

»Weißt du, was ich seit Tagen denke, großer Bruder? Dass du es bist, der nicht wahrhaben möchte, was sie ist. Wir haben sie gebucht, sie sollte uns die Reise verschönern, uns unterhalten. Natürlich wollen wir immer, dass es unseren Geliebten gut geht, sie sich wohlfühlen. Stattdessen versuchst du dich in ihr Leben zu drängen, alles über sie zu erfahren und lässt dich von Romanas Worten verleiten.«

»Ich lasse mich nicht von ihr verleiten«, knurrt er und begegnet meinem Blick.

»Ach nein? Warum fragst du Maron nicht selber danach?«

»Um mir die nächste Lüge anzuhören?« Ich schüttele verständnislos den Kopf, weil ich kaum glaube, was er abzieht. Aber mit jedem Satz, den er sagt, bestätigt er meine Vermutung, die ich seit Tagen hege.

»Ich sage es dir nur ein Mal: Entweder du hältst dich aus dem Leben dieser Frau heraus, oder du hast es dir bereits mit ihr verscherzt, als du in den Krankenhäusern angerufen hast.«

»Willst du mich verpfeifen?«

»Wenn ich dich zur Vernunft bringen kann, dann liebend gern. Ich schau nicht länger zu, wie du dich in etwas verrennst und dabei nicht mehr klar denken kannst.«

»Ich verrenne mich in rein gar nichts!«, antwortet er wütend und öffnet die Wagentür, nachdem er sich abgeschnallt hat. Auf dem Fußgängerweg, auf dem bereits viele Menschen unterwegs sind, beugt er sich zu mir über die Autotür. »Und du wirst ihr nichts davon erzählen. Ich werde mir ein Taxi nehmen.«

»Du willst mir drohen? Ich kann selber entscheiden, wann ich etwas zu wem sage und wann nicht! Dir würde ich empfehlen, Abstand von Romana zu halten. Die Frau ist berechnender, als du glaubst. Au revoir!«, knurre ich ihm entgegen, bevor ich das Lenkrad fest umfasse und mich wieder im Straßenverkehr einfädle.

Der ist nicht mehr er selbst! Wie kann er auf diese Frau hören, die gestern vor uns allen versucht hat, Maron bloßzustellen, mit Dingen vor uns zu konfrontieren, die sie nichts angehen? Entweder verrennt sich Gideon in etwas, oder er sucht einen Grund, um Abstand von Maron zu gewinnen. Sollte sie davon erfahren, würde sie Abstand nehmen – und ich könnte es ihr nicht verübeln, ich könnte sie verstehen.

19. Kapitel

Nach dem erlebnisreichen Golfen, dem folgenden Lunch, das wir in einem Restaurant in Strandnähe eingenommen haben, verabschiedeten sich Lawrence und ich uns von seinem Vater und seiner Verlobten.

Und kurze Zeit darauf, als ich mit Leon telefoniert habe, befinde ich mich in einem ganz besonderen Studio auf einer Liege und ringe die Finger.

»Ganz ruhig, Kätzchen. Es wird nur kitzeln«, will mich Lawrence beruhigen und hält tatsächlich meine linke Hand. Nur in meinem dunkelblauen BH, meiner Hose und den Pumps liege ich auf einer Liege und Finger mit Handschuhen reiben ein Desinfektionsmittel auf eine handgroße Fläche knapp unter meiner rechten Brust.

»Gott, ich kann immer noch von der Liege springen«, murmle ich zu mir, denn ich weiß, dass der schwarz gekleidete, bis zu den Ohren zutätowierte Mann mich nicht verstehen kann. Er spricht nur Englisch.

»Willst du das wirklich?«, fragt mich Lawrence und hebt spöttisch eine Augenbraue.

»Nein, aber ich bin nicht so knallhart wie du und lasse meinen halben Körper tätowieren.«

»Sie gefallen dir, das weiß ich. Ich beobachte es jedes Mal, wenn du mich nackt mit offenem Mund ansiehst.« *Mit offenem Mund?* Das würde er sich gern wünschen. Aber ja, sie gefallen mir und ich wollte schon immer ein Tattoo. Schon vor Jahren habe ich mir oft Gedanken darüber gemacht, was es werden soll. Etwas Kleines, Verborgenes, dafür etwas mit einer Botschaft.

Leons Zustimmung habe ich mir mit einem Knurren eingeholt, obwohl er nur damit zu überzeugen war, weil es kein großes Tattoo wird. Aber anscheinend hält er mich seit den letzten Tagen für verrückt. Vielleicht denkt er, ich leide seit dem Vorfall mit Dubois unter einer Verhaltensstörung und muss meine Wut und Ängste in Form von spitzen Nadeln, die mir Farbe unter die Haut jagen, abbauen. Mit den Jungs mache ich seit langem das Verrückteste in meinem Leben. Aber ich beruhige mich mit dem Gedanken, dass Kean ebenfalls tätowiert ist. Zu der BDSM-Szene passt es und ich möchte es selber für mich machen.

Lawrence nickt und ich werfe einen Blick zu dem blauen Motiv auf meiner Haut. »Es geht los.« Das Sirren der Tätowiermaschine ist zu hören, das mir Gänsehaut bereitet, und schon wird die erste Linie auf meiner Haut nachgezogen, was ziept, aber zu ertragen ist. Mein Blick bleibt kurz auf der Nadel hängen, dann auf dem Tuch, das über mein Motiv gewischt wird. Die restlichen Minuten schaue ich, ohne eine Miene zu verziehen, nur noch zu Lawrence.

»Schönes Gefühl, nicht wahr?«

Nach knapp einer Stunde kann ich nichts von einem schönen Gefühl feststellen, weil meine Haut brennt, dafür bin ich von dem Bild begeistert, als ich auf den großen Wandspiegel zugehe und sich unter meiner rechten Brust ein Symbol abzeichnet, das unser Clublogo abbildet: ein Herz mit einem Unendlichkeitszeichen in einem weichen Grau gehalten, das von einer schwarzen Schwalbe durchflogen wird. Dann wird das Motiv mit einer Folie abgeklebt und Lawrence bezahlt das Tattoo, während ich mich anziehe. *Ich habe es wirklich getan.*

Auch wenn mich in Zukunft Kunden darauf ansprechen werden, bleibt es mein Geheimnis, was das Tattoo zu bedeuten hat: Freiheit, Verbundenheit und die Erinnerung an diese Reise.

Als wir das Studio verlassen und ich permanent lächeln muss, klingelt mein Handy.

»Warte, ich geh kurz ran«, sage ich zu Lawrence, der mich zu seinem schwarzen Maserati führt. Es ist das Krankenhaus. Ich habe doch gestern erst angerufen, es sei denn, es ist etwas vorgefallen.

»Noir, Salut.«

»Salut, Madame Noir, Schwester Daphne hier.« Oh, meine Lieblingsschwester.

»Ist etwas mit Chlariss?«, möchte ich gleich wissen, starre zu der verspiegelten Scheibe des Studios und werfe dann einen kurzen Blick zu Lawrence, der am Wagen wartet. Es ist bereits später Nachmittag und die Sonne wandert hinter Lawrence immer weiter auf das Meer zu.

»Nein, mit Ihrer Schwester ist alles in Ordnung, deswegen rufe ich nicht an. Heute Morgen hat ein Mann sich nach ihr erkundigt. Und ich wollte Sie fragen, ob Sie ihn kennen.«

»Ein Mann? Aber Sie haben sicher keine Auskünfte gegeben, so wie ich es bestimmt habe.« Meine Augenbrauen ziehen sich zusammen. Wer könnte das sein?

»Nein, schon allein wegen der Schweigepflicht dürfen wir keine Auskünfte geben, das wissen Sie ja. Trotzdem hat er es versucht – sehr aufdringlich – und uns sogar Spenden angeboten. Der Herr hieß, wenn es Schwester Louise richtig vermerkt hat, Gideon Chevalier.«

Mir stockt der Atem, als ich seinen Namen höre. *Ist er irre? Kann er meine Privatsphäre nicht endlich tolerieren!* »Kennen Sie diesen Mann? Ich möchte nur festhalten, ob eine Verbindung zu Ihnen besteht.« *Warum ruft Gideon im Krankenhaus an? Was soll der Blödsinn!*

»Ähm ... Nein ... nein, ich kenne diesen Mann nicht. Bitte vermerken Sie das. Sollte er noch einmal anrufen, dann weisen Sie die Anrufe bitte ab.«

»Gut, das werde ich tun. Ich leite es an die anderen Schwestern weiter. Sie brauchen sich keine Sorgen zu machen.« *Verflucht! Die mache ich mir aber.* Flüchtig blicke ich zu Lawrence, der den Autoschlüssel zwischen seinen Fingern dreht und den Blick gesenkt hält. *Weiß er davon?*

Nachdem ich mich verabschiedet habe, lege ich auf. Wie kann er es wagen, hinter meinem Rücken anzurufen und noch im Glauben sein, dass ich so dämlich bin und es nicht herausfinde? Ich habe immer alles in meinem Leben abgesichert, selbst, wenn es um meine Schwester ging.

Mit einem wütenden Blick gehe ich auf Lawrence zu, aber versuche meine Fassung zu wahren und gelassen zu schauen.

»Wir können losfahren.« Er nickt und ich steige ein.

»Sind deine Brüder im Anwesen?«, frage ich Lawrence, der mit einem Grinsen in meine Richtung sieht.

»Du kannst es wohl kaum erwarten, uns drei zu sehen. Soweit ich weiß«, er schaut auf das Armaturenbrett, »dürften sie in einer Viertelstunde im Anwesen eintreffen.«

»Wie schön. Und ja, ich kann es kaum erwarten, euch alle zusammen anzutreffen.« Ich hoffe nur, Romana ist nicht im Anwesen. Aber Lawrence danach fragen, werde ich nicht.

Kaum fährt Lawrence auf die Auffahrt, sehe ich, wie Dorian aus seinem Mercedes aussteigt, der danach von dem Chauffeur in die Garage gefahren wird. Doch von Gideon ist nichts zu sehen.

»Hast du Gideon zufällig gesehen?«, erkundige ich mich bei Dorian, der sich über sein Kinn reibt, als sei die Frage eine völlig unangebrachte.

»Er dürfte jeden Moment eintreffen. Was ist los?« Seine Nasenflügel beben kurz, als er tief Luft holt. Ein verräterisches Zeichen, dass etwas passiert ist.

»Es gibt eine Sache, die ich mit ihm bereden muss«, antworte ich in einer festen Stimme und blicke zwischen den Palmen und Oleanderbüschen zur Straße, um zu sehen, wann er eintrifft.

»Sie kann es kaum erwarten, über ihn herzufallen, und hat mich schon im Auto ausgefragt«, höre ich Lawrence hinter mir. Ich ignoriere seine Bemerkung, während Dorian seinen Mund öffnet, aber nichts sagt.

»Du weißt davon!«, spreche ich meinen Gedanken laut aus, weil ich die verräterischen Züge auf seinem Gesicht nicht länger übersehen kann. Er benimmt sich ansonsten immer sehr ruhig, gelassen und fährt sich nicht über sein Kinn, es sei denn, er will mich beeindrucken.

»Komm mit.« Er greift nach meinem Handgelenk und führt mich weiter die Einfahrt entlang in den Garten. »Lawrence, warte kurz, ich habe etwas mit ihr zu besprechen, allein.«

Ein Murren ist zu hören, aber Lawrence folgt uns nicht. Neben dem Haus bleibt Dorian auf der Terrasse stehen.

»Ich bin schon sehr gespannt, was du mit mir zu besprechen hast.« Finster funkele ich ihm entgegen, während mein frisch gestochenes Tattoo wie ein Sonnenbrand bei jeder Bewegung ziept.

»Am besten, du setzt dich.«

»Nein. Behandele mich nicht wie etwas Zerbrechliches, Dorian. Ich weiß, was er getan hat, und du auch. Was mich allerdings am meisten stört, ist die Tatsache, dass DU eingeweiht bist«, sage ich in einem gefassten Ton.

»Es ist richtig, ich weiß von deiner Schwester, Maron. Gideon hat mir von ihr einen Abend später erzählt, weil ich gesehen habe, wie ihn das Thema beschäftigt hat.«

»Ihn hat es beschäftigt?«, hake ich nach, drehe mich um und fahre durch mein Haar. »Etwa so sehr, dass er im Krankenhaus anrufen musste, um zu erfahren, ob meine Schwester dort auf Station liegt? Etwa so sehr, dass er ihnen Geld angeboten hat, um eine Auskunft zu erhalten?«

»Ich habe gewusst, dass es keine Lüge war«, höre ich ihn hinter mir.

»Lüge? Was meinst du damit?«, frage ich nach und drehe mich zu ihm um. Dorian macht einen Schritt auf mich zu und legt seine Hände auf meine Schultern.

»Romana hat Gideon erzählt, dass deine Vergangenheit eine Lüge sei und du sie erfunden hättest, um ihn weiterhin zu täuschen. Mir brauchst du nicht zu erklären, wie wichtig es ist, seine Privatsphäre zu schützen, aber für Gideon war es wichtig, mehr über dich zu wissen.« Sein Blick fällt kurz zum Rasen, als seine Mundwinkel zucken. »Ihr solltet wirklich miteinander reden, Liebes.«

»Nein, nicht mehr! Glaub mir, es wurde alles gesagt!«

»Tatsächlich?«, erkenne ich Gideons Stimme hinter mir. Abrupt drehe ich mich um und sehe ihn im Anzug, die Arme vor der Brust verschränkt, mit einem finsteren Blick vor mir stehen.

»Ich denke schon! Du hast dich in meine Privatsphäre eingemischt – mal wieder! –, im Krankenhaus angerufen und hörst auf Romanas

Lügen, die die Regeln meines Lehrers bricht und von ihm herausgeworfen wurde«, sage ich zähneknirschend, aber in einer zerreißenden Ruhe. Dabei gehe ich langsam auf ihn zu und schaue mit einem zornigen Blick zu ihm auf. »Aber das Schlimmste, was du tun konntest, war es, deinen Brüdern von mir zu erzählen, obwohl du es mir versprochen hast, dass niemand davon erfährt!«

Ich gebe ihm einen Stoß, als er kurz fassungslos zu Dorian an mir vorbeiblickt und seine verschränkten Arme lockert. Es ist eindeutig, dass er Dorians Gespräch mit mir nicht belauscht hat. »Ich bin fertig mit dir, Gideon Chevalier, und werde meine Dienstleistungen zurückziehen!«

Ich schließe kurz meine Augen, dann gehe ich an ihm vorbei, um meine Wut mit Bewegung niederzukämpfen, und begegne Lawrence. Über mir sehe ich Jane auf dem Balkon. War ich so laut? Mich interessiert es nicht!

»Warte!«, ruft mir Dorian hinterher, aber ich laufe weiter zum Eingang des Anwesens zu. Kean behält recht, ich verliere die Kontrolle und ich bin nicht mehr die, die ich war. *Hätte ich mich Gideon niemals anvertraut!*

Jetzt weiß ich, wie es sich anfühlen muss, als Gideon mich mit Robert gesehen hat und ich sein Vertrauen verletzt habe. Nur im Gegensatz zu ihm habe ich nicht den Lügen einer fremden Frau geglaubt. Wie misstrauisch muss er mir gegenüber sein, wenn er so einfach Romanas falschen Worten glaubt?

In meinem Zimmer angekommen, dauert es keine zwei Sekunden, als Dorian bei mir in der Tür steht.

»Du kannst jetzt nicht gehen.«

Ich lache leise. Das habe ich auch nicht vor. »Werde ich nicht, Dorian, schließlich bin ich von Lawrence gebucht worden.«

Und ich kann die drei Tage nicht hinwerfen, obwohl ich gerade am liebsten das Handy schnappen würde, um ein Taxi zu rufen.

»Das lass mal außen vor. Du solltest die Angelegenheit mit ihm klären.«

»Nein, er hat meine Anerkennung verloren. Ihm gegenüber bin ich zu rein gar nichts verpflichtet.«

»Verdammt! Sei nicht so stur, Maron.« Ich quittiere seine Bemerkung mit einem finsteren Blick, dann krame ich in meinem Nachttisch nach den Zigaretten.

»Es tut weh, nicht wahr?«, fragt er mich plötzlich und ich sehe mit einem spöttischen Lächeln auf, das ihm zeigen soll, dass mir Gideon am Arsch vorbeigeht. Ich schlucke kurz.

»Ich würde jetzt gern meine Ruhe haben wollen, es sei denn, Lawrence und du braucht mich.«

Mit der Zigarette und dem Feuerzeug in der Hand gehe ich zur Balkontür, schiebe sie auf und setze mich auf eine Liege, bevor ich meine Zigarette rauche. »Wir werden dich mit Sicherheit heute Abend, nach der Aufführung im Garten, brauchen.«

Sicher ... Bestraft mich dafür, dass er mich gekränkt hat.

Ich sitze auf meinem Bett und hänge immer wieder in dem Gedanken, wie Gideon mich hintergehen konnte. Aber was habe ich auch erwartet? Er ist bloß ein Kunde, dem ich vertraut habe! Am meisten ärgere ich mich über meine eigene Dummheit, ihm von mir erzählt zu haben. Meine Drogengeschichte über Chlariss war wirklich überzeugend. Ich hätte mich nicht verraten sollen und so wäre es nie zu diesem Vorfall gekommen. Doch ich hänge nicht lange in diesem Was-wäre-wenn-Spiel fest, als es beginnt zu dämmern und es bereits kurz vor halb neun ist. Mein Magen meldet sich auch schon und grummelt, weil ich seit heute Mittag nichts mehr gegessen habe.

Gerade als ich überlege, mir in der Küche etwas zu organisieren, weil Eram sicher nicht mehr im Anwesen ist, geht vor mir die Balkontür auf und Dorian steht in meinem Zimmer.

»Wie geht es dir?«

»Hervorragend«, erntet er meine schnippische Antwort.

»Wie schön, dann komm zu mir.« Ich bin nicht sein Hündchen, aber stehe auf.

»Ich möchte etwas essen, wenn das in Ordnung ist«, beschließe ich, weil ich nicht zu ihm gehen will, doch er tritt näher und versperrt mir den Weg. »Essen darfst du später, aber wir brauchen dich. Zieh dich aus.«

»Was? Nein.«

»Ich wusste, dass sie immer noch beleidigt ist«, höre ich Lawrence hinter mir. Als ich mich umdrehe, werde ich zwischen beiden gefangen gehalten.

»Oh, ihr wollt einen Dreier?«, hake ich zynisch nach.

»Nein. Noch nicht, erst wenn wir im Club waren, doch zuvor …« Lawrence fasst nach meiner Bluse und knöpft sie auf, während Hände meine Hose öffnen und sie mir ausziehen, sodass ich nur noch in Unterwäsche vor ihnen stehe, bevor ich protestieren kann. »… solltest du die Kleidung loswerden.«

Club?

»Ich hoffe, du hattest genug Zeit, dich über unseren Bruder aufzuregen, Liebes. Denn ab jetzt darfst du in unseren Diensten stehen.«

»Euren Diensten, also wollt ihr mich doch vögeln?«

»Lust hätte ich schon, du auch, Dorian?« Er zuckt mit den Schultern, als ich zu ihm herabblicke, während er meine Hose herunterzieht. »Ich denke, wir sollten uns den Spaß für später aufheben. Fuß hoch!« *Ich denke nicht im Traum daran.*

»Lawrence, heb sie mal eben an, sie ist wieder störrisch wie ein Esel.«

»Esel?« Wild fahre ich zu ihm herum, als mich Lawrence an der Taille zu fassen bekommt und mich über seine Schulter wirft, bevor mir Dorian die Hose mit Schuhen ausziehen kann.

»Du solltest sie so nicht nennen. Wenn, dann erinnert sie mich an eine Furie. Ich bin schon gespannt, was sie zu unserem Spiel sagen wird«, sagt Lawrence, während ich ihm den Rücken zerkratze.

»Lass mich runter, ich bin tätowiert worden.« Als ob das ein Hindernis für sie wäre.

»Das werden wir berücksichtigen«, lacht Dorian über meine idiotische Bemerkung, dann wird mein Kopf an den Haaren hinuntergezogen, damit ich Dorian vor mir stehen sehen kann.

»Du wirst uns gleich lieben, süße Maron.« *Süße Maron?!*

Schon wird mir eine Augenbinde umgebunden und Lawrence trägt mich aus dem Zimmer auf den Balkon.

»Verflucht! Was plant ihr wieder! Mein Hintern ist noch von gestern Abend rot und ...«

Ein Finger legt sich auf meine Lippen. »Sch, der wird heute verschont bleiben.« Plötzlich spüre ich ein Ziehen zwischen meinen Beinen, ein milder Wind streichelt über meine Haut, als Lawrence mit mir Stufen hochsteigt und ich wild auf seiner Schulter zapple.

»Wenn du nicht willst, dass ich dich aus zehn Metern fallen lasse, dann hör auf mit dem Gezappel.«

»Wohin bringt ihr mich?« Doch ich bekomme keine Antwort, sondern höre sie nur lachen. Der Wind nimmt allmählich ab und ich höre eine Tür vor mir zufallen, dann werde ich auf etwas Weiches gelegt. Doch bevor ich meine Hände zu der Binde bewegen kann, greift jemand nach meinen Handgelenken und bringt sie neben meinem Kopf an.

»Willst du mit mir die Szene von gestern Nacht üben?«, frage ich Lawrence und schmunzle.

»Wer weiß.« Also nicht. Dann werden meine Fußgelenke in weiche Fesseln gebunden. Es ist genauso wie gestern Nacht, nur kribbelt in mir die Vorfreude, statt die Angst, was sie planen. In meinen Gedanken male ich mir aus, wie sie gleich über mich herfallen. Aber ich trage immer noch Unterwäsche. Etwas entfernt höre ich ein genervtes Stöhnen. *Gideon.*

»Wirklich eine schöne Idee«, knurrt er, bevor ich etwas klacken höre.

»Ja, nicht wahr? Geh sie dir ansehen.«

»Nein!«, fauche ich und drehe den Kopf in eine Richtung, aus der ich die Stimme vermute. Neben mir erkenne ich Janes Kichern, dann streichelt mir jemand über das Haar.

Warum muss ich immer die Ausgelieferte sein?

Weil es dir gefällt – höre ich eine Stimme in meinem Kopf, bevor ich von einem verärgerten »Euer Ernst?« von Gideon abgelenkt werde, dann Metall klappern höre.

»Was?«, will ich wissen.

»Kleines, das willst du nicht wissen.«

»Ich bin nicht mehr dein ›Kleines‹.«

»Oh, das werden wir gleich sehen. Hältst du sie?«, erkenne ich Lawrence rechts neben mir, dann spüre ich einen Ruck und Gott, ich falle ein Stück in die Tiefe und schaukele an etwas.

Gideon höre ich schnauben. Er muss sich irgendwo vor mir befinden, und ihm scheint es ebenfalls nicht zu gefallen, was sich seine Brüder ausgedacht haben.

»Mir gefällt es und dir, ma Fleur?«, fragt Dorian Jane in einem warmen ruhigen Ton. Ich kann mir vorstellen, wie er mit verschränkten Armen, den Blick auf mich gerichtet, Jane küsst.

»Das können wir auch mal ausprobieren.«

»Was ausprobieren?«, frage ich und zerre an den Fesseln, doch wie ich sie auch bewege, sie schwingen in der Luft mit. Ich befinde mich auf einer Liebesschaukel!

»Du möchtest es sehen?«, fragt mich Lawrence spöttisch. »Warte, jetzt darfst du den Anblick genießen.« Er löst die Binde und in einem mit Wandleuchten beleuchteten Raum hänge ich mit gespreizten Beinen an der Decke in einer Liebesschaukel und zwischen meinen Beinen steht Gideon.

»Verdammt, du gehst sofort zurück!«, gehe ich ihn an, weil ich mich nicht von ihm vögeln lassen will. Nicht nach der Nummer, die er sich heute geleistet hat. »Ich habe dir meinen Dienst verweigert!«

»Kleines.« Er beugt sich mit seinem nackten Oberkörper zu mir vor. »Das würde ich gern tun, wenn sie mich nicht an dem Boden festgekettet hätten.«

»Wie bitte?« Ich werfe mit einer verrenkten Körperhaltung den Blick an meinen Beinen vorbei zu seinen Füßen und ja, sie sind im Boden an Ringen festgebunden. Den großen Raum, als ich mich umsehe, kenne ich nicht. Ist das ihr Dungeon? Denn dahinter sehe ich eine Liege, ein helles Andreaskreuz und rechts neben mir Sitzbänke, auf denen nun Jane, Lawrence und Dorian Platz nehmen. Alles sieht sehr steril, sauber und zugleich modern und teuer aus und wird von den Wandleuchten in ein warmes Licht getaucht, was beinahe ein Wohlfühl-Gefühl in mir anregt, wenn Gideon nicht zwischen meinen Beinen stehen würde.

»Die Show kann beginnen«, verkündet Lawrence und zieht seinen Fußknöchel auf sein Knie, während er uns im Blick behält.

»Welche Show?«, fragt Gideon finster, sodass sich ein Schatten unter seine Augen legt. »Etwa, dass ich sie vor euren Augen ficke, bloß weil ihr mich an den Füßen fixiert habt? Außerdem trägt sie noch Unterwäsche.«

»Gott sei Dank!«, bringe ich hervor, obwohl ich den Anblick, wie er nackt vor mir steht und ich kaum einen Blick auf seinen Schwanz erhaschen kann, erregend finde. *Himmel, was soll das! Er hat dein Vertrauen verletzt, also lass dich nicht von seinem Anblick täuschen.* Giftig blicke ich zu den Zuschauern, die ihr Grinsen nicht verbergen können. Selbst Jane neigt ihren Kopf und lächelt mir neugierig entgegen.

»Jane, binde mich los«, rufe ich ihr zu.

»Nein, ich finde es sehr spannend. Ihr solltet euch wirklich aussprechen.« Ich werfe einen spöttischen Blick zu Gideon.

»Es gibt nichts mehr zu bereden.«

»Ah, bevor ich es vergesse, Gideon. Die Schere auf der Kommode liegt nicht umsonst griffbereit in deiner Nähe«, erklärt Lawrence und schenkt mir ein zufriedenes Lächeln. *Schere?*

»Wenn ich dich in die Finger kriege, Lawrence, dann ...«

»Mach dir keinen Kopf, ich werde sie nicht benutzen«, unterbricht mich Gideon und mein Blick wandert zu der Schere auf der Kommode, die sich links von mir an einer Wand befindet. Könnte er damit die Seile durchtrennen?

»Wie liebenswürdig. Ich möchte auch nicht, dass du mich anfasst.« Er stöhnt genervt und fährt sich mit beiden Händen durch sein Haar.

»Jetzt sei nicht albern. Ich bin zu weit gegangen, mag sein, aber ich wollte dir nicht schaden.«

Ich verziehe mein Gesicht. »Ach nein? Dann hättest du mich vorher gefragt, statt wie ein Waschweib deinen Brüdern von meiner Schwester zu erzählen.« In mir tobt die Wut, als er damit anfangen will, sich herauszureden. Seine Miene verfinstert sich.

»Deine Beleidigungen kannst du dir sparen, Maron.« Er greift wirklich zur Schere. »Anscheinend kann man mit dir nicht reden und dieser Anblick«, er schaut über meinen halbnackten Körper, »macht mich verrückt.« Als ich meinen Kopf ein Stück anhebe, sehe ich seinen halb erigierten Schwanz. Er ringt wirklich mit sich, mich nicht anzufassen oder mir nicht zwischen die Beine blicken zu müssen, aber ich bemerke seine verstohlenen Blick.

»Oh nein, du lässt die Schere liegen und atmest tief durch, damit dein Blut gefälligst dorthin wieder zurückwandert, wo es hinfließen sollte. Nämlich in deinen Kopf, damit du wieder klar denken kannst!« Ich weiß, dass ich ihn noch mehr gereizt habe, denn Lawrence höre ich lachen.

»Ihr gebt ein hübsches Paar ab«, bemerkt Dorian und mein Blick ist mörderisch, als ich zu ihm sehe. Von dem Geräusch von Metall und einer Berührung auf meiner Hüfte schaue ich zu Gideon.

»Ich warne dich! Die Unterwäsche hat ein Vermögen gekostet.«

»Sie kann nicht so teuer sein, wie du es bist.«

»Wie bitte?« Metall streichelt über meine Haut, als er meinen Slip an der Seite über meinem Oberschenkel durchtrennt. Seine Hände streicheln über meinen Bauch, meine Beine und er beugt sich vor, bevor er mit seinem Finger den Slip beiseiteschiebt und sich seine Zunge einen Weg zwischen meine Beine bahnt.

»Hör damit auf.« Mit meinen Beinen versuche ich nach ihm zu treten, aber ich komme nur etwas ins Schaukeln, sodass er meine Hüfte umfasst. »Ich lasse mich nicht von einem Verräter anfassen, der einer hinterhältigen Schlange mehr Glauben schenkt als mir.«

Gideon hebt seinen Kopf und zieht die Augenbrauen zusammen. »Ich weiß, aber für mich ergab es Sinn. Ich oder wir kennen deinen Ruf, du machst aus allem ein Geheimnis und ich wollte dein Vertrauen, deine ehrlichen Antworten. Und wie sollte ich dir nach deinen vielen Lügen trauen? Ich habe es versucht, aber als Romana mir gestern Abend erzählt hat, dass du niemals jemandem deine Vergangenheit anvertraust, weil es euch schützen soll, euch unnahbar macht, habe ich ihr nicht geglaubt, ehrlich nicht. Doch als ich versucht habe, mich nach deiner Schwester zu erkundigen, um meine Fragen zu stillen, und mir jedes Krankenhaus von Marseille gesagt hat, dass sie keine Chlariss Noir behandeln, konnte ich nur Romana glauben.« Über seine Worte kann ich nur abfällig lachen, weil sie wehtun.

»Warum habe ich wohl alles unternommen, damit man meine Schwester nicht findet oder verhindert, dass sich Krankenschwestern und Pfleger von reichen Machos bestechen lassen?«

Er atmet tief durch und schaut zur Decke, dabei stechen die Sehnen an seinem Hals hervor, was etwas Erhabenes ausstrahlt. »Was willst du hören? Dass es mir leidtut?«

»Wäre angebracht«, antworte ich, ohne meinen Blick abzuwenden, während ich von den anderen eine leise Zustimmung höre, die Gideon ebenfalls hört, weil er kurz in ihre Richtung sieht.

»Fein ... Es tut mir leid, Kleines.« Die Worte von ihm zu hören, ist eigenartig. Ich sehe an seinem Gesicht, dass es ihm wirklich leidtut, aber es hilft nicht, das verletzte Gefühl, das ich seit Stunden spüre, zu bekämpfen, obwohl ich es mir wünsche, dass ich es nicht mehr spüre. Seine Gesichtszüge sind ernst, als er meinen Blick sucht und ihn festhalten will, während ich wegsehe.

»Das wird es nicht gutmachen«, antworte ich gefasst. »Du hast eine Grenze überschritten.« Zu gern hätte ich ihm gesagt, dass mir seine Entschuldigung viel bedeutet, aber dafür bin ich einfach zu feige.

»Ah! Und du hast mit dem heimlichen Treffen mit Dubois keine Grenze überschritten? Ich hätte eure Agentur – dich – ebenfalls verklagen können, aber habe ich dir damit gedroht?«

»Das ist etwas völlig anderes«, meckere ich und bemerke aus den Augenwinkeln, wie Lawrence Gideon zunickt, damit er nicht länger reden soll.

»Ihr solltet euch etwas beeilen, bevor der Club schließt, wenn ihr in dem Tempo weitermacht.« Lawrence schaut bewusst in meine Richtung, weil für ihn vermutlich die Entschuldigung seines Bruders die Diskussion bereits beenden sollte. *Aber nicht für mich!* Nur warum streite ich mich mit Gideon – und das vor den Augen der anderen, für die wir eine fabelhafte Show abgeben müssen?

Zu gern würde ich mit Gideon allein reden wollen, ohne Mithörer zu haben, die sich einmischen. Denn für einen Moment kann ich Gideons Zweifel verstehen. Wenn ich mir selbst begegnen würde, würde ich ebenfalls kein Wort von mir glauben und alles hinterfragen. So sind *wir* geprägt worden ... Das macht uns als Escortdamen, die Kean ausgebildet hat, aus – was Romana wohl nicht mitgenommen und beherzigt hat.

Gerne würde ich wissen, für welche Agentur sie arbeitet und was sie noch über mich weiß. Aber in Marseille werde ich genügend Zeit haben, um Informationen über sie zu sammeln. Sie braucht sich nicht in Sicherheit zu wiegen und glauben, dass ich keine Kontakte habe. Es wird mir eine Freude sein, mehr über sie herauszufinden und mir einen Überblick zu verschaffen, wer sie wirklich ist.

»Nein, es ist nichts anderes, Kleines.« Die Schere in seiner Hand wandert zu meinem rechten Bein, streift meine Haut, während ich kurz zittere, weil ich ungern scharfe Gegenstände auf meiner Haut spüre. Erst recht nicht nach Dubois' Schnitt. Meine Finger verkrampfen sich um die Ledergurte um meine Handgelenke und ich kneife meine Augen zusammen. »Ich werde dich nicht schneiden, oder habe ich dir jemals wehgetan, Maron?«

Seine grünen Augen treffen meine, die meine Angst sehen können. *Ja, hast du, Gideon, indem du mein Vertrauen missachtet hast und ich geglaubt habe, du würdest dein Wort halten.* Aber ich spreche es nicht laut aus, um nicht weiter mit ihm darüber diskutieren zu müssen.

Als er den Stoff durchtrennt und ich meinem dunkelblauen Spitzentanga auf dem Boden hinterherblicke, kommt Dorian auf uns zu, geht an Gideon vorbei zum Sideboard. Sein Gesicht ist nicht zu erkennen, genauso wenig, was er vorhat.

»Ich habe noch etwas vergessen.« Mit einem Handgriff öffnet er ein Fach, greift nach etwas, was ich, sosehr ich mich auch verrenke, nicht erkennen kann, und reicht es mit seiner geschlossenen Hand Gideon, der es ihm abnimmt. »Jetzt wirst du endlich die Gelegenheit dafür haben«, raunt er seinem Bruder zu, aber wirft einen durchtriebenen Blick in meine Richtung. Das Etwas muss klein sein, weil es in Gideons Hand verborgen bleibt.

Skeptisch blicke ich von Dorian zu Gideon, und in mir bahnt sich eine Vermutung an, was es sein könnte. »Nein, du legst mir nicht zum dritten Mal eine Labienspange an, Gideon.«

»Ich hatte nie die Gelegenheit, deine Pussy mit der Spange zu vögeln.« Bei den Worten kribbelt es in meinem Bauch, Hände schneiden meinen BH ab, bevor ich reagieren kann, weil ich zu sehr auf Gideon fixiert war. Lawrence steht rechts neben mir und seine Hände streicheln über meine Brüste, bevor Dorian auf meiner linken Seite steht und beide Blicke austauschen, bevor sie sich über meine Brüste herabbeugen. Ihre Lippen saugen an meinen Brustwarzen, sodass ich keuche, weil es sich unglaublich gut anfühlt, von zwei Männern verwöhnt zu werden, deren Hände über meinen Körper wandern, als sie an meinen Brustwarzen knabbern. Gideon zögert nicht lange, leckt über meinen Kitzler und taucht mit der Zunge in mich ein, sodass ich meinen Rücken durchbiege und mich nicht mehr gegen ihn mit Worten zur Wehr setzen will. Das prickelnde Gefühl, von drei Männern erregt zu werden, kurbelt meine Sinne an, sodass ich meine Augen schließe, um mich dem Gefühl hinzugeben.

»Dich scheint unser Streit wirklich angetörnt zu haben. Sehr interessant«, höre ich Gideons raue Stimme, während sein Atem auf meinem Schamlippen kitzelt.

Gerade will ich etwas antworten, als mir Lawrence den Mund zuhält, aber so, dass er mir nicht die Luft abschnürt. »Ganz ruhig, Kätzchen. Lass sich Gideon bei dir bedanken und genieße es.« Hände durchkämmen mein Haar, sodass es in meinem Nacken kitzelt und ich tief Luft hole, als das Kribbeln meine Wirbelsäule entlangwandert und sich in meiner Magengegend ansammelt.

Gideons Zunge verschwindet, als sich das Metall der Spange um meinen Kitzler legt und ich unruhig hin und her schwinge, weil die Spange meine Sinne intensiver reizt und mich die Vorstellung und der Druck um meine Klit noch mehr antörnen. Weiterhin saugen und lecken Lawrence und Dorian an meinen Brustwarzen, massieren meine Brüste, streicheln über meinen Bauch, über meine Arme und Oberschenkel.

Ich keuche in Lawrence' Hand, als sich etwas zwischen meine Spalte schiebt, aber ich es nicht erkennen kann. Schnell beiße ich in Lawrence' Hand, der zornig hochfährt.

»Scheiße, lass den Unfug!«

»Nein, was soll das werden?«, frage ich Gideon, der Dorian zunickt und sich vor meinen Augen alles verdunkelt. »Nein, Dorian!«

Sofort versuche ich die Hände reflexartig zu meinem Gesicht zu ziehen, was mir nicht gelingt, sondern mich wieder leicht ins Schaukeln bringt. Meine Beine werden weiter gespreizt und Lawrence lacht, massiert meine Brüste und wandert mit den Fingern über meinen Bauch. Dann zieht jemand meine Schamlippen auseinander, sodass mein Kitzler pocht und die Spange jedes Gefühl verstärkt. Ich zische, als eine Zunge über meine Pussy leckt, die so feucht vor Verlangen ist, und Kugeln langsam in meinen Anus eingeführt werden.

»Du sollst nicht an meinen Arsch gehen, ohne zu fragen.« Eine Hand legt sich um meinen Mund.

»Lieb sein, Maron, nimm Gideons Geschenk an«, spricht Dorian über mir und eine Zunge leckt über mein Ohrläppchen. Die Kugeln werden langsam in meinen Anus geführt, Stück für Stück, sodass meine Beine zittern und ich meinen Körper anspanne. Die Spange reizt jede Bewegung, die zwischen meinen Beinen gemacht wird, dann lösen sich die Hände um meinen Mund, die Binde wird mir wieder abgenommen und mit einem Stoß dringt Gideon in mich ein, sodass ich seine Härte tiefer in mir spüre und laut ausatme, weil es so schnell geht. Seine Hände umfassen meine Hüfte und drücken mich fest an sein Becken.

»Gott! Nein, ich bin noch nicht mit dir fertig.« Er lacht finster, als er wieder in mich eindringt und meine Proteste überhört.

»Lass es uns so klären, Kleines. Deine Pussy will die ganze Zeit von mir gevögelt werden, auch wenn du versuchst, dich herauszureden. Dich wie auf einem Silbertablett vor mir mit gespreizten Beinen hängen zu sehen, ist die größte Folter, die mir meine Brüder antun können. Tut mir ehrlich leid, aber du willst es und ich auch, also warum es mit Worten klären? Lass mich so bei dir entschuldigen.«

Mit dem Daumen massiert er meinen Kitzler, der angeschwollen und sich so eng in der Spange anfühlt, dass ich zusammenzucke, als er ihn berührt. Er leckt darüber, bevor er mich weiter vögelt, ich gefangen in den Seilen hänge und mir gefällt, was er macht, während uns die anderen zusehen.

»Très bien, Darling«, stimme ich ihm zu, obwohl ich ihm nichts entgegenzusetzen habe, weil ich seine Gefangene bin. »Dann härter!«

»Wie du willst!« Mit jedem tiefen Stoß keucht er, spannt seine herrlichen Muskeln an, die sich unter seiner Haut wölben, und reibt mit seinem Unterbauch über meinen Kitzler, ohne ihn weiter massieren zu müssen. Trotzdem zupft er an den Perlen der Spange, während ich in meinem Anus die erste Kugel spüre, die geradezu darauf wartet, von ihm herausgezogen zu werden. Mein Keuchen geht in ein Stöhnen über, als ich den Kopf zurückwerfe und die heiße Welle unter seinen Stößen, seinem Schwanz, der mich immer weiter dehnt, kaum erwarten kann. Doch Hände verhindern, dass ich den Kopf zurückwerfe, und heben mein Gesicht an, damit ich Gideon ansehen soll.

»Nicht einfach genießen. Schau ihn dir an«, raunt Lawrence neben mir und zwirbelt eine Brustwarze, bis ich laut komme. Langsam zieht Gideon die Analkette aus mir, damit der Orgasmus umso intensiver wird und mich länger gefangen hält. Meine Finger umklammern, bis sie schmerzen, die Fesseln, während mein Herz wie ein kleiner Kolibri in meinem Brustkorb flattert, sodass ich mein Blut in den Ohren rauschen hören kann. Bei jedem Reiz, den meine Sinne durchleben, behalte ich Gideon im Blick. *Er sieht so perfekt aus –* denke ich, dann nimmt er mich hart und kommt kurz darauf in mir mit einem lauten Stöhnen. Dunkle Strähnen fallen in seine Stirn, um seine Augen bilden sich Fältchen, und das Grübchen am Kinn ist zu sehen, als er den Mund öffnet und sich dem Orgasmus hingibt.

»Und … war es nun so schwer, sich zu einigen?« Jane kichert wegen Lawrence' Bemerkungen und ich kann mir ein Lachen nicht zurückhalten. Gideon verzieht belustigt seinen rechten Mundwinkel und schaut kurz zum Teppich.

Neben mir hebt Dorian den Arm und schaut auf seine Uhr. »Wir treffen uns halb elf unten am Eingang.« Dann beugt er sich zu mir herab. »Störrisch wie immer, aber zum Schluss anbetungswürdig.«

Er gibt mir einen Kuss und streichelt über meine Schulter, bevor er mich mit Lawrence losbindet und Jane mit einem Schlüssel auf Gideon zugeht. Vor ihm geht sie in die Knie und wirft ihm einen auffällig langen Blick zu. Als er frei ist, bindet er meine Beine los. Vorsichtig setzen die drei Männer mich auf dem weichen Teppichboden ab, auf dem ich das Zittern meines Körpers abschüttele und gleichmäßig durchatme.

»Tut euch den Gefallen und klärt die Sache endlich«, höre ich Lawrence, bevor er hinter sich die Tür zuzieht und Gideon und ich allein im Zimmer sind. Ich lockere meine Schultern und massiere meinen Nacken, weil meine Muskeln vom Kopfanheben in der Schaukel verspannt sind, bis ich ein Klacken höre und mein Kopf zur Tür schnellt.

20. Kapitel

»Sie haben uns eingeschlossen«, fauche ich, aber bleibe weiter auf dem Teppich sitzen, ziehe meine Knie an meine Brust, als würde ich mich vor ihm zusammenrollen, und schaue zu Gideon auf, der einen Schritt auf mich zu macht. Seine Gesichtszüge verfinstern sich kurz, als er ebenfalls zur Tür blickt, dann geht er, nachdem er seine Shorts angezogen hat, vor mir in die Knie. Mein Kinn bette ich auf meine Unterarme, die auf meine Knie aufgestützt sind, und senke den Blick.

»Ich finde, wir haben alles geklärt«, sage ich leise.

Mit einem Griff hebt er mein Kinn an, damit ich in seine Augen sehen soll. »Sicher? Ich kann es gerne testen, wenn ich dich am Kreuz festbinde.«

Mein Blick flackert kurz, streift das Andreaskreuz hinter ihm, dann wandert er zu ihm zurück. Ich weiß, dass er es nicht tun würde, nicht jetzt, weil wir einen Zeitplan einzuhalten haben. Außerdem erkenne ich sein weiches Lächeln, was verrät, dass er ebenfalls nicht das Bedürfnis hat, mich erneut festzubinden.

»Um ehrlich zu sein, würde es mich interessieren, was dir Romana alles über mich erzählt hat. Ich kenne die Frau überhaupt nicht, erst seit du sie mir vorgestellt hast. Sie mich anscheinend schon.«

»Was dir nicht gefällt«, beendet er meinen Gedanken und gibt mein Kinn frei.

»Ja.«

Er beginnt nach einem langen Durchatmen, mir von ihr zu erzählen, wie er sie an einem Abend in Marseille in einer Bar kennengelernt hat, wie sie sich öfter getroffen haben, er sie gebucht hat, aber nur, damit sie für die Abende entschädigt wird, auch wenn sie nur freundschaftlich ausgegangen sind, und dass sie es war, die mich Gideon empfohlen hat.

Während er erzählt, wende ich nicht für eine Sekunde meinen Blick von ihm ab oder unterbreche ihn. Stattdessen höre ich ihm geduldig zu, bis zu der Stelle, als sie ihm letzte Nacht von Kean und den Regeln des Clubs erzählt hat.

Natürlich ist es wichtig, als gebuchte Frau nichts von sich preiszugeben, weil es genug Irre und schwanzgesteuerte Männer wie Dubois gibt, die besitzergreifend und eifersüchtig werden, sobald sie uns auf der Straße mit einem anderen Mann sehen. Aber es ist unser Job, unsere Aufgabe – was einige nicht wahrhaben wollen. Darauf hat uns Kean, falls wir den Weg als Escortdame einschlagen würden, vorbereitet. Er wollte uns beibringen, wie wir uns verhalten sollen, eine Distanz zu unseren Kunden aufbauen können, um uns und die Kunden zu schützen – was mir, wenn ich es zugebe, bei den Chevalierbrüdern nicht gelungen ist.

Vermutlich hat Kean es sofort an meiner Stimme und meinen Erzählungen gehört, als er mich darauf hingewiesen hat, durch mein falsches und unangemessenes Verhalten nicht nur die Kontrolle über die Situation abzugeben, sondern eine Verbundenheit zu den Männern aufzubauen. Und er behält recht ... Nicht jede Frau ist für den Job geeignet, manche verlieben sich in gutaussehende, einflussreiche Kunden oder ertragen es nicht, wenn Kunden zu einer anderen Dame wechseln. In der Branche balancieren wir Frauen auf einem sehr dünnen Seil, von dem wir, sobald wir einen falschen Fuß setzen, abrutschen und unseren Ruf ruinieren.

Doch je länger wir in der Branche arbeiten, desto leichter fällt es uns, emotionalen Abstand zu Männern zu gewinnen – auch wenn es in Form von Ausweichen von Fragen ist oder frei erfundenen Vergangenheitsgeschichten. Es ist nichts weiter als ein Spiel für mich gewesen, um mir einen Reiz zu schaffen, den Abend nicht nur für die Männer, sondern für mich angenehmer zu machen. Eine Escortdame kann es sich nicht leisten, Fragen unbeantwortet zu lassen, sich zurückzuziehen oder auszuweichen. Deswegen habe ich es mir angeeignet, Gegenfragen zu stellen, und kleine Änderungen in meiner Vergangenheit vorgenommen, die ich Kunden, wenn ich danach gefragt werde, erzähle – was in den meisten Fällen sehr gut funktioniert hat, weil sie entweder keine weiteren Fragen gestellt oder nur Interesse an mir – als Mensch – vorgetäuscht haben.

Mit der Hand fahre ich über meine Stirn und streiche mir Strähnen aus dem Gesicht, während ich ihm weiter zuhöre.

Als er seine Erklärung beendet hat, löst er meine rechte Hand, die um mein Schienbein liegt, und verschränkt seine Finger in der Luft mit meinen.

»Ich weiß, dass du versucht hast, ehrlich zu mir zu sein, obwohl du dagegen angekämpft hast ... und ich weiß, was ich ruiniert habe, doch ...« Ich ahne, was er gleich sagen wird und unterbreche seine: »Gib mir eine zweite Chance«-, »Lass mich dir zeigen, dein Vertrauen wiederzugewinnen«-, »Ich habe es nur getan, um ...«-Sätze.

»Lassen wir es darauf beruhen, Gideon. Ich danke dir für deine Erklärung, aber es ist nicht länger relevant.« Langsam ziehe ich meine Hand aus seiner, die er mit beiden Händen zärtlich festhält. »Es war mein Fehler«, versuche ich ihm zu erklären, »dir so viel von mir preisgegeben zu haben. Ich habe mich bisher nie einem Kunden anvertraut ...« Ich weiß, was die Worte bei ihm anrichten werden, aber ich muss es tun. »... so wie dir. Doch nun weiß ich, wie falsch es war, meine eigenen Prinzipien übertreten zu haben. Es hat mir gezeigt, warum ich mich an Regeln halte – damit so etwas nicht passiert.« Lange versinke ich in seinem Blick, der mit jedem Wort, das ich ausspreche, kühler wird. Ein schmerzlicher Zug legt sich unter seine Augen, was mir zeigt, wie schwer es ihm fällt, ihn zu verbergen.

»Wir sollten die letzten Tage genießen, das ist alles, was uns bleibt«, bringe ich mit einem gespielten Lächeln hervor und kämpfe mich auf meine Beine.

Er greift nach meiner Hand, die ich gerade aus seiner befreit habe, und hält mich fest, als er aufsteht. Kurz sieht es aus, als würde er meine Worte nicht dulden, nicht akzeptieren, aber dann sagt er: »Du hast recht, Kleines. Du wirst den Abend genießen, denn er wird uns auf andere Gedanken bringen.«

Wieder lächele ich ihm gezwungen und zugleich überzeugend entgegen. »Das will ich doch hoffen.«

Mit einem Stoß in die Rippen ziehe ich meine Hand aus seiner und gehe auf die Tür zu, bevor mich Gideon einholt, den Türrahmen über uns abtastet und einen Schlüssel hervorzieht. Er hat die gesamte Zeit gewusst, wo sich ein zweiter Schlüssel befindet, aber wollte die Missverständnisse klären. Ihm scheint es wirklich wichtig gewesen zu sein, mir meine Fragen zu beantworten.

Nun, da alles geklärt ist, laufe ich nackt die breite Treppe in die erste Etage herunter zu meinem Zimmer. Ich sollte mich besser fühlen, losgelöster und glücklich, da ich mich mit Gideon ausgesprochen habe. Aber das bin ich nicht. Immer noch quälen mich seltsame Gedanken, einen Fehler gemacht zu haben. Schnell schiebe ich ihn beiseite und springe in meinem Badezimmer unter die Dusche, in der Hoffnung nicht nur meinen Körper reinzuwaschen, sondern auch mein Gewissen.

Gideon

Ich könnte mich ohrfeigen, nicht ausgesprochen zu haben, wie wichtig es mir ist, ihr Vertrauen gewonnen zu haben, dass sie für mich in den wenigen Tagen mehr als nur eine Geliebte geworden ist, mehr als eine Freundin oder nette Bekanntschaft wie Romana – die ich, nach dem heutigen Tag, vorerst nicht mehr sehen möchte.

Immer noch tauchen die Worte »Ich habe mich bisher nie einem Kunden anvertraut, so wie dir ...« in meinen Gedanken auf – sosehr ich sie verdrängen möchte. Je länger ich den Satz wiederhole, desto mehr trifft mich seine Bedeutung. Maron scheint sich in ihrer Annahme, keinen fremden Menschen Vertrauen schenken zu dürfen, bestätigt zu fühlen. Und wie kann ich es ihr auch verübeln?

Mein Blick fällt, während ich mein Shirt überstreife, flüchtig auf die Kommode, auf der das Kästchen der Rolex liegt. Für mich ist es unerträglich, wie ich den falschen Worten von Romana glauben konnte, wie ich mich dazu verleiten lassen konnte, sämtliche Krankenhäuser Marseilles anzurufen. Aber es nun bereuen und weiterhin versuchen, mich vor ihr zu erklären, weiß ich, würde bei dieser Frau nicht das Geringste bewirken. Es würde sie weiter von mir distanzieren. Nein, Maron ist keine Frau, die sich von Gefühlen leiten lässt.

Sie ist ein Mensch, der regelfest und entschlossen ist, wie vor wenigen Minuten. Es muss etwas anderes geben, sie umdenken zu lassen, denn ich möchte die nächsten Tage nicht die Maron Noir, die ich zu Beginn der Reise in meinem Bett hatte, sondern die, die mir ein Lächeln schenken kann, das nicht gespielt ist, die mir in die Augen sehen kann, wenn sie sich mir öffnet, wenn ich mit ihr schlafe und die, die mir neugierige, interessierte, statt missbilligende Blicke zuwirft, wenn sie mich mit einer anderen Frau sieht, weil ich weiß, dass es etwas in ihr bewegt hat, als ich Zeit mit Romana verbracht habe.

Bloß, warum mache ich das? Will ich in Zukunft mehr Zeit mit ihr verbringen? Will ich die Frau bis in die tiefsten Winkel verstehen? Sie wirklich kennen lernen? Ich weiß nicht, was es ist, was mich so sehr an dieser Frau interessiert: ob es ihr kontrolliertes Verhalten, ihre flüchtigen und zugleich sinnlichen Gesten oder ihre undurchschaubaren Blicke sind, die ich verstehen möchte. Oder ob es die Neugierde ist, diese Frau zu brechen, ihr wahres Wesen zu erkennen und sie Stück für Stück zu entblättern, um zu sehen, wer sich wirklich hinter der schönen Fassade versteckt.

Ich weiß es nicht ...

21. Kapitel

Vor mir gehen meterhohe orientalisch verzierte Flügeltüren auf, die mir golden entgegenschimmern und mir fast zuflüstern, dass sich hinter diesen Türen ein Geheimnis verbirgt. Neben den Türen stehen zwei arabische Wachmänner, die uns nur kurz flüchtig mustern, dann schwingen die Türen komplett auf und ich erkenne in einem warmen orange-rötlichen Licht, das von Wandleuchten ausgeht, einen ganz besonderen Club, in dem Gäste auf niedrigen Couchen umgeben von Kissen an Tischen sitzen und sich unterhalten.

Es befinden sich rechts und links von mir niedrige muschelförmige Wasserbecken, in denen, als ich genauer hineinblicke, tatsächlich Kois schwimmen. Doch mein Blick wird recht schnell auf das Zentrum des Raums gelenkt, in dem mehrere wirklich sehr geschmackvoll gekleidete Frauen, umhüllt von Tüchern und Schleiern, zu der orientalischen Musik, die den Raum erfüllt, tanzen. Sie sind in dunklen geheimnisvollen Gewändern gekleidet und werden von den arabischen Männern, die in diesem Club weit in der Überzahl gegenüber den Touristen sind, nur flüchtig beachtet.

»Komm, er freut sich, dich zu sehen«, höre ich Lawrence neben mir, der mir seinen Arm anbietet. Ich nehme ihn und lasse mich durch den Raum auf eine der Couchen führen.

»Wen ...?« Doch ich brauche nicht zu fragen, als mich tiefschwarze Augen dezent im Blick behalten, bevor sie weiter zu drei anderen arabischen Männern wandern, die am Tisch sitzen. *Al Chalid.*

Wie er in den hellen Gewändern von einem dunklen Mantel, Bisht, umgeben ist, vor mir sitzt, verleiht ihm etwas Erhabenes. Seine Ausstrahlung ist warm und zugleich mild.

Vor ihm bleiben wir stehen, und er erhebt sich, um uns zu begrüßen. Kurz wandert sein Blick von Lawrence rechts neben mir zu Gideon, der an meiner linken Seite läuft, dann sekundenschnell zu mir. Vermutlich überlegt er, zu wem ich wirklich gehöre.

»Es freut mich sehr, Sie zu sehen, Madame Noir«, höre ich Al Chalids freundliche Stimme, ohne dass er mich beachtet, und nickt mir knapp zu, während er Lawrence, Gideon und Dorian seine Hand anbietet. Wüsste ich nicht, dass es zu seinen Traditionen gehören würde, wäre ich etwas misstrauisch und würde mich angegriffen fühlen.

»Danke, ich freue mich ebenfalls.« Hätten mir die Brüder nicht vorher sagen können, dass wir den Araber treffen? Dann hätte ich mich zumindest darauf vorbereiten können. Zu gern würde ich meinen Dank aussprechen, dass er den Chevalierbrüdern sein Auto geliehen hat, um mich zu suchen, als mich Dubois entführt hatte. Aber vor den fremden Arabern werde ich davon nichts sagen. Wir nehmen an dem Tisch Platz und Jane setzt sich zu mir, vermutlich weil ihr die arabischen Männer nicht geheuer sind – was ich verstehen kann.

Sie behalten uns während des Essens mit ihren knappen Blicken im Auge.

Ich halte meinen Blick weitgehend gesenkt oder schaue mir die Darbietung der Tänzerinnen an, die sich wirklich beeindruckend schön bewegen können. Die Brüder besprechen Nebensächlichkeiten mit den Männern, und Lawrence benimmt sich sogar außerordentlich manierlich, was mir öfter auffällt, wenn wir uns in der Öffentlichkeit befinden.

Doch ich stecke viel zu sehr in meinen Gedanken fest, als ihren Gesprächen zu folgen. Ich warte, bis der Gastgeber aufgegessen hat, so wie es sich gehört, erst dann lege ich das Besteck zur Seite und sehe plötzlich an Gideons rechtem Handgelenk eine silberne Uhr aufblitzen. Er trägt mein Geschenk? Wollte er es nicht zurückweisen, sie möglicherweise in das Geschäft zurückbringen oder an irgendeinem Ort verstecken, damit sie niemand findet?

Ich presse meine Lippen aufeinander, weil ich kurz seinem Blick begegne. Es ist pure Absicht, dass er sie trägt, und für mich erscheint es als Symbol, dass er sich mit mir verbunden fühlt, auch wenn ich heute Abend wieder Lawrence gehöre, der mich unauffällig umgarnt und dessen linke Hand unter dem Tisch auf meinem Bein ruht.

Als das Essen beendet ist, beschließen die Brüder das Lokal zu wechseln, und mich lässt es durchatmen, weil ich so viel männliche Präsenz nicht länger ausgehalten hätte. Doch als wir uns erheben und die Brüder vorgehen, mache ich einen Schritt auf Al Chalid zu.

»Könnte ich Sie kurz sprechen?« Mein Blick fällt auf die anderen Araber, die ihre Augen zusammenkneifen, als würde ich ihm ein unmoralisches Angebot machen.

»Folgen Sie mir«, antwortet Al Chalid und er nimmt wenige Schritte Abstand von seinen Männern, während ich Lawrence und Gideon in der Tür auf mich warten sehe.

»Sehr freundlich, dass Sie mir kurz Zeit geben«, sage ich in einem gefassten Ton, ohne ihn anzusehen. »Ich möchte mich bei Ihnen bedanken, weil Sie es ermöglicht haben, dass mich Lawrence finden konnte.« Ich kann schlecht zugeben, von den Brüdern gefunden worden zu sein, das würde sicher einen falschen Eindruck auf ihn machen.

»Sie wirken dennoch bedrückt, was ich in Ihrem Zustand verstehen kann. Dennoch sind weitere Schritte gegen Monsieur Dubois eingeleitet, er wird morgen nach Frankreich überführt.« Ich kenne die Bestrafungen der Araber für Gewalttaten gegenüber Frauen. Peitschenhiebe oder im schlimmsten Fall, wäre Robert weitergegangen, eine Hinrichtung. »Ich würde Sie gern morgen in mein Anwesen einladen, Madame Noir, um Sie näher kennen zu lernen.« Bitte, was? Er ist ja sehr direkt.

Darf ich eine Einladung ausschlagen? Was werden die Brüder sagen?

»Inshallah«, antworte ich, um mich aus der Affäre zu ziehen, aber plötzlich streift er meine Hand, so unauffällig, dass es womöglich niemand sieht, nicht einmal die tanzenden Frauen.

»Glauben Sie, ich würde Ihnen etwas antun? Sie können ruhigen Gewissens die Einladung annehmen.« Seine Worte klingen ehrlich und zugleich bestimmend, sodass er eine Ablehnung nicht akzeptieren wird.

Am besten, ich antworte nicht mehr. Vielleicht war es eine unüberlegte Idee, ihm danken zu wollen. Aber das war nie meine Art, Menschen, ohne mich zu bedanken, stehen zu lassen.

»Ich werde Sie morgen Nachmittag um drei Uhr abholen lassen und freue mich, Ihnen meine Kultur noch näherbringen zu können.« *Halleluja, das geht nicht!* Ich schlucke, und ehe ich etwas erwidern kann, bemerke ich sein Nicken und er geht an mir vorüber.

In der Limousine werfen mir die anderen neugierige Blicke entgegen, bis ich ihnen von Al Chalids Einladung erzähle.

»Du bist töricht, Maron. Wie konntest du ihn auffordern, mit ihm allein zu reden?«, wirft mir Dorian vor, verzieht seinen Mund schief und starrt in meine Richtung.

»Ich könnte die Einladung absagen?«

»Nein, das wäre unhöflich«, gibt mir Gideon zu verstehen. »Du verstehst dich darin, dich von einem Schlamassel ins nächste zu reiten.« Seine Hände krümmen sich auf dem Ledersitz zu Fäusten.

»Und wenn mich einer von euch begleitet?« Mein Blick fällt zu Lawrence. »Du bist offiziell mein Freund, er wird sich nichts erlauben, sobald du bei mir bist.« Ich werfe ihm ein verkrampftes Lächeln zu. *Sag schon »ja«.*

»Wenn er mich nicht erwähnt hat.« Er schüttelt den Kopf.

»Das soll wohl ein Scherz sein. Ich möchte nicht allein zu seinem Anwesen gefahren werden.«

»Das, Maron«, Gideon wirft mir einen spöttischen Blick zu, »hättest du dir früher überlegen sollen. Nun steht es und du nimmst seine Einladung wahr. Und jetzt möchte ich nichts mehr davon hören. Sind wir nicht gleich da?«, fragt er Dorian, der einen Blick aus dem Fenster wirft. Jane richtet sich weiter in dem Ledersitz auf und wirft mir einen Blick zu, der sagt, wie sehr sie mit mir fühlt.

Ach, ich werde es schon meistern, heute Nacht die Regel der arabischen Kultur studieren und die Einladung hinter mich bringen. Es ist ja nicht so, dass mir Al Chalid Angst einjagt, nur verschaffen mir ihre ungewohnten Bräuche ein mulmiges Gefühl.

»Schon gespannt, wohin wir dich bringen?«, fragt mich Lawrence, nachdem er einen Blick mit Gideon ausgetauscht hat.

»Hoffentlich keinen Club, in dem ich um eine Stange tanzen muss.«

»Nein, besser. Und wir sind …« Lawrence blickt aus dem Fenster einem hohen Glasgebäude entgegen, vor dem einige Menschen beim Eingang warten. »… genau jetzt da.«

Die Limousine bleibt vor dem Eingang eines Hotels stehen und Lawrence hilft mir aus dem Wagen, bevor der Chauffeur an uns vorbeiläuft und zum Kofferraum geht, was er bisher nie getan hat.

»Ihr habt etwas mitgenommen?«, fragt Jane neugierig und bleibt gespannt neben dem Chauffeur stehen.

»Allerdings. So wie ihr gerade ausseht, können wir euch nicht in die Location mitnehmen«, erklärt Dorian und streift eine dunkle Strähne aus Janes Gesicht, die versucht böse zu blicken. Gut, wir beide tragen Kostüme, aber die sollten wir tragen, um den Arabern in einer angemessenen Kleidung gegenüberzutreten – was ich erst im Nachhinein herausgefunden habe.

»Los kommt, ihr müsst euch noch umziehen.« Lawrence winkt mich knapp an seine Seite und führt uns in das Glasgebäude an dem Wachpersonal, den Ladys und den Männern vorbei, die es kaum erwarten können, eingelassen zu werden. Die Frauen tragen schillernde, glamouröse Kleider, die Herren – wie sollte es anders sein – teure maßgeschneiderte Anzüge. Also werden wir einen Club der Schönen und Reichen betreten.

Wir fangen uns nicht nur verärgerte Blicke ein, als unsere Kostüme – als wären wir Stewardessen – gemustert werden, sondern weil Lawrence, ohne einen Hehl daraus zu machen, elegant mit mir an der langen Menschenschlange, die vor dem Club wartet, vorbeiläuft, direkt auf einen Mann zu, der für den Einlass zuständig ist. Ich höre leise Proteste, aber ignoriere sie. Lawrence wird schon wissen, was er macht.

Er zieht etwas aus der Innentasche seines Jacketts und hält es dem Mann entgegen, der auf eine Karte starrt, dann breit grinst und uns Platz macht.

»Was ist das?«, frage ich unauffällig, als wir in eine Halle aus Marmor und Glas eingelassen werden.

»Eine Vergünstigung unseres Vaters. Er kennt den Besitzer, und ich habe keine Lust, ewig in der Schlange zu warten, Schatz.« *Wie hilfreich doch nützliche Kontakte sein können* – denke ich, als ich über die Schulter blicke. Der Chauffeur trägt unsere Kleider über den Armen und folgt uns, was etwas seltsam auf die anderen Gäste wirken muss. Aber mir gefällt unser Auftreten.

Einige Etagen höher öffnet Lawrence vor uns eine Tür mit einer Schlüsselkarte und wir betreten den großen Raum, der an eine Lounge erinnert. Als ich zu der Fensterfront gehe, bewundere ich kurz den Ausblick, bevor sich Finger an meinem Blazer zu schaffen machen.

»Tut mir leid, Kleines, aber wir haben nicht ewig Zeit.« Es ist Gideon, von dem ich mir aus meinen Kleidern helfen lasse. Jane zieht sich hinter mir ebenfalls aus, während der Chauffeur in der Zwischenzeit die Kleider auf eine Couch gelegt und den Raum verlassen hat. Lawrence geht unruhig vor der Tür auf und ab.

»Schade«, antworte ich gespielt traurig, dann entkleide ich mich und stehe kurz darauf nur in schwarzen Dessous, Strumpfbändern, die ich als Überraschung angezogen habe – die wohl daneben ging –, und hohen Jimmy Choo, die mir für die Gala gekauft wurden, vor ihnen.

»Heiß, Kätzchen. Verflucht, warum wollen wir nicht kurz eine …?«

»Nein!«, entgegnet Gideon Lawrence, bevor er den Satz aussprechen konnte. Seine Blicke haften weiterhin auf meinem Körper. »Später. So lange musst du dich noch gedulden.«

»Ah, was habt ihr für später geplant?« Ich recke mein Kinn zu Gideon hoch, der zu mir herabblickt und eine Augenbraue hebt. Seine Fingerspitzen wandern über meinen Bauch, mein Dekolletee, bis seine Hand unter meinem Kinn liegt und sein Blick dabei unergründlich ist.

»Sei nicht immer so neugierig. Hier.« Er reicht mir ein dunkelblaues Kleid aus Seide, das einen Träger um den Nacken hat und dessen Stoff stufenweise zum Boden herabfließt wie ein Wasserfall. Mein Rücken ist bedrohlich tief ausgeschnitten, sodass ich ... Finger wandern zu meinem BH und öffnen ihn.

»Du denkst auch an alles«, bringe ich hervor und lasse mir von Gideon meinen BH ausziehen, aber halte dabei seinem Blick stand, der in keiner Sekunde zu meinen Brüsten wandert.

»Ja, ich denke immer an alles. Es wird dir fabelhaft stehen.«

»Weil du es herausgesucht hast?«, frage ich ihn und sein schiefes Grinsen verrät mir, dass ich richtig liege. Er dreht sich tatsächlich kurz um, um mich das Kleid in Ruhe anziehen zu lassen. Jane zieht ein rotes Kleid an, das mich sehr an Spanien erinnert, aber ihr hervorragend steht.

Als ich das Kleid zurechtzupfe, fallen mir Lawrence' Blicke auf, der – angelehnt an der Wand – zu mir sieht und anerkennend nickt.

»Wir sollten heute Abend davon ausgehen, dass uns kein Dubois in die Quere kommt.«

»Wollt ihr euren Plan nach der Gala heute umsetzen?«, erkundige ich mich und drehe mich kurz zu den Fenstern, die mich in der

Nacht spiegeln. Wir befinden uns so weit oben, dass uns niemand sehen kann, deswegen würde ich den Anblick gern länger genießen. Eine Hand wandert über meinen Rücken, der bis knapp über meinem Hintern nackt ist, was eine optimale Gelegenheit für die Jungs ist, mich überall zu berühren und den seidigen Stoff ohne Komplikationen beiseiteschieben zu können. Gideon ist raffiniert, das fällt mir so oft auf.

Im Fenster treffen sich unsere Blicke, bevor er seinen Kopf neigt und meinen Hals aufwärts küsst, mich aber im Griff behält, sodass er mein kurzes Zaudern sicher spüren konnte. Ich erkenne seine Uhr, die sich im Glas spiegelt, als er seinen Arm hebt und Lawrence neben mir steht. Ohne es gesehen zu haben, wird mir etwas über das Gesicht gebunden.

»Keine Angst, es ist nur eine Maske.« Ich ziehe die Finger zu meinem Gesicht und taste über Stickereien und Pailletten, die auf der Maske befestigt sind. Im Glas sehe ich die dunkle kunstvolle Maske. Als ich mich zu den Männern umdrehe, sehe ich, dass sie ebenfalls maskiert sind.

»Und ... überrascht?«

»Allerdings. Ich habe Maskenbälle schon immer geliebt, aber war bisher nur auf zwei.«

»Sehr gut, denn den dritten wirst du nicht so schnell vergessen. Obwohl es kein Maskenball ist, sondern ein Thema des Clubs für den Abend.« Lawrence' Vorfreude ist kaum zu übersehen.

»Bereit?«, fragt mich Gideon und ich nicke. Wieder wandert mein Blick zur Uhr, als er mir seinen Arm anbietet. Ich berühre sie flüchtig, bevor ich meinen Arm durch seinen schiebe.

Mit dem Fahrstuhl fahren wir weitere Stockwerke höher bis zur letzten Etage, sodass mir mulmig wird. Nicht, dass ich Höhenangst hätte, aber als die Fahrstuhltüren sich öffnen, verschlägt es mir kurz die Sprache. Ein Garten mitten auf einem Hochhausdach, mit einer Tanzfläche aus Marmor, hinter der ein DJ-Pult aufgebaut ist und viele Menschen tanzen oder links und rechts zwischen kleineren Bäumen an den Bars anstehen. Neben mir gehen Steinwege ab, die zu Sträuchern und akkurat gestutzten Hecken führen, hinter denen ich nichts erkennen kann und die mich an ein kleines Labyrinth erinnern.

»Das ist ... unglaublich.« Und so groß und alles auf einem Dach. Ein helles Segel spannt sich unter den bunten Lichtern der Scheinwerfer über der Tanzfläche, als befänden wir uns auf einem Segelschiff. Gut zweihundert Menschen stehen, lachen oder tanzen, meiner Meinung nach, auf dem ausgedehnten Dach, was mir wie ein Traum erscheint. Alle sind maskiert und tragen den passenden Dresscode zum Thema. Diamantketten funkeln mir entgegen, teure Designerschuhe laufen an mir vorbei und aufwendige Kleider wie die von Promis. Es ist so viel anders als auf der Gala, bei der ich von ihrem Vater und Nadine überwacht wurde.

»Ich würde sagen, die Überraschung ist uns gelungen. Wenn du dich mit Gideon schneller geeinigt hättest, wären wir bereits zeitiger hier gewesen.« Lawrence schaut von mir zu Gideon, der keine Miene verzieht.

»Das stimmt so nicht, Law. Wir mussten uns nach der Einladung Seiner Exzellenz richten«, mischt sich Dorian ein, der Jane am Arm hat, die aus dem Staunen nicht mehr herauskommt. Irgendwie steckt sie mich mit ihrem lockeren leichten Verhalten an.

»Mag sein. Aber nun sind wir hier.«

»Was möchtest du trinken, Maron?«, fragt mich Gideon, um das Thema zu wechseln.

»Ich werde mich kurz umsehen«, beschließt Lawrence. »Mach keinen Blödsinn, Schatz, und lass dich nicht ansprechen. Andernfalls …« In seinen Augen steht eine stille Botschaft, dass ich es ansonsten bereuen werde. Wie ich mich auf seine Revanche freue. Von ihm lasse ich mir keine Vorschriften machen, bloß weil wir uns in der Öffentlichkeit befinden. Ich lächele ihm süffisant entgegen, was er mit einem harten Blick quittiert.

»Ich weiß mich zu benehmen, Lawrence.« Er nickt kurz, aber glaubt mir nicht, bevor er sich umdreht und zwischen den tanzenden Paaren verschwindet, Dorian Jane zu der Brüstung führt und Gideon nach meiner Hand greift.

»Was möchtest du nun trinken?«

»Warum trägst du die Uhr?«, möchte ich wissen, ohne auf seine Frage einzugehen. Er atmet tief durch, so als ob er sich seine Antwort parat legen müsste. Er weiß bereits, was er mir sagen wird. Kurz schweift sein Blick über die anderen Gäste der Location.

»Um dir zu zeigen, dass ich dein Geschenk nicht ablehne.«
Mehr nicht? »Also, was möchtest du trinken?«

»Einen Gin Tonic.« Den brauche ich nach seiner Antwort. Auch wenn er noch so lange versucht, in meinen Augen zu forschen, was ich denken könnte, ich zeige es ihm nicht. Dann dreht er sich um, seine Hand verliert sich aus meiner und ich stehe allein zwischen den fremden Menschen.

Aber es ist gut so, er baut dieselbe Distanz zu mir auf wie ich zu ihm, auch wenn es mir schwerfällt, seine Worte zu hören. Mit der Hand taste ich über mein hochgestecktes Haar, hole tief Luft und beschließe den Garten weiter zu erkunden. Vielleicht treffe ich Lawrence. Die Steinwege führen tatsächlich zu Hecken, die Bänke und kleine Teiche versteckt halten. Um den Garten entdecke ich eine Metallbrüstung, auf die ich zugehe. Zwischen den Sträuchern, die herrlich blühen, ist ein Stück Geländer zu sehen, an dem sich keine Menschen tummeln und ich einen Moment für mich allein habe.

Mit den Ellenbogen stütze ich mich über das Geländer und blicke auf die vielen Wolkenkratzer weiter zum Meer, das nicht weit entfernt hinter den hohen Gebäuden schimmert, und sehe ein blinkendes Flugzeug am Nachthimmel, das direkt auf uns zusteuert. Nur noch drei Tage, dann läge all das in der Vergangenheit und ich hätte meine Prüfungen, an die ich in den letzten Tagen kaum gedacht habe. Aber ich würde meine Schwester wiedersehen und Luis, wäre in meinem Appartement und könnte ohne Vorschriften der Brüder tun und lassen, was ich möchte.

Ich beobachte, wie ein Schiff langsam im Meer den Hafen ansteuert, höre das Rauschen der Autos unter uns, nur schwach, weil die Musik des DJs alles übertönt. Oder ich bilde mir das Rauschen nur ein. Nein! Es ist kein Rauschen, es ist mein Smartphone, das vibriert. Ich seufze leise, weil ich in meinen Gedanken gestört werde, und hole es aus meiner winzigen Handtasche, in die nur mein Portemonnaie und das Handy passen – und mein Pfefferspray.

Als ich es anschalte, sehe ich eine ungelesene Nachricht von einer Nummer, die ich nicht kenne.

Schau nach links.

Warum soll ich nach links sehen? Als ich es mache, sehe ich zwischen den Zweigen der Sträucher zum Lifteingang, weiter zu den tanzenden Menschen.

An der Mauer, nur so dass ich ihn sehen kann, steht eine dunkle Gestalt angelehnt, die zu mir blickt. Ich erkenne sie nicht, weil in diesen Winkel kein Licht fällt, aber ich weiß, sie blickt mir direkt ins Gesicht. Soll ich auf sie zugehen? Oder ist es ein Trick? Ich habe Dubois mit noch einem Mann in der Mall gesehen – nicht dass er nun Rache nehmen will, weil Dubois verhaftet wurde …

Schnell tippe ich ins Handy.

Mit wem habe ich die Ehre?

Ich weiß, es klingt nach purer Neugierde, aber ich möchte es wissen. Die Person neigt ihren Kopf, aber so, dass ich von dem Licht des Handys, das er in der Hand hält, weiterhin nicht erkennen kann, wer er ist. So wie er sich verhält, weiß er, wie ich mich verhalte. Ich würde nicht auf ihn zugehen, ihm kein Lächeln schenken. Skeptisch sein, ja, aber es mir nicht anmerken lassen. Dann wieder ein Vibrieren und ich lese die Nachricht.

Ich bin dein Spiegel-Ich. Weißt du noch?

Spiegel-Ich? Ja, es kann nur einer sein, wir wollten uns nie seelenverwandt nennen, nie füreinander bestimmt, nie vom Schicksal verbunden. Warum ist er hier?

Wie könnte ich das vergessen? Warum bist du doch nach Arabien geflogen? Du solltest das nicht ...

»Dein Gin Tonic, Kleines«, höre ich Gideon neben mir und fahre zusammen. Dabei tippe ich schnell auf Senden und lasse mein Handy in der Hand verschwinden.

»Danke.« Ich nehme ihm das Getränk mit einem Lächeln ab, aber stelle mich zu ihm, sodass ich die Gestalt an der Wand weiterhin im Auge behalten kann.

»Du bist schwer zu finden. Wolltest du dich etwa verstecken?« Gideon zieht beide Augenbrauen in die Stirn und öffnet dabei leicht den Mund, bevor er einen Schluck von seinem Scotch nimmt, so als wollte er weitersprechen.

»Das habe ich nicht nötig. Nein, ich wollte die Ruhe genießen, den Ausblick, der einfach wunderschön ist.«

Trotz der Maske, die Gideon trägt, bleiben mir seine leichten Fältchen um die Augen kaum verborgen, obwohl er nicht lächelt.

»Ich finde den Anblick vor mir wunderschön.« Seine Augen wandern von meinem Gesicht zu meinem Kleid.

»Hast du wirklich solche simplen Anmachen nötig?«

»Nein, aber ich benutze sie gern. Weißt du, einige Frauen springen, ob simpel oder nicht, sehr gut darauf an.« Andere Frauen?

»Zum Glück gehöre ich nicht zu dieser Kategorie.«

»Nein.« Sein »Nein« klingt enttäuscht, so als würde er es sich wünschen. In wenigen Schlucken ist sein Glas geleert, während ich zwei winzige Schlucke von dem Gin Tonic getrunken habe, und stellt es auf die Bank neben uns ab.

Mein Handy vibriert, und ich würde es sofort abstellen, aber Gideon hat es bemerkt.

»Wer will heute Abend noch etwas von dir?«, fragt er und ich zucke nur die Schultern.

»Es ist bestimmt Luis, der mir die neuen Mitschriften schickt.«

»Du solltest morgen wieder lernen, bis du zu Al Chalid fahren wirst.«

Ich lese die neue Nachricht.

Seit wann trinkst du Alkohol, wenn du eine Session abhalten willst?

Ich schlucke – *weil ich keine Session abhalten will*. Aber das wäre wohl die falsche Antwort, ihm das zu sagen.

»Hast du mir zugehört?«, fragt mich Gideon. Ich blinzle mehrmals und schaue zu ihm auf. »Ich habe dich gefragt, wann er dich abholen wird.«

»Er sprach von um drei. Begleite mich doch einfach, Gideon, Al Chalid hätte sicher nichts dagegen«, will ich ihn überzeugen, während mir der Gin Tonic in der Hand plötzlich lästig vorkommt, weil *er* mich beobachtet. Aber leugnen kann ich es nicht mehr. *Verflucht! Warum bist du hier!*

»Nein, dir wird nichts passieren, wenn du freundlich bist und die arabischen Regeln achtest.«

»Du könntest sie mir gerne beibringen«, versuche ich zu scherzen, was wohl danebenging. Warum ist er so seltsam? Die gesamte Zeit verhält er sich kühl, distanziert und fremd.

Schnell tippe ich eine Antwort und schaue auf die Uhr meines Handys.

In einer halben Stunde, bei den Toiletten!

Dann verstaue ich mein Smartphone auf stumm geschaltet in der Clutch und widme mich wieder Gideon.

»Glaub mir, Kleines, arabische Regeln und du würden nicht zusammenpassen, das ist wie Feuer und Eis, wie Himmel und Hölle.«

»Und das sind wir beide nicht?« Mit einem unschuldigen Blick schaue ich zu ihm auf.

»Wir«, sagt er betont langsam, streckt seine Hand nach meinem nackten Arm aus und wandert sanft darüber, weiter über mein Schlüsselbein. »Sind nur hier, um unseren Spaß zu haben, Kleines. Um mehr sollten wir uns keine Gedanken machen.«

Die Schärfe in seinem Blick flackert kurz, weil ich weiß, wie schwer es ihm fällt, die Worte auszusprechen. *Aber er würde dir damit viel ersparen* – denkt die Vernunft in mir. *Doch so gern würde ich von ihm hören wollen, für ihn etwas Besonderes zu sein, kein gebuchter Urlaubsflirt, der in wilden Sexspielchen endet* – verlangt die zarte Seite in mir, die ich so oft zurückdränge.

»Welch weise Worte. Also wirst du dich aus meiner Privatsphäre heraushalten, mich Dinge machen lassen, ohne sie zu hinterfragen, und keine Fragen mehr stellen?«, hake ich nach, weil ich es von ihm hören will.

Doch statt mir eine Antwort zu geben, lässt er seine Hand sinken und geht auf die Brüstung zu. An seiner angespannten Haltung sehe ich, dass ihm meine Fragen zusetzen, er weiterhin versucht, Abstand von mir zu halten. Flüchtig schaue ich zur Wand, wo die Gestalt vorher noch stand. Sie ist weg. Niemand ist mehr zu sehen.

Schnell trinke ich den Gin Tonic leer und stelle ihn auf die Bank, damit ich das Glas los bin, und gehe auf Gideon zu. Der warme

Rausch kriecht langsam in meinen Kopf, breitet sich zu einem feinen Nebel aus, der meinen Verstand etwas zurückdrängt. Von hinten greife ich nach Gideons Hand und schmiege mich an ihn, um seinen Duft einzuatmen. Vielleicht tue ich es nur deswegen, aber ich muss mit ihm reden.

»Was stimmt seit heute Nachmittag nicht mit dir, warum glaubst du, ohne zu hinterfragen, Romanas Lügen? Ich kann mir nur einen Grund vorstellen: Du willst dich zurück...«

»Nein!«, unterbricht er mich, löst seine Hand aus meiner und lehnt sich über die Brüstung. »Nein, ich suche keinen Grund, um mich zurückzuziehen, Maron.«

Er nennt mich nur bei meinem Namen, wenn er ernste Dinge anspricht – so wie jetzt. Gänsehaut wandert über meine Arme, während mich eine warme Nachtluft umgibt. Soll ich wirklich nachhaken? Oder die Sache auf sich beruhen lassen? Es würde mir viele Probleme ersparen.

»Du weißt vielleicht nicht, wie es ist, in seinem Leben mehrfach hintergangen, belogen und ausgenutzt worden zu sein«, beginnt er leise zu sprechen, dabei fixiert er den blau beleuchteten Glastower vor uns. Ohne ihn zu berühren, lehne ich mich neben ihn über die Brüstung und höre ihm zu. Natürlich weiß ich, wie es sich anfühlt. Aber ich werde ihn nicht unterbrechen. »Vielleicht haben wir diese Eigenschaft gemeinsam, vielleicht sind wir in diesem Punkt nicht so verschieden, hinterfragen alles, wollen unser Gegenüber einschätzen können, wissen, was die Person denkt und fühlt. Und bei dir ...« Mit einer Hand fährt er sich durch sein Haar, sodass zwei dunkle Strähnen in seine Stirn fallen. Ich behalte ihn aus den Augenwinkeln im Blick. »Wir wollten Spaß, Abwechslung und ja, die hast du uns geliefert, doch mit ihr meine Neugierde an dir. Ich möchte wissen, wer du bist. Ich mag deswegen Grenzen überschreiten, kann sein.« Abfällig lacht er und hebt seinen Blick zum Nachthimmel. »Aber ich hasse Lügen, weil es Menschen gab, deren Lügen ich hätte früher erkennen sollen.« Er wurde verletzt, sehr sogar. Von wem? Einer Frau, seinen Eltern? Seinen Brüdern? »Und nun bin ich auf Romanas Worte hereingefallen, die mich einfach so weit getrieben haben, in Marseilles Krankenhäusern anzurufen. Verrückt, was? Aber ich wollte es wissen. Und nun weiß ich es, ich weiß, dass du ehrlich zu mir bist.« Woher? Hat er noch mal angerufen oder glaubt er meinen Worten?

»Woher?«, frage ich ihn leise und mustere sein Profil, seine schräge Stirn, die gerade Nase und seine Lippen, wenn sie sich bewegen.

»Weil ich mit Romana gesprochen habe. Im Prinzip weiß sie gar nichts über dich.« Kurz schließt er seine Augen. »Sie wollte wissen, was zwischen dir und eurem Lehrer lief, mehr vermutlich nicht ...« Hat sie geglaubt, dass ich Gideon vor Wut über seinen Vertrauensbruch alles aus meiner Vergangenheit preisgegeben hätte, um so meine Unschuld zu beweisen? Sie ist wirklich seltsam und bösartig zugleich. »Ich habe keine Ahnung, was sie daran interessiert, was sie wissen will und warum ...«

Ich kann es mir denken. Und wenn er hier wäre, wenn Kean das hören würde, würde er sich Romana sofort greifen. Weil er niemals duldet, dass Grenzen durch Neid, Eifersucht oder Missgunst überschritten werden. Hatte sie sich in Kean verliebt und wurde abserviert?

»Deswegen halte ich Abstand, weil ich nicht weiß, wie ich es ändern kann, weil ich der falschen Person geglaubt habe.«

Er hat ein schlechtes Gewissen. Warum nur trifft es einen Nerv in mir? Liegt es am Alkohol, an seinen ruhigen Worten, die zu der ruhigen Musik passen, die vom DJ gespielt wird, oder liegt es an der Abendstimmung?

»Ich ...«

Überlege, was du sagst!

Ich greife nach seiner Wange und drehe seinen Kopf mit einem zarten Lächeln in meine Richtung. »Ich kann dich verstehen, warum du es getan hast. Wir sind beide skeptisch ... Aber eines solltest du von mir wissen: Ich bin nicht nachtragend. Ich habe dir bereits verziehen. Nur ...« Mein Blick wird streng, als ich tief in seine so wunderschönen grünen Augen sehe, in denen sich ein heller Streifen von der Beleuchtung hinter mir abbildet. »... ich akzeptiere niemals falsches Verhalten, wenn es ein zweites Mal begangen wird.«

Meine Fingerspitzen wandern kurz unter seine Maske, so als wollte ich ihn so sehen, wie er ist, ihm die Maske abnehmen.

Ein blasses Lächeln ist auf seinen Lippen zu erkennen. »So viel Sanftmut hätte ich dir nicht zugetraut, Kleines.« Eine Hand umfasst meine Taille, bis er sich zu mir herabbeugt und vor meinen Lippen spricht. »Ich weiß es zu schätzen.«

Meine Hand liegt immer noch auf seiner Wange, als sein Atem meine Haut trifft und sich seine Lippen auf meine legen. *Ich werde es so vermissen* – denke ich in dem Moment. Fast zurückhaltend erwidere ich den Kuss, der einen Impuls meinen Rücken herunterjagen lässt. Seine Zunge sucht meine, fordert mich sanft auf, bevor ich mich näher an ihn ziehe.

»Ah! Hier seid ihr. Wenn ihr ohne mich anfangt, werde ich Maron weitere zehn Minuten für mich beanspruchen, kleiner Bruder.« Augenblicklich löst sich Gideon von mir und ein Gefühl der Kälte breitet sich in mir aus, weil er mich freigibt.

Sei professionell! Finde wieder zu dir! – ermahnt mich mein Verstand.

»Lawrence, du bist wirklich unglaublich mit deinen Versprechungen. Doch ob du dein Wort halten kannst ...« Ich mache einen Schritt auf ihn zu, schmiege mich an ihn und fasse in seinen Schritt, während er aufkeucht. »... werden wir sehen, Darling.« Meine Lippen streifen seinen Hals, bevor er leise lacht.

»Wenn ihr mich kurz entschuldigen würdet.« Ohne einen weiteren Kommentar schiebe ich mich an ihm vorbei.

»Sollte ich dich nicht lieber begleiten? Nicht, dass du wieder abgefangen wirst?« Ich erkenne besorgte Züge auf Lawrence' Gesicht.

»Nein, es gibt niemanden, der mich außer euch bedrohen könnte.« Ich zwinkere ihnen zu. Gideon scheint nicht überzeugt zu sein. »Ich werde mitkommen.«

»Und die Sekunden zählen, wie lange ich in der Kabine brauche? Nein. Aber ich kann euch gerne ein Beweisfoto schicken, dass ich noch lebe und mich auf der Toilette befinde. Jetzt seid nicht albern.«

»Ich möchte ein ganz besonderes Bild, Kätzchen. Du weißt«, er räuspert sich kurz, als ein Paar an ihm vorbeischlendert, »welches ich meine.«

Leise lache ich und gehe auf den Lift zu. Ein Blick auf mein Handy verrät mir, dass ich fünf Minuten zu spät dran bin. Trotzdem bin ich erleichtert, die Angelegenheit mit Gideon geklärt zu haben.

22. Kapitel

Eine Etage tiefer suche ich die Toiletten auf. Dieses Mal liegen sie nicht versteckt, und vereinzelt treffe ich Frauen oder Männer, die sie aufsuchen. *Wo wird er warten?*

Eine Frau in einem silbrigen Kleid läuft an mir vorbei, als ich die Tür öffnen will und sich eine Hand um meine Taille legt und mit einem Griff um die Ecke zu einer der Türen, die zum Treppenaufgang führen, zieht.

Ein unverwechselbarer Geruch umgibt mich, als ich im nächsten Augenblick dem Mann gegenüberstehe, den ich seit Monaten nicht mehr gesehen habe, der, den ich so viele einsame Momente verflucht und zugleich vermisst habe.

»Schön, dich zu spüren, ma Amant.« Nachtschwarze Augen treffen meine und halten mich gefangen, bevor sich Hände um mein Gesicht legen und er mich küsst. Seine kontrollierte Art lässt mich kaum zurückweichen. Ich erwidere den Kuss, der stürmisch und so voller Sehnsucht ist, aber es ist anders ... anders als früher. Etwas fehlt. »Du riechst nach ihm«, sagt Kean mit seiner rauen festen Stimme.

»Verwundert dich das?« Neben mir öffnet er die Tür und zieht mich in den Treppenaufgang. »Was hast du vor? Ich habe nicht viel

Zeit, dann muss ich zurück. Du hättest nicht nach Arabien fliegen sollen.«

»Doch! Denn wenn ich dich hier so sehe, war es das Richtige.« Erst jetzt kann ich Kean ansehen und erkenne kaum eine Veränderung, bis auf dass sein dunkelblondes welliges Haar, das aus dem Gesicht gestrichen ist, etwas kürzer ist. In einem schwarzen Hemd und einer grauen Hose steht er vor mir, während seine dunklen Augen meine treffen und jeden meiner Gesichtszüge festhalten.

»Nein, du kannst nicht nach Monaten, in denen wir keinen Kontakt hatten, hierherkommen und den Retter spielen.«

»Retter?« Er verzieht sein Gesicht, als hätte er sich verhört.

»Ja! Oder weswegen bist du sonst hier?« Ich recke mein Kinn hoch und hebe eine Augenbraue. Bei ihm, weiß ich, wirkt die scharfe Mimik nicht, trotzdem liegt sie mir im Blut.

»Weil ich mir Sorgen mache? Aber wie immer glaubst du, mit allem allein fertig zu werden, ma Amant.«

»Ja. Was, glaubst du, habe ich die letzten Monate ohne dich gemacht? Ich habe alles selber meistern können – ohne dich! Und bloß weil in einer Nachricht ein Satzzeichen nicht stimmte, reist du an? Hast du keine Schülerinnen zu unterrichten?« Warum nur klingen meine Worte wie Vorwürfe?

»Du hättest keinen Alkohol trinken sollen, der bewirkt bei dir immer, dass du dich nicht mehr unter Kontrolle hast.« Verflucht, er hat recht. Ich setze einen Schritt zurück.

»Ich muss wieder auf die Terrasse.« Schnell wende ich mich um und hebe die Hand zum Türgriff, als er mich so schnell mit einem Arm um meinen Oberkörper gefangen nimmt, dass ich mich nicht mehr bewegen kann. Ich schmunzle dem Fußboden entgegen, weil ich weiß, jede Bewegung würde ihn noch mehr reizen.

»Das alte Spiel?«, frage ich, ohne meinen Blick zu heben.

»Anscheinend geht es nicht anders. Du hörst mir jetzt zu. Ich bin hierher geflogen, um dir zu helfen, um mir Dubois vorzunehmen und mit Romana zu sprechen, was ich bereits getan habe.«

»Und? Lebt sie noch?«, frage ich zynisch nach. Sein Griff wird fester und zugleich will ich es – ihn fest um meinen Körper spüren, sodass ich keuche.

»Fall mir nicht ins Wort!«, flüstert er leise, sodass mir seine Worte schmeicheln, ohne mich zu bedrohen. *Wie früher! So vertraut.* Ich muss meine Augen schließen, um meine Beherrschung nicht zu verlieren und das Stechen in meinen Augen zu unterbinden.

»Ich habe die Angelegenheit auf meine Art geklärt. Als ob ich euch etwas antun würde. Aber sie sollte dir weder ein weiteres Mal unter die Augen treten noch deinen Namen aussprechen.«

Weil du sie übers Knie gelegt hast? Das leise Lachen kann ich kaum unterdrücken, das sich meine Kehle hocharbeitet. Doch Romana hat mit dem Feuer gespielt, sie wusste, was passieren würde, sobald sie gegen die Regeln verstößt.

»Und ich werde dich zurück nach Marseille begleiten. Ich habe gesehen, mit welcher Vertrautheit du mit deinem Kunden umgehst, was dich ruinieren wird.«

»Tatsächlich?«, antworte ich bitter. »Was soll mich noch mehr ruinieren als deine Abweisung?« Neben meinem Kleid balle ich meine Hände zu Fäusten. Am liebsten würde ich mich freikämpfen wollen, aber jeder Versuch wäre zwecklos. Ein Schluchzen arbeitet sich in mir hoch. Sein Griff lockert sich etwas, sodass er mich an den Schultern umdreht und in seine Arme zieht, noch bevor ich ihm ausweichen kann.

Weil du es nicht willst – flüstert mir eine Stimme zu.

»Schon gut, ma Amant. Ich weiß, was ich dir angetan habe. Nur vergiss nicht, warum.« *Ja warum ... Weil du die Beziehung mit Kathy nicht aufs Spiel setzen wolltest, bei deinem ungeborenen Kind bleiben wolltest, dich unsere Verbindung verrückt gemacht hat ...*

»Ich sollte gehen ... Sie werden misstrauisch und ich möchte mich nicht vor ihnen rechtfertigen.«

Langsam entlässt er mich aus seinen Armen, schiebt mich ein Stück zurück, damit er mir ins Gesicht sehen kann. Seine markanten Züge, die leichte Verbreiterung auf seinem Nasenrücken, die kleinen Fältchen um seine Augen, sein Adamsapfel, der immer zuckt, wenn eine Spannung zwischen uns in der Luft liegt, alles wirkt so vertraut, als hätte ich ihn erst vor wenigen Tagen getroffen.

»Geh zurück, trink keinen Alkohol mehr und sei das, was du bist, was ich dir beigebracht habe.«

»Hübsch anzusehen, aber niemals erreichbar.«

Ein Lächeln umspielt seine Lippen, bevor er sein Kinn hebt und den Kopf leicht schief legt.

»Ja. Enttäusche mich nicht. Wir sehen uns morgen.«

»Nein, ich habe morgen ...«

»Wir sehen uns morgen! Und nun geh, verschaffe ihnen die beste Nacht ihres Lebens, ma Amant. Wir reden später, das verspreche ich dir.« Ein Kuss trifft meine Schläfe, dann meine Lippen, während er die Klinke senkt, dann die Tür öffnet. Unauffällig husche ich durch die Tür und laufe zielstrebig auf den Fahrstuhl zu. Die Tür fällt hinter mir zu, noch bevor ich einen letzten Blick auf Kean erhaschen kann.

Mit den Fingern zupfe ich im Fahrstuhl mein Kleid zurecht und hoffe sehr, dass mich keiner gesehen hat. Ich starre zur beleuchteten Fahrstuhldecke hoch und lehne mich an, während die blauen Ziffern umspringen und ich zu schnell auf dem Dachgarten ankomme, bevor ich mich beruhigen kann. Alles stürmt auf mich ein, die Vergangenheit vermischt sich mit der Gegenwart, was mir schwerfällt zu trennen.

Atme tief durch, bleib konzentriert und aufmerksam. Und später werde ich mit Kean die Dinge besprechen, die Fragen loswerden, die mir die gesamte Zeit auf der Zunge liegen.

»Da bist du ja. Schon mal auf dein Handy gesehen, Schatz?«, fragt mich Lawrence und zieht mich, kaum dass ich zwei Schritte aus dem Fahrstuhl gesetzt habe, an seine Seite. Für eine kleine Ewigkeit vergrabe ich mein Gesicht an seiner Schulter und fange mir einen skeptischen Blick von Gideon ein.

»Alles in Ordnung?«, fragt er und vermutlich denkt er, es läge an unserem Gespräch, das wir geführt haben, bevor ich die Toiletten aufgesucht habe. Mit einem Lächeln, das die letzten Minuten fortspült, nicke ich.

»Ja, es ist alles in Ordnung. Wo sind Dorian und Jane?«

Lawrence senkt seinen Blick auf mich, dann schenkt er mir einen Kuss. »Sie bereiten alles vor.«

Mein Blick schnellt zu Gideon, der die Schultern zuckt, als sei er ahnungslos, obwohl ich erkennen kann, dass er weiß, was geplant ist. Ich frage nicht nach.

»Wann wird es losgehen?«

»Da ist aber einer ungeduldig – findest du nicht auch, Gideon? Es wird nicht mehr lange dauern und wir holen das auf, was wir nach der Gala versäumt haben.« Ich blicke in Lawrence' graue Augen, die mich festhalten. »Du sagst sofort, wenn es nicht geht?«

»Das tue ich immer ...« Hinter Lawrence sehe ich, wie sich die Fahrstuhltür öffnet und Kean mit zwei Frauen und einem jüngeren Mann den Fahrstuhl verlässt. Unsere Blicke treffen sich nur für Millisekunden, trotzdem kommt es mir wie eine kleine Ewigkeit vor.

An meiner Schulter tippt mich jemand an, sofort fahre ich herum. Jane.

»Oh, habe ich dich erschreckt?«

»Nein.« Langsam löse ich mich aus Lawrence' Armen, der zu Gideon, dann zu Dorian blickt. Sie tauschen Blicke aus, dann folgt ein Grinsen.

»Wir sind bereit.«

»Jane«, ich ziehe sie zu mir an die Seite, »was haben sie geplant?«

»Sie werden ...«

»Jane!« Dorian baut sich neben Jane auf, die ein verbissenes Lächeln aufsetzt. »Du wirst nicht mehr lange warten müssen, Liebes, denn es wird gleich losgehen.«

Hinter mir ist die Stimmung der maskierten Menschen am Überkochen, während ich den Garten verlassen möchte.

»Verdammt! Ich warte keine Minute länger«, sagt Lawrence und fasst nach meiner Hand. »Wenn ihr fertig seid, dann kann der Abend jetzt noch schöner werden. Nicht wahr, Schatz?«

»Ich lasse mich gerne überraschen.« Mein Blick fällt kurz auf Gideon, der mir einen zuversichtlichen Blick schenkt.

Keine zehn Minuten später befinden wir uns in einem verschlossenen Raum im Hotel. Jane und ich sind mit Seilen nackt gefesselt. Sie haben unsere Beine fast kunstvoll verschnürt und unsere Handgelenke sind aneinander gebunden. Und während Jane mit dem Bauch auf der erhöhten Couch liegt, liege ich auf dem Rücken und habe einen viel besseren Ausblick auf die Männer, die neben uns stehen und uns wie ein Meisterwerk bewundern. Von oben betrachtet, sind wir auf der breiten Ledercouch in einer Linie positioniert.

»Dorian, du überraschst mich immer wieder«, bemerkt Lawrence und klopft seinem Bruder anerkennend auf die Schulter, der zu Jane, dann zu mir blickt.

»Keine Angst, Ladys, wir werden eure Positionen im Laufe der Zeit ändern, damit eure Muskeln sich nicht verspannen«, erklärt er in einem ruhigen Ton, sodass ich lachen muss.

»Bei mir verspannt sich gleich etwas völlig anderes, Jungs.« Ich drehe meinen Kopf, um Jane zu sehen, die ich aber nicht einmal aus den Augenwinkeln erkennen kann.

»Und darauf lässt du dich ein?«, frage ich sie, weil ich es mir bei ihr nicht vorstellen kann.

»Warum nicht? Du bist du doch diejenige, die gerne neue Dinge erleben möchte, bis an ihre Grenzen geht, und ich finde, wir sind in guten Händen«, höre ich ihre zarte Stimme, in der die Neugierde, was die Brüder geplant haben, mitschwingt.

Neben uns ist keiner der Männer ausgezogen, was sie anscheinend vorerst nicht vorhaben, stattdessen besprechen sie etwas leise. Links von mir habe ich einen fabelhaften Ausblick auf die halbe Stadt, was berauschend schön aussieht.

»Du kannst jederzeit dein Codewort rufen, Kleines«, flüstert mir eine Stimme ins Ohr. *Gideon.* Ich drehe mich in seine Richtung und nicke nur mit einem Ausdruck, der ihm zu verstehen gibt, dass ich es tun werde. »Gefällt dir der Ausblick? Ich habe dieses Zimmer aussuchen lassen.« Hände streicheln über meinen Bauch, über meine Rippen. Er ist immer noch maskiert, so wie ich. Bis auf meine Maske und den Jimmy Choo trage ich nichts.

»Er ist wunderschön.«

»So wie du.« Ein Kuss trifft meine Lippen, Hände streicheln über meinen Körper. Das Pflaster konnte ich heute Morgen abnehmen und der Schnitt ist dank der Dunkelheit kaum zu sehen. Unter seinen warmen Berührungen lasse ich mich fallen, bevor er zurücktritt und mir ein Lächeln schenkt.

Dorian beugt sich zu mir herab, küsst mich und fährt über mein Gesicht. »Heut sind keine Schläge vorgesehen.«

»Sehr freundlich«, kann ich mir meine schnippische Antwort nicht verkneifen.

»Dafür etwas, das deine Sinne entfalten wird.«

»Was hast du vor, Dorian?«, fragt Jane und ich spüre, wie sie den Kopf in seine Richtung dreht.

»Warte es ab, ma fleur.« Plötzlich hebt Dorian seine Hand zu meinen Ohren, beugt sich über sie und knabbert an einem Ohrläppchen, bevor er mir etwas Weiches in die Ohren schiebt.

»Ihr wollt uns taub machen?«, frage ich und schon höre ich nichts mehr, sehe aber sein Nicken.

Es ist ein eigenartiges Gefühl, nur seinen eigenen Atemzügen zu lauschen, nur seine eigenen Gedanken zu hören und nicht zu wissen, was man sagt, oder wie es sich anhört, weil man seine Worte nicht versteht.

Lange küsst mich Dorian, knabbert und saugt an meiner Unterlippe und schenkt mir ein Lächeln. Auf seinen Lippen kann ich ablesen: »Geht es?« Und ich nicke, weil mich ein vorfreudiges Gefühl durchrauscht, denn ich erkenne, wie Gideon Lawrence die Augen verbindet und er etwas zu seinem Bruder sagt, was ich leider nicht hören kann. Lawrence grinst breit und dreht den Kopf in Gideons Richtung, dann sehe ich, wie er sich entkleidet. Der Raum liegt wirklich fast in der kompletten Finsternis, aber ich kann ihn sehen, seinen muskulösen, tätowierten Oberkörper und seine Shorts, die er anbehält. Jane muss ebenfalls taub sein, denke ich, als ich meinen Kopf zu ihr drehe und ihre Finger an meinen spüre. Es ist eine bizarre Vorstellung, von jemand Blindes gevögelt zu werden, wenn man taub ist.

Neben Gideon steht Dorian, hält uns lange im Blick und sagt etwas zu Gideon, der lächelt, dann zu mir blickt. In seinen Augen steht die Botschaft, dass es gleich losgehen wird. Ich schmunzele ihm entgegen und nicke knapp. Dann verbindet er Dorian ebenfalls die Augen, der halb nackt vor uns steht.

Als ich einen flüchtigen Blick zu der Aussicht werfe, spüre ich Finger, die meine Beine berühren, sich langsam hochtasten und kurz meinen Schnitt streifen, der etwas ziept. Mein Blick schnellt zu meinen gefesselten Beinen, die angehoben werden, sodass Lawrence, den ich nicht mehr sehen kann, an meine Pussy gelangt. Ich spüre sein Haar, seine Finger, die sich geschickt vorarbeiten. *Warum schließe ich nicht einfach meine Augen?*

Die Maske liegt schwerer auf meinem Gesicht, als es mir vorkommt, und dann sind da Finger, die meine Pussy ertasten, sodass ich von den Berührungen heiß werde, sich ein Ziehen in meinem Becken sammelt, weil die Berührungen teils vorsichtig und zugleich unkontrolliert wirken, bis eine Zunge über meinen Kitzler leckt und ich tief Luft hole. Ich weiß nicht, wie es sich für die anderen anhören muss.

Nur meine angehobenen und zusammengebundenen Beine im Blick, sehe ich weiter auf die Aussicht, spüre das heiße Prickeln, das wundervoll warme Gefühl und bemerke, wie Gideon einen Schritt auf mich zu macht, etwas zu Lawrence sagt, der kurz innehält und dann weitermacht. Es ist alles so verrückt, deswegen blicke ich auf Gideon, der meinen Blick zur Skyline folgt, während ich geleckt werde, Finger in mich eindringen, sodass ich keuche und meine Brustwarzen sich kitzelnd zusammenziehen. Dann sieht er zu mir und versucht meinen Blick festzuhalten. Immer noch trägt er seinen Anzug und sieht darin so vornehm, wirklich beeindruckend gut aus. Sein dunkelbraunes Haar schimmert unter den Lichtern der Nachtbeleuchtung und ich sehe die Uhr an seinem Armgelenk. Etwas Größeres dringt in meine Pussy ein, vorsichtig, das vibriert, und ich schlucke, weil sich in dieser Position meine Pussy sehr eng anfühlt.

Kurz zieht Gideon die Augenbrauen zusammen, um in meinem Gesicht zu forschen. In einem knappen Blinzeln zeige ich ihm, dass es in Ordnung ist. Ich könnte sprechen, aber ich würde meine Worte nicht verstehen, so ist es angenehmer und er scheint es zu deuten, dann wandert sein Blick an mir vorbei. Die Couch bebt und Janes Finger rutschen in meinen ab. Wird sie gerade von Dorian gevögelt? Kurz lacht Gideon, was wunderschön aussieht und seine Augen zum Strahlen bringt, dann wird mein Kitzler intensiver geleckt, so fest, dass mich eine heiße Welle durchrauscht und ich zittere und meinen Rücken durchdrücke. Etwas dringt vorsichtig in meinen Anus ein, wie etwas, das mehrere Rillen hat. Gideon ist aus meinem Blickfeld verschwunden, als ich blinzele. Es fühlt sich zwischen meinen Beinen heiß und kalt zugleich an, eine Zunge leckt über meine Innenschenkel, Zähne verewigen sich in meiner Haut, während mein Körper unter Strom steht, ich die Finger in die festen Hanfseile kralle und jeden Moment komme. Mein Stöhnen höre ich nicht, mein Blut rauscht nur durch meine Ohren, bevor ich meinen Mund öffne und die Augen schließe. Dabei stelle ich mir vor, wie weiße Federn im schwarzen Nichts auf mich herabrieseln. So wunderschön zart, bis sie ein heißer Wind fortbläst.

Denn das Gefühl hält nicht lange an, als der Dildo aus mir herausgezogen wird, die Zunge sich von meinem Kitzler entfernt und auch die Finger sich auf meinen Pobacken zurückziehen. In meinem Kopf höre ich meine ausgesprochenen Worte.

»Das könnt ihr nicht machen.« Ich war so kurz davor, von der Klippe zu springen, so knapp. Wie können sie das stoppen? Kennen sie mich so gut? Etwas streichelt zart über meinen Kitzler, sodass ich zucke und so viel mehr will.

Dann senken sich meine Beine, ich sehe Lawrence seine Shorts ausstreifen, als Gideon neben mir steht und meine Handgelenke von Janes löst, aber meine Gelenke weiterhin zusammengebunden bleiben, sodass ich sie nicht einen Millimeter bewegen kann.

Was soll das werden? Langsam hebt mich Gideon hoch, ich erkenne Jane, die immer noch bäuchlings auf der Couch liegt und von Dorian verwöhnt wird.

Gideons Hände umfassen mein Gesicht, als ich stehe, aber sich meine Knie weich anfühlen. Sanft küsst er mich und schaut mir lange in die Augen, bevor ich seine Worte »Bist du bereit?« ablesen kann und ich »Ja« sage, was ich kaum höre.

Er drückt mich langsam auf den weichen Teppichboden, sodass ich vor ihm knie, bevor er meine Seile um die Gelenke löst und meine Hände hinter meinen Rücken bindet, dann Seile um meine Oberarme spannt – fest und nicht zu locker. Die Enden werden hinter meinem Rücken verknotet, sodass ich meine Arme nicht mehr bewegen kann wie eine Gefangene. Vorsichtig werde ich von Gideon auf die Knie gedrückt, mit den Schultern auf den Boden, direkt mit dem Kopf auf ein großes flaches Kissen. Hände binden meine Handgelenke unter meinem Po mit den Fußgelenken zusammen, sodass ich mich nicht bewegen kann. Meine Wange ruht auf dem Kissen und die Position lässt mich tief durchatmen, weil ich sie nur einmal mit Kean geübt habe. Denn in dieser Haltung ist man dem Mann als Frau völlig ausgeliefert, weil man sich weder einen Zentimeter rühren noch aufstehen kann.

Vor mir erkenne ich Schuhe, dann streichelt eine Hand meine Wange. *Gut, du vertraust ihnen, also mach dir keine Gedanken.* Zwischen meiner Spalte spüre ich einen Schwanz entlangreiben, wieder meinen Kitzler massieren, obwohl sich alles so eng anfühlt, aber dafür intensiver.

Gideon kniet neben mir und senkt seinen Kopf, obwohl ich ihn kaum sehen kann, aber sage, um sicherzustellen, damit sie wissen, dass es mir gut geht: »Ihr dürft anfangen.«

Jemand, vermutlich Lawrence, küsst meinen Hintern, dann folgt ein flacher Schlag mit seiner Hand auf meine Pobacke, sodass ich die Finger zusammenkralle und meine Schuhe spüren kann.

Ein Kuss streift über mein Ohr, so leicht und zart, dann ist etwas Feuchtes zu spüren und Lawrence' Schwanz dringt nach einem weiteren heißen Schlag auf meinen Arsch in mich ein, sodass ich keuche. Es fühlt sich verdammt eng, aber zugleich so wahnsinnig intensiv an.

Wie eine Sklavin, die sich nicht mehr bewegen kann, fickt er mich langsam, und die Vorstellung, uns in dieser Position beobachten zu können, verursacht ein herrliches Kribbeln in meiner Magengegend. Ich bin ihm völlig ausgeliefert und er liebt es. Sein großer Schwanz dehnt mich weiter, obwohl meine Beine so straff zusammengebunden sind, dann legen sich Hände um meine Hüfte und das Kribbeln wird immer unerträglicher. Seine zuerst langsamen Stöße werden schneller, tiefer und ich schließe meine Augen. Etwas streichelt über meinen Rücken, zart über meine Tätowierung, sodass es kaum zu spüren ist.

In einem immer schneller werdenden Rhythmus dringt Lawrence in mich ein, ich spüre seine Hand, damit ich nicht nach vorn rutsche, den Druck unter meinen Knien, obwohl sie weich gepolstert sind, und das heiße Gefühl, als etwas in meinen Anus geschoben wird und rhythmisch bewegt, sodass ich schneller nach Luft ringe und mein Herz laut in meinen Ohren pocht.

Kean, du würdest mich umbringen, wenn du das sehen würdest – denke ich, öffne die Augen und bemerke, dass Gideon nicht mehr neben mir kniet, sondern Dorian. Ist er mit Jane fertig?

Der Schwanz in mir stößt weitere Male zu und trifft eine Stelle, die mich gleich kommen lässt. Doch verflucht, wieder wird der Plug aus meinem Po gezogen und Lawrence' Schwanz zuckt in mir, bis sich seine Hände in meine Hüfte krallen und er kommt, sodass ich seine Härte in meiner Pussy pumpen spüren kann.

»Nein! Das ist nicht fair«, murmle ich. Dorian sehe ich vor mir lächeln, seine eisblauen Augen strahlen, bevor er mir aufhilft, als die Fesseln um meine Beine losgebunden werden.

Lawrence steht neben mir, streichelt meine Schulter, sagt etwas und küsst meine Stirn. Ihm scheint es eine Freude gewesen zu sein, mich so zu vögeln, aber er hat mich vergessen. Dann kommt Dorian auf mich zu, ändert die Knoten an meinen Fußfesseln so, dass meine Beine gespreizt werden können, bis ich wie Jane auf dem Bauch über der weichen Lehne der Couch gehoben werde, ehe ich protestieren kann. Aber ich will nicht protestieren, denn vor mir sehe ich Gideon, der mir halbnackt entgegengrinst.

Meine Knie werden auf der Couch auseinandergeschoben, dann dringt ohne Vorwarnung ein Schwanz in mich ein und ich stöhne auf.

Gideon streichelt mein Gesicht, dann streift er seine Shorts aus und ich sehe seinen Schwanz, der bereits erigiert ist. Er hebt mein Kinn, schaut kurz hinter mich, sagt etwas, bis er meinen Blick trifft.

Ich schmunzele. Soll ich ihm einen blasen? Für ihn würde ich es liebend gern machen, auch wenn mich Dorian fickt und die Hitze in mir ankurbelt. Meine Brustwarzen streifen mit jedem Stoß von ihm fest über den samtigen Couchbezug, als ich nicke. Nur meine Hände sind immer noch auf dem Rücken festgebunden, sodass ich sie nicht benutzen kann, um ihn damit zu verwöhnen.

Langsam öffne ich meinen Mund, während Gideon über meine Wange streichelt und seinen Schwanz in seiner Hand massiert.

Als er nah genug bei mir steht, lecke ich über seine Eichel, seinen Schaft und kann mich nur wenig darauf konzentrieren, weil Dorian sich alle Mühe gibt, sich an mir auszutoben.

Gideon sieht es und schiebt langsam seinen Schwanz in meinen Mund, weil ich mich kaum bewegen kann. Mit leichten Bewegungen versuche ich ihm einen zu blasen, was verdammt mies in dieser Position möglich ist. Ich schaue zu ihm auf und sage: »Ohne deine Hilfe geht es nicht.«

Er versteht mein Angebot und bewegt seinen Schwanz, ohne mich aus den Augen zu verlieren, in meinem Mund vor und zurück. Wenn er jetzt Mist baut und zu weit geht, sodass ich mich verschlucke, er meinen Würgereiz auslöst, bringe ich ihn um. Schließlich möchte ich nicht röchelnd an seinem Schwanz ersticken oder mich übergeben. Aber er geht vorsichtig vor, zwar in seinem eigenen Rhythmus, aber nicht zu tief. Ich sauge an seinem Schwanz immer fester, während Dorian tiefer in mich eindringt und er dann seinen Schwanz aus mir nimmt. Zwei oder drei Finger dehnen meinen Anus, in den kurze Zeit später vorsichtig ein Penis eindringt, sodass ich ruhig abwarte, ohne weiterzublasen. Doch was Dorian macht, fühlt sich gut an, besonders, da Hände meinen Kitzler massieren. Obwohl ich Gideon lieber an meinen Arsch lasse.

Ich nicke nur, als sie kurz aufhören und Gideon langsam seinen Schwanz zurückzieht.

»Es fühlt sich großartig an. Und ich warne euch: Einen dritten Orgasmus versagt ihr mir nicht!« Über mir sehe ich Gideon lachen, dann etwas zu jemandem hinter mir sagen, bevor seine Eichel meine Lippen entlangfährt, sie auseinanderschiebt und ich seinen Schwanz in mir aufnehme. Dorians Stöße sind quälend langsam, dafür so intensiv, dass ich zittere, ohne etwas dagegen machen zu können. Ich konzentriere mich auf Gideons Härte, sauge fester und lasse ihn tiefer in meinen Mund gleiten, bevor in mir die heiße Welle durchrauscht – und das so schnell, dass sie es nicht bemerken. Ich löse meine Lippen um Gideons Schwanz, der ihn zurückzieht, und stöhne. Wie laut, weiß ich nicht. Alles zieht sich unter meinem Orgasmus zusammen, Hände umfassen meinen Arsch fester und ficken weiter meinen Anus, während mein Kitzler droht zu explodieren, wenn die Finger nicht gleich verschwinden.

Hände umfassen meinen Kopf und ich spüre Lippen auf meinen. Ich werde so schnell von einer Zunge in den Bann gezogen, dass ich mich nicht dagegen wehren kann und mich dem stürmischen Kuss hingebe, während ich keuche und sich unser Atem vermischt. Meine Augen sind geschlossen und mein Körper fühlt sich von der Taub- und Blindheit fast schwerelos an.

Dorian stößt zweimal zu, dann scheint er zu kommen, bis er sich langsam aus mir zurückzieht und sich gleichzeitig Gideons Lippen von meinen lösen. Wie immer haben sie mich an meine Grenzen gebracht, und ich liebe es, weil ich zuvor nie etwas so Großartiges erlebt habe – nicht mit Menschen, bei denen ich mich fallen lassen kann, mit denen ich die Momente auskosten kann und ihnen vertrauen kann ...

23. Kapitel

Wieder angekleidet, schlendern wir eine Runde durch den Club und meine Ohren müssen sich kurz an die Lautstärke der Musik gewöhnen. Zugleich könnte ich nicht glücklicher sein. Es mag verrückt klingen, aber bei ihnen fühle ich mich fast wie zuhause.

»Hier, Kleines, deine Belohnung.« Gideon reicht mir einen Cocktail. »Schau nicht so, der ist ohne Alkohol, sonst knicken deine schönen Beine sofort ein.« Er zwinkert mir zu und ich greife nach dem Drink.

»Diesmal bist du zu kurz gekommen«, nuschle ich, als ich am Strohhalm sauge und er meine Lippen flüchtig fixiert.

»Das denke ich nicht. Ich habe mehr bekommen, als ich dachte.«
Wie meint er das?

»Ich finde, wir sollten langsam aufbrechen«, beschließt Dorian mit einem Blick, der so kontrolliert wirkt, als hätte er nicht vor wenigen Minuten Analsex gehabt. Jane dagegen sieht müde und erschöpft aus, was er wohl mitbekommen hat.

»Ihr seid solche Schwächlinge. Ich würde noch bleiben, denn«, Lawrence' Blick streift über die Gäste, bis er eine Frau im Blick behält, »wenn es am schönsten ist, kann ich nicht gehen. Konnte ich noch nie.«

Das glaube ich ihm sogar, sodass ich schmunzeln muss, während ich trinke. Er würde sich keine Gelegenheit entgehen lassen. Zum Glück habe ich als Freundin ein Wörtchen mitzureden.

»Ich warne dich, Law, wenn du anderen Frauen hinterherschaust, werde ich das nächste Mal nicht vor dir knien wie eine Sklavin, sondern hinter dir als Domina und deinen hübschen Knackarsch bearbeiten.«

»Schauen darf ich doch wohl?«, rechtfertigt er sich und schüttelt verständnislos den Kopf. »Außerdem kann ich meine schmutzigen Gedanken ja an dir austoben, Prinzessin.« Er tätschelt meine Schulter, sodass ich schnell nach seinem Handgelenk greife und es ihm verdrehe.

»Prinzessin?«

»Ahr! Nachdem ich dich ...« Mein Blick wird finster, weil ich weiß, was kommen wird. »... solltest du zahm sein und mir die Füße küssen.«

»Sollte ich?«, hake ich nach und drehe sein Gelenk fester. »Vielleicht tust du es.«

»Ich sehe schon, wir sollten gehen, bevor wir rausgeworfen werden«, bemerkt Gideon und greift nach meiner freien Hand.

»Wieso? Lass die Katze spielen, bevor wir sie wieder fesseln und knebeln.« Lawrence' Augen funkeln mir belustigt entgegen. Aber ich gebe ihn trotzdem frei.

»Die Runde ging an dich, aber die nächste wird an mich gehen, Schatz. Gideon weiß bereits, wie es abläuft.« Aus den Augenwinkeln schaue ich zu Gideon, der amüsiert lacht und dem ich ansehe, dass er sich seinen älteren Bruder in der erniedrigten Rolle kaum vorstellen kann.

»Du wirst es lieben, Law, oder hassen. Das weiß ich noch nicht so genau.«

»Dann lass es uns darauf ankommen«, raunt mir Lawrence zu und schlingt seinen Arm um meinen Rücken. »Denn irgendwie macht mich die Vorstellung an, wie du mit der Peitsche schwingend hinter mir stehst.«

»Du lässt mir nie die Möglichkeit«, antworte ich und sehe, wie er tief Luft holt.

»Vielleicht überlege ich es mir noch einmal. Vielleicht später ...«

»Aber nicht mehr heute«, mischt sich Dorian ein. »Ich habe Christoph schon angerufen, damit er uns abholt.« Lawrence stöhnt genervt und murmelt etwas von »Kleine Brüder können manchmal lästig sein«, dann werde ich nach Dorian und Jane von Lawrence und Gideon umrahmt zum Lift geführt. Ein letzter flüchtiger Blick über meine Schulter zeigt mir eine Gestalt, die mit überkreuzten Beinen entspannt an der Metallbrüstung angelehnt steht und zu mir blickt.

Kean ...

Gideon

In der Limousine kuschelt sich Maron eng an meine Schulter, wie sie es noch nie zuvor getan hat. Entweder ist sie völlig erschöpft nach den Fesselspielen, was ich mir vorstellen kann, weil die Haltung sehr auf die Muskeln geht und einen schwächt. Oder ich bin weiter in sie vorgedrungen, als ich wollte. Trotzdem bin ich erleichtert, mit ihr den Vertrauensbruch geklärt zu haben.

Die Limousine fährt die Straße, die links von Villen und rechts vom Meer umgeben ist, entlang auf die Auffahrt von Vaters Anwesen. Ich habe kurz nicht hingesehen, aber die Kleine ist in der Zwischenzeit eingeschlafen. Mein Arm liegt locker um ihre Taille, sie fühlt sich so weich und zugleich zerbrechlich an.

»Wie hübsch sie aussieht, wenn sie schläft«, flüstert Lawrence, beugt sich mit den Ellenbogen auf die Knie vor und hebt seine Hand, um ihr eine Haarsträhne aus dem Gesicht zu streichen. Jane behält sie auch im Blick.

»Ihr habt sie heute sehr beansprucht.« Ein mitfühlender Blick huscht über ihr Gesicht, der sie jünger aussehen lässt.

»Wir werden schon vorgehen, Gideon. Sie schläft doch wieder bei dir?«, fragt mich Dorian und ich schaue zu Lawrence, der die Augenbrauen anhebt.

»Allein lasse ich sie zumindest nicht schlafen. Was denkst du?« Ich sehe zu Lawrence, der seinen Mund öffnet, aber kein Wort über seine Lippen bringt, dann aber sagt: »Ja, sie schläft bei dir. An dich hat sie sich am meisten gewöhnt.«

Schon öffnet er kommentarlos die Tür der Limousine und steigt aus. *So kenne ich ihn gar nicht. Seit wann gibt er so leicht nach und fordert sie nicht ein?* Dorian bemerkt es ebenfalls, als wir Blicke austauschen, dann steigt er mit Jane aus und sie gehen auf das Haus zu.

Für einen winzigen Moment nehme ich die Wärme, die Marons Körper ausstrahlt, in mir auf, ihren Duft, der nach Pfirsich und etwas Samtigem riecht. Besser kann ich ihn nicht beschreiben – obwohl es mich auch an Kirschen erinnert.

Als die Eingangstür hinter ihnen zufällt, tritt der Chauffeur zu mir. »Sie sind gleich entlassen.« Er nickt knapp, dann tritt er aus meinem Sichtfeld. Christoph ist ein Mensch, der schnell einfache Anweisungen versteht, denn gerade möchte ich Maron nicht wecken, aber es wird kaum möglich sein, sie ins Haus zu tragen, ohne dass sie wach wird. Ich küsse ihr hellblondes Haar, bevor ich von ihr abrücke und sie, so gut es geht, auf meine Arme ziehe, bis ich mit ihr auf der Auffahrt stehe.

Sie blinzelt bei der Bewegung und fragt, ob wir schon da sind, noch bevor ich sie auf den Armen an meine Brust drücke und Christoph zunicke, der die Autotür schließt und zur Fahrertür läuft.

»Ja, wir sind im Anwesen, Kleines«, flüstere ich, als ich sie zur Tür trage, die nur angelehnt ist und ich sie mit dem Fuß aufstoße. Sie hebt ihre Hand zu ihren Augen.

»Ich bin wirklich eingeschlafen.«

»Ja.« Mehr antworte ich nicht.

»Trägst du mich in mein Zimmer?« Es klingt so, als ob sie es nicht möchte.

»Ich trage dich, wohin du möchtest, meine Kleine.« Schritt für Schritt steige ich die Stufen über den Teppich zur ersten Etage hoch. Links oder rechts – das ist ihre Entscheidung.

»Zu dir.« Schwach lächelt sie, weil sie weiter gegen die Müdigkeit ankämpft, zugleich sieht sie glücklich über ihre Entscheidung aus. Ich kann mein Lächeln kaum verbergen, als ich ihre Antwort höre und ihr Gesicht im Blick behalte.

Nach wenigen Schritten über den Gang biege ich rechts in mein Zimmer ab, öffne die Tür mit dem Ellenbogen und schließe sie leise. Mit wenigen Schritten durchquere ich das Zimmer und lege sie behutsam, als sei sie etwas Kostbares, auf das frisch bezogene Bett ab. Die Fenster stehen leicht offen, sodass die Nachtluft ins Zimmer weht. Etwas erinnert mich dieser Moment an die Nacht in Marseille, als ich Maron in mein Penthouse mitgenommen habe, damit sie ihren Rausch ausschlafen konnte.

Genauso hilflos und verletzlich lag sie auch in der Nacht auf meinem Bett. Ich habe sie vorsichtig ausgezogen, dabei jeden Zentimeter ihres Körpers studiert und das Laken über sie gelegt. Zu der Zeit wollte ich nur mein schlechtes Gewissen beruhigen und sie nicht mutterseelenallein durch die Straßen stürzen lassen. Es war nie meine Absicht, dass ihr etwas passiert. Und bis heute bereue ich die Entscheidung nicht. Vor dem Bett gehe ich in die Knie, fasse nach ihrem Knöchel und ziehe ihr die hohen Schuhe aus. Zwischen meinen Fingern streichele ich ihr Bein, fahre mit meinen Lippen über ihre Haut, bevor ich den zweiten Schuh ausziehe.

Nicht lange und sie erhebt sich wie in Trance.

»Du kannst ruhig liegen bleiben, bis ich dich ausgezogen habe«, sage ich leise von einem Grinsen begleitet. Sorgfältig stelle ich die Schuhe hinter mich vor den Schrank.

»Und du würdest es nicht ausnutzen?«, fragt sie leise.

»Nein.« *Warum sollte ich auch?* Wenn sie bei Bewusstsein ist, macht es mir so viel mehr Freude. *Oder hat sie schlechte Erfahrungen gesammelt?* Vermutlich ... Und Dubois hat es nicht besser gemacht. »Ich habe es auch nicht in der Nacht ausgenutzt, als ich dich in mein Penthouse mitgenommen habe.«

»Das stimmt ...«, murmelt sie. »Du bist seltsam«, höre ich sie über mir, weil sie noch nicht ganz wach ist. Langsam beuge ich mich über sie und stütze mich über ihrem Körper ab.

»Wieso?«

Sie blinzelt mit einem Lächeln. »Weil du anders bist ...« *Anders? Was soll das bedeuten?* Ich möchte wissen, was sie meint, aber sie jetzt danach fragen? »Weil, obwohl du es vielleicht nicht weißt, ich dir schon in dem Moment vertraut habe.«

»In dem Moment warst du angetrunken, Kleines. Ich hätte mit dir machen können, was ich wollte.«

»Genau ... Und das hast du nicht. Du würdest mir nie schaden.«

»Nein«, flüstere ich, während meine Finger zu ihrem Hals wandern, die den Träger ihres Kleides lösen, ihren Kopf anheben, damit ich ihr das Kleid ausziehen kann. Ihre Augen öffnen sich, aber sie sagt nichts. Wenn sie es nicht möchte, würde sie etwas sagen. So macht sie es immer.

Tiefer beuge ich mich zu ihr herab und streife ihre Lippen, küsse sie verführerisch, damit sie weiß, dass ich ihr niemals Schaden zufügen würde. Meine Zunge sucht ihre. Und als sie sich treffen, durchzieht mich ein angenehmes Gefühl in der Magengegend, das ich bisher so selten gespürt habe.

Unser Kuss ist sinnlich und sanft und sagt doch so viel aus, ohne es je in Worte fassen zu können. Ich spüre ihre Hände in meinem Nacken, wie sie mich noch näher an sich ziehen will, obwohl ich ihr schon so nah bin.

Diese Nähe mit ihr ist kaum zu ertragen und doch will ich in keiner Sekunde auf sie verzichten, bis ich einen Gedanken habe, der immer wieder in meinem Kopf auftaucht, den ich fast jeden Abend, wenn sie neben mir einschläft, habe. Geschmeidig löse ich meine Lippen von ihren und senke meinen Mund zu ihrem Ohr.

»Liebe mich, als seist du meine Freundin«, raune ich ihr zu und spüre, kaum dass ich die Worte ausgesprochen habe, wie sich ihr Brustkorb hebt, weil sie tief einatmet. Aber sie antwortet nicht. Ein Schlucken ist zu hören, dann hebe ich meinen Kopf, um in ihre Augen zu sehen. War der Wunsch zu viel? Wie konnte ich so etwas von ihr verlangen? In ihren blauen Augen sehe ich kurz die Angst, als würde sie einen Fehler begehen, ihre Wimpern senken sich, dann bewegen sich ihre Lippen.

»Wenn du es wünschst.«

»Ich wünsche es mir nicht, Maron, ich will es. Doch nur, wenn du es auch willst. Denn ich will, dass es dir gefällt. Ich will dich nicht nur körperlich spüren, sondern mit meiner Seele.«

Obwohl ich es ruhig ausspreche, sehe ich ihre Zweifel. Mit den Fingern hebe ich ihr Kinn an, damit sie zu mir aufsieht und in meine Augen blickt, ich ablesen kann, was sie fühlen oder denken könnte.

»Ich würde dich niemals dazu zw...«

Ihre Hände ziehen mich zu ihren Lippen herab und küssen mich, bevor ich meinen Satz ausgesprochen habe.

Gott, sie will es. Sie lässt es zu – denke ich, als unser Kuss leidenschaftlicher wird, ich mich von ihr erhebe und sie mit mir hochziehe. Ihre Finger fahren unter mein Jackett, streifen es von meinen Schultern, während ich lächeln muss, mit meinen Lippen ihren Hals küsse, weiter entlang über ihr Schlüsselbein. Sie knöpft mein Hemd auf, bevor ich das Kleid über ihre Hüften rutschen lasse. Wie eine helle Marmorfigur steht sie vor mir, so beeindruckend schön und perfekt. Sie zieht mein Hemd aus, lässt es auf den Boden fallen und sinkt auf die Knie, während ihre Lippen meinen Körper mit Küssen übersähen und sie geschickt meine Hose öffnet.

»Lass es mich nicht bereuen, indem du deinen ...« Sie schaut zu mir auf und ihre großen Augen begegnen meinen.

»Ich werde niemandem davon erzählen.« Sie glaubt mir, denn sie nickt, dann zieht sie meine Hose herunter.

»Ich hoffe es«, höre ich sie leise sprechen. An der Hand ziehe ich sie hoch, weil ich sie nicht länger knien sehen möchte, umfasse ihre Taille und lasse sie vorsichtig auf das Bett gleiten.

»Glaub es mir, Maron.« Ich küsse ihre Lippen, streife ihre Wangen und wandere weiter hinab zu ihren Brüsten, hauche mit meinem Atem über ihre Brustwarzen, sodass ihr Körper unter meinen Fingern leicht zittert. Weiter küssen meine Lippen ihren Bauch, während meine Hände ihre Brüste massieren. Als sie denkt, ich würde ihr den Spitzenslip ausziehen, muss ich leise lachen. Sie entspannt sich mit jedem Kuss, dann hebe ich ihre Fußknöchel, streichele sie mit meinen Lippen und lasse meine Zunge sanft über ihre Haut wandern, weiter hoch zu ihren Oberschenkeln. Mein Glied ist bereits seit Minuten hart, aber ich will sie weiter verwöhnen und aus ihr das rauskitzeln, was ich nur mit meinen Freundinnen gemacht habe. Meine Finger fahren flüchtig unter ihren Slip, nur kurz, aber nicht aufdringlich, während sie ruhig atmet. Als ich mich mit meinem Mund ihrer Pussy weiter nähere, streife ich den Slip langsam ab, lecke zärtlich über ihre Schamlippen, küsse ihren Venushügel, während meine Finger ihre Beininnenseiten streicheln. Sie ist bereits feucht, sodass sich ihr Geschmack auf meine Zunge legt, bevor ich sie lecke. Aber anders als sonst, mit mehr Hingabe, ohne Zurückhaltung. Meine Hände wandern zu ihren Brüsten, während sie ihre Finger in meinem Haar vergräbt und leise stöhnt, bis sie lauter wird, ihre Beine zittern und ich ihr den ersten Orgasmus, der sich wie eine schöne Melodie aus ihrem Mund anhört, schenke. Sie lässt sich fallen, wie ich es nie gedacht hätte.

Mit einer geschmeidigen Bewegung stehe ich auf, streife meine Shorts runter und sehe sofort ihre Blicke über meine Brust weiter zu meinem Schwanz wandern. Sie lächelt fast glücklich, als könnte sie es kaum erwarten. Vorsichtig schiebe ich mich über sie und stütze meine Hände neben ihren Schultern ab, bevor ich sie küsse und sie ein Stück höher auf das Bett ziehe, damit sie bequem liegt.

Sie erwidert den Kuss, als wäre tief in ihr eine sanfte Seite verborgen, dann winkelt sie ihre Beine an, sodass ich langsam in sie eindringe. Sie löst sich von meinen Lippen, legt den Kopf langsam zurück, als würde ihr das kribbelnde Gefühl wie mir die Wirbelsäule herunterjagen, und seufzt leise. Dann dringe ich wieder in sie ein, langsamer, dafür intensiver und sie verschränkt ihre Beine um meine Hüfte, gibt sich mir mit jedem Stoß mehr hin, um den Moment zu genießen. Die Frau ist göttlich, voller Hingabe, die eine unergründliche Sehnsucht in mir weckt.

Als sie ihren Kopf hebt, treffen sich unsere Blicke und sie lächelt losgelöst und wirklich glücklich, wie ich es noch nie bei ihr gesehen habe. Aber zugleich sehe ich eine Träne in ihren Augenwinkeln aufblitzen.

Wieder dringe ich in sie ein und will sie mit jedem Stoß tiefer spüren, bis in jeden Winkel, weil ich mit ihr verschmelzen will. Am liebsten für immer ...

24. Kapitel

Wie er mich liebt, tut schon fast weh. Er bringt mit jedem Stoß, jedem Blick, jeder zärtlichen Bewegung eine Saite in mir zum Schwingen. Er bewegt etwas in mir, das ich nicht kontrollieren kann, das ich nicht beherrschen kann und nie konnte. Und ich will nichts weiter, als ewig mit ihm verbunden sein.

Ich hebe meinen Kopf, küsse ihn verlangender, fast verzehre ich mich nach dem Kuss, obwohl er mit mir schläft. Aber ein Kuss hat so viele Facetten, so viele Gesichter und spiegelt die Seele eines Menschen in so vielen Gefühlen wider. Manchmal spüre ich, wie mich diese Dinge faszinieren, im Bann halten – vermutlich, weil ich eine zarte Seite habe, die ich oft verdränge ...

Mein Herz schlägt unter ihm immer schneller, während keiner ein Wort spricht, unser Atem sich vermischt und ich nur ihn in mir spüren will. *Er ist so perfekt* – denke ich. *Und doch unnahbar wie ich. Ein Schatten, den ich nach Ablauf der Zeit nicht mehr antreffen werde ...*

Als ich mich von seinen Lippen löse, greife ich nach seiner Mitte und will ihn unter mir liegen haben. Mit einem schiefen Grinsen, das in ein weiches Lächeln übergeht, als hätte er meinen Gedanken bereits in meinen Augen lesen können, zieht er mich auf sich.

Ich erwidere sein Lächeln, stütze meine Knie neben seiner schlanken Hüfte ab, bevor ich sein Glied tief in mir spüre und ich in rhythmischen Bewegungen auf ihm reite, so hingebungsvoll, wie ich es nie zuvor bei einem Kunden getan habe – nur für ihn – und es genieße, weil er für den winzigen Moment mir gehört, ich ihn mir mit jeder Sekunde einprägen und fühlen möchte. Wir für uns sind.

Er umfasst meine Hüfte, während seine Blicke über meine Brüste, meinen Bauch und zu meinem Gesicht wandern, als würde er sich jeden Zentimeter meines Körpers, meiner Bewegungen für immer einprägen wollen. *Für immer…* Traurige Worte.

Immer schneller keuche ich, er spannt sein Becken an, sodass seine Eichel in mir einen Punkt trifft, der mich zum Stöhnen bringt. Kurz schließe ich die Augen, bis ich sie öffne, als ich sein Stöhnen höre, er seine Muskeln anspannt, die so göttlich aussehen, und ich mich zu ihm herabbeuge, weil ich ihn küssen will, wenn ich komme, ich mit jeder Faser meines Körpers mit ihm verbunden sein möchte.

Meine Lippen reiben über seine, als mein Keuchen in ein Stöhnen übergeht und ich zu keiner Zeit meinen Blick von ihm abwende. Ich könnte mich in seinen Augen verlieren, so sehr schmerzt es.

Eng umschließt er mit seinen Armen meinen Rücken, zieht mich nah an sich, während sein Glied noch in mir ist und es kitzelt. Ich sehe sein Lächeln, was mich ansteckt. Dann küssen wir uns langsam, während er mich auf die Seite legt, sodass ich kaum spüre, dass er sich aus mir zurückzieht, dafür mich seine Nähe, Wärme und sein Duft umgeben.

Für diesen Moment schließe ich meine Augen und schmiege mich an seine Brust. Für diesen Moment fühle ich mich glücklich und so unendlich frei.

»Du bist mein Traum«, höre ich ihn dicht an meinem Ohr flüstern. »Merci, meine Schöne.«

In seinen Armen fühle ich mich geborgen und fast zuhause, wie ein Zuhause, das ich mir immer gewünscht habe.

»… der niemals zu Ende gehen soll«, murmle ich leise gegen seine Brust. Er muss es gehört haben, denn Hände streicheln über mein Haar, Lippen küssen meine Stirn und mir wird in dem Moment bewusst, kein einziges Mal an Kean gedacht zu haben. Kein einziges Mal etwas angezweifelt zu haben, weil ich mich ihm, so wie ich bin, hingegeben habe, ihm meine Seite gezeigt habe, die ich sonst verborgen halte.

Ich schlucke und halte weiterhin die Augen geschlossen, denn in dem Moment, wie in keinem zuvor, wird mir bewusst, wie viel ich zu verlieren habe, weil ich für Gideon Chevalier Gefühle habe …

Und es beginnt bereits jetzt weh zu tun.

Und zum Schluss ...

Wieder hoffe ich, euch die Stunden mit Maron Noir und den Chevalierbrüdern versüßt zu haben.

Maron, Gideon, Law (ja, auch er) und Dorian sind mir unglaublich sehr ans Herz gewachsen, dass es mir schwer fallen wird, Part 4 zu beenden. Aber wer weiß, was sich vielleicht noch in Zukunft ergeben wird?

Danke an die großartigen Leser, die mich anschreiben, mich zum lächeln bringen, mich antreiben und mir wunderbare Rezensionen und Gedanken – die ich mir nicht oft genug durchlesen kann – zu meiner Reihe schreiben. *Ihr seid die Besten!*
Ganz besonders möchte ich Sybille & Lena für ihre Hilfe, Kritik und Anregungen danken und meiner verrückten Facebook-Gruppe!

Gerne könnt Ihr weitere Rezensionen verfassen oder mir etwas auf Facebook schreiben.

Ich würde mich freuen!

Alles Liebe,
Eure D.C. Odesza

Clannon Miller

Back & Beyond (erotischer Liebesroman)

Doktor Anna Lennarts Leben geht gerade total den Bach runter. Arbeitslos, pleite und mit gebrochenem Herzen bewirbt sie sich auf eine Stelle in Australien. Sie ahnt nicht, dass sie einen Job auf einer einsamen Farm mitten im Nirgendwo antreten wird, die dem stursten – und attraktivsten – Macho aller Zeiten gehört.

Taschenbuch 368 Seiten, € 14,99 [D,A], FSK: 16 Jahre
ISBN 978-3-945796-45-0

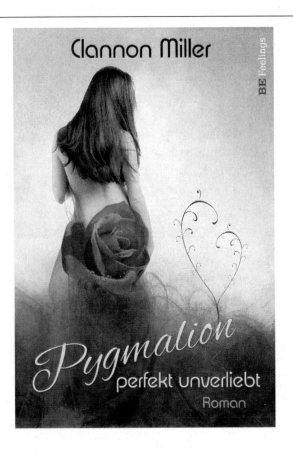

Clannon Miller

Pygmalion – perfekt unverliebt (erotischer Liebesroman)

Der egozentrische Imageberater und Frauenhasser Henrik muss seine Küchenhilfe Lisa rasch in eine Frau von Welt verwandeln, damit das Testament seiner Erbtante zu seinen Gunsten geändert wird. Eigentlich soll Lisa nur für ein Wochenende seine Verlobte spielen, aber die Verwandlung in eine verführerische Schwiegertochter in spe gelingt besser als geplant.

Taschenbuch 432 Seiten, € 14,99 [D,A], FSK: 16 Jahre

ISBN 978-3-945796-49-8

D.C. Odesza

Sehnsüchtig - Gefunden (erotischer Roman)

Nachdem sich der Dubai-Urlaub langsam dem Ende zuneigt, ändert sich die Stimmung im Anwesen. Maron beschließt für sich, vorerst keine Termine der Brüder mehr anzunehmen, um Abstand zu gewinnen. Aber was, wenn das ein großer Fehler ist, den die Brüder nicht dulden werden?

Taschenbuch 380 Seiten, € 14,99 [D,A], FSK: 16 Jahre

ISBN 978-3-945796-56-6

ab September 2016 im Buchhandel